पलामू के क्रांतिकारी

पलामू के क्रांतिकारी

प्रभात मिश्रा 'सुमन'

प्रकाशक

प्रभात प्रकाशन प्रा. लि.

4/19 आसफ अली रोड, नई दिल्ली–110002

फोन : 011–23289777 • हेल्पलाइन नं. : 7827007777

इ–मेल : prabhatbooks@gmail.com ❖ वेब ठिकाना : www.prabhatbooks.com

संस्करण

2025

आवरण

श्री अमन चक्र

पेपरबैक मूल्य

चार सौ रुपए

मुद्रक

आर–टेक ऑफसेट प्रिंटर्स, दिल्ली

———— ★ ————

PALAMU KE KRANTIKARI

by Shri Prabhat Mishra 'Suman'

Published by **PRABHAT PRAKASHAN PVT. LTD.**

4/19 Asaf Ali Road, New Delhi-110002

ISBN 978-93-5521-504-8

₹ 400.00 (PB)

पलामू के उन सभी ज्ञात

और

अज्ञात क्रांतिकारियों

को

समर्पित

जिनकी वजह से आज हम आजाद हैं

गुरु का आशीर्वाद

देश की आजादी की लड़ाई में पलामू की भूमिका अग्रणी रही है। यहाँ के वीरों ने अपने त्याग और बलिदान से अमिट इतिहास लिखा है। इनकी गाथाएँ थोड़ी-बहुत सुनने को तो मिल जाती थीं, पर ये सभी अभी तक गुमनाम ही थे। प्रभात कुमार मिश्रा 'सुमन' ने अपने बहुमूल्य संग्रह 'पलामू के क्रांतिकारी' के माध्यम से इन वीरों की गाथाओं को समाज को समर्पित किया है। यह कहना कोई अतिशयोक्ति नहीं होगा कि लेखक का यह भगीरथ प्रयास हमारे लिए गौरवशाली, पुनीत, प्रेरणादायक गंगा बहा लाया है, जिसमें पलामू का संस्कारी विशाल तपोवन जैसा अंतरमन स्नान करेगा। लेखक ने स्वतंत्रता के हवनकुंड की समिधा एवं स्वधा बन अर्पित करते हुए महान् क्रांतिकारियों की गाथा को सँजोकर समाज को सौंपा है, फलस्वरूप उसका प्रकाश प्रभात बनकर उजाला प्रदान करेगा। आजादी के ये प्रेरणादायक वीर सदा हमारा मार्ग प्रशस्त करेंगे। इन कालजयी क्रांतिवीरों की अमरगाथा जनमानस तक पहुँचाने का प्रयास मेरे प्रिय शिष्य ने किया है। मैं समझती हूँ, इसमें वे सफल हुए हैं। स्वतंत्रता सेनानियों के बारे में जानकारी जुटाने के पीछे उनका अथक सतत प्रयास, लगन एवं परिश्रम साफ झलकता है। अरसे से पलामू को पिछड़ा हुआ माना जाता रहा है, पर लेखक ने यहाँ के महान् सपूतों की गौरवगाथाओं को लिखकर इस प्रमंडल को अग्रगण्य बना दिया है।

इस पुस्तक में वर्णित गणेश प्रसाद वर्मा, नंदकिशोर वर्मा, तीरथ प्रकाश भसीन, वेद प्रकाश भसीन जैसे वीर उसी मुहल्ले के निवासी थे, जिस मुहल्ले में

मैं रहती हूँ। उनके बारे में भी इस पुस्तक में ऐसी जानकारियाँ हैं, जिन्हें उनके करीबी भी नहीं जानते थे। आजादी के दीवाने सिर पर कफन बाँधकर निकलते थे। पलामू के छह सगे भाइयों की जोड़ी समेत सैकड़ों योद्धाओं ने आजादी के समर में जेल की कोठरियों की शोभा बढ़ाई। इनके त्याग को याद कर मन श्रद्धा से भर जाता है। पलामू के इन अतुलनीय स्तुत्य पन्नों के साथ-साथ क्रांतिकारियों के चित्र, उनकी लिखावट डायरी में देखकर पाठक अभिभूत होकर स्वयं को धन्य मानता है। इन अलबेले क्रांतिकारियों के अलबेले देशप्रेम से अंग्रेजी हुकूमत खौफजदा रहती थी। लेखक की लेखनी ने पलामू के माथे पर लगे चंदन-केसर के तिलक को भी दरशाया है। यह तिलक हमें महात्मा गांधी को मेदिनीनगर (डालटनगंज) आने पर दिए गए सम्मान-पत्र में दिखता है, जिसमें जिलेवासियों द्वारा त्याग पथ पर चलने की बात कही गई है। डॉ. राजेंद्र प्रसाद, नेताजी सुभाष चंद्र बोस और जयप्रकाश नारायण सरीखे महान् देशभक्तों से इस जिले के नजदीकी रिश्ते की जानकारी भी पुस्तक के माध्यम से मिलती है। संविधान सभा के दो सदस्यों यदुवंश सहाय 'यदु बाबू' और अमिय कुमार घोष 'गोपा बाबू' के बारे में दी गई जानकारी अत्यंत गर्व करनेवाली है। आजादी की लड़ाई में उस युग में महिलाओं की भागीदारी से अवगत कराते हुए पुस्तक राजेश्वरी सरोज दास और रुक्मिणी देवी से भी परिचित कराती है। उनकी वीरता और लगन देखकर यह प्रतीत होता है कि प्रभात ने सिंदूरी प्रभाती के दर्शन करा दिए हैं। लेखक का यह अद्‌भुत, अविस्मरणीय और अमूल्य योगदान है। उन्होंने इतिहास की स्वर्णिम धरोहर समाज को सहेजने, सँभालने के लिए सौंपी है। उनको बहुत-बहुत शुभाशीष।

दिनकरजी की पंक्तियाँ हैं—

जला अस्थियाँ बारी-बारी
चटकाई जिनमें चिंगारी
जो चढ़ गए पुण्यवेदी पर
लिये बिना गरदन का मोल
कलम, आज उनकी जय बोल।

—सुशीला सिंह

अपनी बात

पूरा देश 2020 के मार्च महीने के बाद कोरोना के भयावह काल से गुजर रहा था और चहुँओर भय के साथ अफवाहों का दौर व्याप्त था। ऐसे में पलामू के खिलाड़ियों के व्हाट्सएप ग्रुप में एक पोस्ट आता है। यह पोस्ट डाला था, जिले के प्रमुख क्रिकेट खिलाड़ी रहे सुधीर सहाय ने। उनका पोस्ट इस प्रकार था, 'यह मेरे दादाजी का हस्ताक्षर है, जो उन्होंने भारतीय संविधान पर 24 जनवरी, 1950 को किया था। दादाजी का नाम स्व. यदुवंश सहाय था। वे पलामू के अग्रणी स्वतंत्रता सेनानी भी थे।' इस पोस्ट पर नजर पड़ते ही मैं बिल्कुल चौंक गया। जिस पलामू को बचपन से पिछड़ा, अकालग्रस्त और नक्सल प्रभावित क्षेत्र सुनता आया था, वहाँ के किसी व्यक्ति के संविधान पर हस्ताक्षर होना मेरे लिए बड़ी बात थी। मैंने सुधीर सहाय से संपर्क किया और उनसे यदुवंश सहायजी, जिन्हें लोग 'यदु बाबू' के नाम से जानते हैं, पर फेसबुक पोस्ट लिखने की इच्छा जताई। यह इच्छा किसी कारणवश तीन-चार महीने तक पूरी नहीं हो पाई। 10 अगस्त के आसपास मैंने तय किया कि स्वतंत्रता दिवस के दिन यदु बाबू पर पोस्ट लिखूँगा। इस निमित्त प्रश्नों की एक सूची बनाकर सुधीर सहाय को भेज दी। उन्होने अपने पापा बृजनंदन सहाय 'मोहन बाबू' को ये सारे प्रश्न दे दिए। उन्होंने जब इसे देखा तो कॉपी-कलम निकालकर प्रमुख बातें नोट कर लीं।

14 अगस्त, 2020 को मेरी बात मोहन बाबू से शुरू हुई। मैंने जैसे ही उनसे कहा कि मैं संविधान सभा के सदस्य के रूप में यदु बाबू के बारे में जानता चाहता हूँ, वैसे ही उन्होंने कहा कि संविधान सभा में सिर्फ मेरे बाबूजी

ही नहीं, मेरे चाचाजी भी सदस्य थे। मुझे लगा कि वे अपने चाचा उमेश्वरी चरण 'लल्लू बाबू' की बात कर रहे हैं, पर वे बात कर रहे थे अपने बाबूजी के प्रिय मित्र अमिय कुमार घोष 'गोपा बाबू' की। गोपा बाबू को वे चाचाजी ही कहते थे। जिस भारतीय संविधान को 284 सदस्यों के हस्ताक्षर से लागू किया गया, उस पर पलामू जिले के डालटनगंज (अब मेदिनीनगर) जैसे कस्बानुमा शहर के दो लोगों के हस्ताक्षर होना जिलेवासियों के लिए गर्व की बात थी। अब फिर मेरे लिए आश्चर्यचकित होने के साथ दु:खी होने वाली बात थी। आश्चर्य इसलिए कि इन दो महान् विभूतियों के बारे में मैंने सुन तो रखा था, पर वे संविधान सभा के सदस्य थे, इसकी जानकारी नहीं थी। दु:ख इसलिए कि ऐसे महापुरुषों को पलामू ने भुला क्यों दिया? जिले के इतिहास पर जितनी भी पुस्तकें मिलीं, उनमें कहीं संविधान सभा के सदस्य के रूप में इनका जिक्र नहीं था। जब मेरी बात मोहन बाबू से हुई तो मैंने 14 अगस्त को फेसबुक पर यदु बाबू पर दो पोस्ट लिखने की सूचना दी। इसी दिन मेदिनीनगर के वरिष्ठ पत्रकार सतीश सुमन ने भी मोहन बाबू से बात कर यदु बाबू के बारे में लिखा। 15 अगस्त को मेरी पोस्ट और सतीश सुमन की खबर के बाद वर्ष 1942 की क्रांति में शामिल क्रांतिकारियों के कई नाम सामने आने लगे। आजादी के 75वें वर्ष पर जब देश के प्रधानमंत्री नरेंद्र मोदी ने गुमनाम स्वतंत्रता सेनानियों के बारे में जानने और लिखने की बात कही तो मुझे लगा कि इस विषय पर काम करना चाहिए। इसके बाद सिलसिला चल पड़ा।

चेतन आनंद मेरे काफी पुराने मित्र हैं। उनके दादाजी गणेश प्रसाद वर्मा भी पलामू के क्रांतिकारियों के अगुआ थे। उनके बारे में मुझे थोड़ी जानकारी थी, पर उनके विराट् व्यक्तित्व से मैं अनभिज्ञ था। उनके बारे में जानने के लिए मैंने उनके पुत्र सत्यपाल वर्मा (अब स्वर्गीय) से बात की। उन्होंने न सिर्फ गणेश बाबू के बारे में बल्कि पलामू के अन्य क्रांतिकारियों के बारे में भी बिल्कुल सटीक जानकारी दी। मुझे यह बात लिखने में कतई संकोच नहीं है कि वृजनंदन सहाय 'मोहन बाबू' और सत्यपाल वर्मा के मुँह से ही वर्ष 1942 की क्रांति की सारी बातें निकली हैं। मैंने बिल्कुल श्रोता की तरह रहकर इन्हें कलमबद्ध किया है। इन दोनों ने जिस ईमानदारी से अपने परिवार के स्वतंत्रता

सेनानियों के बारे में बताया, उतनी ही ईमानदारी से अन्य लोगों के योगदान के बारे में भी जानकारी दी। किसी भी स्वतंत्रता सेनानी पर लिखने से पहले मैं इनसे संपर्क करता तो वे उनके बारे में काफी जानकारी दे देते थे। यह सुखद संयोग है कि मैंने जितने भी क्रांतिकारियों पर लिखा है, उनके परिजनों से मेरे या मेरे पापा के बहुत ही करीबी रिश्ते रहे हैं। कई क्रांतिकारियों के पोते-पोतियाँ या तो मेरे साथ पढ़े हैं या खेल के मैदान में साथ रहे हैं। इसी तरह से कई लोगों के पुत्र या तो पापा के मित्र रहे हैं या उनके पौत्र पापा के छात्र। इसकी वजह से इन सभी पर लिखना मेरे लिए आसान हो गया। अमिय कुमार घोष और राजेश्वरी सरोज दास पर लिखना काफी कठिन रहा। मेरे लिखने के दौरान मेरे कई साथियों ने एक प्रश्न किया कि क्या आपके यहाँ से कोई महिला स्वतंत्रता सेनानी नहीं रही हैं ? जब मैंने यह सवाल मोहन बाबू के सामने रखा तो उन्होंने कहा कि राजेश्वरी सरोज दास बाबूजी की निकट सहयोगी थीं और कई बार जेल भी गई थीं। इतना ही नहीं, वह वर्ष 1957 में बिहार की पहली महिला मंत्री भी बनी थीं। राजेश्वरी सरोज दास, जिन्हें लोग देवीजी के नाम से भी जानते हैं, ने विवाह नहीं किया था। ऐसे में उनके परिजनों को खोजना मुश्किल था। उनके बारे में जानने के लिए मैंने बड़े भाई सरीखे हृदयानंद मिश्रा को फोन किया। उन्होंने देवीजी के नजदीकी रहे रघुनंदन प्रसादजी का नंबर दिया। उन्होंने ही देवीजी के परिजनों का नंबर उपलब्ध कराया, जिससे उनके बारे में जानकारी मिल सकी।

एक समय तो ऐसा लगा कि अमिय कुमार घोष पर लिखना संभव नहीं है। मैंने मेदिनीनगर के दर्जन भर से अधिक बंगाली परिवारों के अलावा कई लोगों से उनके बारे में जानने की कोशिश की। दुर्भाग्य से इनमें से एकाध को छोड़ कोई विशेष जानकारी उपलब्ध नहीं करा सका। मेरे बचपन के मित्र कौशिक मल्लिक ने इतना जरूर किया कि गोपा बाबू के भतीजे संदीप कुमार घोष का नंबर मुझे उपलब्ध करा दिया। काफी कोशिश के बाद भी इनसे बातचीत नहीं हो पाई। मैं लगभग निराश हो चला था कि एक दिन पश्चिम बंगाल के पूर्व डीजीपी और पलामू निवासी गंगेश्वर सिंह से मेरी बात हो रही थी। मैंने संदीप कुमार घोष का नंबर उन्हें दिया तो उन्होंने उनसे बात की और

मुझसे बात करने के लिए कहा। इसके बाद संदीपजी से मेरी बात हुई तो उन्होंने गोपा बाबू की बेटी से जानकारी लेकर सारी बातें बताईं और अखबार की कटिंग भी उपलब्ध कराई।

मेरी पत्रकारिता की विधिवत् शुरुआत मेदिनीनगर के अखबार 'राष्ट्रीय नवीन मेल' से हुई थी। इस अखबार के प्रधान संपादक सुरेश कुमार बजाज, तत्कालीन निदेशक बच्चन सिंह, पहले संपादक कल्याण कुमार सिन्हा, समाचार संपादक सत्येंद्र प्रसाद सिंह के बाद यहाँ के संपादकीय विभाग का नेतृत्व करनेवाले मिथिलेश कुमार सिंह, वेदप्रकाश वाजपेयी और विनोद बंधु ने यहाँ रहते हुए मुझे लिखने और कॅरियर को आगे बढ़ाने का महत्त्वपूर्ण मौका दिया। देश के प्रमुख अखबार 'अमर उजाला' से मैं वर्ष 2000 में जालंधर में जुड़ा। यहाँ के संपादक रामेश्वर पांडेय ने खबरों और लेखन के प्रति मेरे दृष्टिकोण को व्यापक करने में मदद की। बाद में मैं 'दैनिक जागरण' नोएडा से जुड़ा। यहाँ निशिकांत ठाकुर ने मुझे काम करने का अवसर दिया। विनोद शील और राजीव सिंह के नेतृत्व में मैंने देश की राजधानी से अखबार कैसे निकाला जाए, यह सीखा। 'नई दुनिया' और 'आउटलुक' में आलोक मेहता जैसे पत्रकार के साथ काम करना मेरे स्वर्णिम काल की तरह रहा। नईनदुनिया में रहते ही वरिष्ठ पत्रकार श्रीचंद्र से काफी नजदीकी हुई। यह 'नेशनल दुनिया' और 'अमर उजाला' तक बदस्तूर जारी है। वर्तमान में मैं 'अमर उजाला', नोएडा में कार्यरत हूँ। यहाँ उदय कुमार जैसे संपादक का सान्निध्य मिलना मेरे जीवन के लिए महत्त्वपूर्ण घटना है। कोरोनाकाल में यदि मैं उदयजी और श्रीचंद्रजी के साथ नहीं होता तो संभव है, यह पुस्तक नहीं लिखी जाती। अपने शहर के पत्रकारों रामेश्वरम, सुरेंद्र सिंह रुबी, प्रो. फैयाज अहमद ने भी प्रारंभिक काल से ही सीखने और लिखने की प्रेरणा दी है।

माँ-पापा (मेरे और पत्नी दोनों के) के आशीर्वाद के बिना कुछ भी लिखना संभव नहीं था। भाई हेमंत मिश्रा 'गुड्डू' ने न सिर्फ सामग्री जुटाने में मदद की बल्कि पलामू के अंतिम स्वतंत्रता सेनानी नीलकंठ सहाय का इंटरव्यू भी लिया। नीलकंठ सहाय पर लिखा अंश उसी इंटरव्यू पर आधारित है, इसकी वजह से उसे संपादित नहीं किया गया है। हालाँकि इंटरव्यू के कुछ दिनों बाद

ही उनका निधन हो गया था। मेरे घर, ननिहाल और ससुराल के सभी रिश्तेदारों ने मेरे लेखों को सराहा और लिखने के लिए प्रेरित किया। इनके अलावा रोटरी स्कूल, पलामू जिला स्कूल, जीएलए कॉलेज के सहपाठियों, स्पोर्ट्समैन ग्रुप के सदस्यों ने भी काफी उत्साहवर्धन किया। दोनों पुत्र उत्कर्ष मिश्रा और शिखर मिश्रा मेरे लेखों के प्रारंभिक पाठक होते थे। कई बार तकनीकी परेशानी होने पर भी दोनों ने काफी मदद की। अगर मैं अपनी अर्धांगिनी रागिनी मिश्रा और मित्र हेमेंद्र नारायण लाल 'मूनजी' का आभार व्यक्त नहीं करूँ तो बेईमानी होगी। मेरे आलेखों की गलती को बहुत ही सहज ढंग से बता कर ठीक कराने में इनकी भूमिका सर्वाधिक रही है। इसके बाद भी कहीं कोई चूक हो तो पाठक इसे नजरअंदाज करेंगे। मेरी पुस्तक में इतिहास का वर्णन तो है, पर इसे इतिहास के तौर पर पुख्ता रूप से नहीं देखा जाना चाहिए। मैंने क्रांतिकारियों के परिजनों से जो जानकारी हासिल की है, वह बिल्कुल पुख्ता है, फिर भी तारीख, स्थान या रिश्तों को बताने या लिखने में मानवीय चूक संभव है।

मैंने पलामू की गौरवपूर्ण गाथा को सामने लाने का प्रयास किया है। मैंने काफी कोशिश की, पर प्रमोथोनाथ मुखर्जी, भागीरथी सिंह, जेठन सिंह खरवार जैसे महापुरुषों पर नहीं लिख सका। आगे कभी मौका और जानकारी मिली तो इन पर लिखना गर्व समझूँगा। वास्तव में मैं दो गाँव का निवासी हूँ। एक गाँव पनेरीबाँध है, जो पलामू में है और दूसरा पंडुका, जो रोहतास जिले में है। किताब के अंत में मैंने अपने बाबा के चचेरे भाई पं. सोमनाथ मिश्रा पर भी लिखा है। मेरा भी रिश्ता क्रांतिकारियों के परिवार से रहा है। इसकी वजह से मैं खुद को उन पर लिखने से रोक नहीं सका। उनकी ननिहाल और ससुराल पलामू में थी। यानी वे भी पलामू के थे। अंत में पलामू के सभी ज्ञात और अज्ञात क्रांतिकारियों को नमन! आपके त्याग और बलिदान की वजह से ही हम खुली हवा में साँस ले पा रहे हैं।

—प्रभात कुमार मिश्रा 'सुमन'

अनुक्रम

पलामू में 1942 की क्रांति

राजा मेदिनी राय के समय से ही पलामू विद्रोह और क्रांति की धरती रही है। उनका संघर्ष मुगलों से चला। जीत और हार होती रही, पर वे अपने जीवन के अंतिम समय तक पलामू के राजा बने रहे। जब वर्ष 1857 की क्रांति शुरू हुई तो उसकी मशाल अमर शहीद वीर नीलांबर शाही भोक्ता और वीर पीतांबर शाही भोक्ता ने थामी। उनके शौर्य से अंग्रेज थर्राते थे तो संघर्ष में हजारों लोग कदम-से-कदम मिलाकर साथ चलने लगते थे। वर्ष 1857 की क्रांति में इनके गुरिल्ला युद्ध की नीति ने अंग्रेजों को काफी नुकसान पहुँचाया था। दोनों भाइयों के संबंध वीर कुँवर सिंह और उनके भाई अमर सिंह से भी थे। अंग्रेजों ने इन्हें छल से पकड़ा था। इसके बाद लेस्लीगंज में एक पेड़ पर 28 मार्च, 1859 को फाँसी दे दी गई थी। दोनों भाइयों द्वारा अपने पैतृक गाँव चेमू सनेया से शुरू की गई क्रांति पूरे पलामू में उनकी शहादत के बाद भी जारी रही। इसे उन दोनों भाइयों की प्रेरणा ही कहा जा सकता है कि पलामू में छह भाइयों की जोड़ी ने अंग्रेजों के खिलाफ संघर्ष किया। यदुवंश सहाय 'यदु बाबू'—उमेश्वरी चरण 'लल्लू बाबू', गणेश प्रसाद वर्मा—नंद किशोर प्रसाद वर्मा, नीलकंठ सहाय—ऋषि कुमार सहाय, तीरथ प्रकाश भसीन—वेद प्रकाश भसीन, हजारी लाल साह—नारायण लाल साह और लक्ष्मी प्रसाद—गौरीशंकर गुप्ता वर्ष 1942 की क्रांति में जेल गए थे। इन सभी के अलावा सैकड़ों क्रांतिकारी अंग्रेजी हुकूमत का विरोध करते हुए जेल गए। जिला मुख्यालय डालटनगंज से लेकर गढ़वा, लातेहार जैसे कस्बों के साथ सुदूर महुआडाँड़, रंका-भंडरिया तक अंग्रेजों के खिलाफ

न सिर्फ उग्र आंदोलन हुए बल्कि जेल जानेवालों की लंबी कतार लग गई।

9 दिसंबर, 1940 को यदुवंश सहाय को गिरफ्तार किया गया था। 10 दिसंबर को उन्हें एक साल की सजा सुनाई गई और हजारीबाग जेल भेज दिया गया। एक साल बाद जब वे जेल से छूटे तो उन्होंने वर्ष 1942 के जनवरी माह से गणेश प्रसाद वर्मा, गौरी शंकर ओझा और सुश्री राजेश्वरी सरोजदास के साथ जिले के गाँवों का दौरा आरंभ कर किया। खरवारों के दो नेता भागीरथी सिंह और जेठन सिंह खरवार भी उनसे सक्रिय रूप से जुड़े थे। यदुवंश सहाय वर्ष 1937 में हुए चुनाव में विधायक भी रह चुके थे। इसकी वजह से उनकी पहचान गाँव-गाँव तक थी। इस दौरान उन्होंने न सिर्फ ग्रामीणों व किसानों को संगठित किया बल्कि उन्हें कांग्रेस की सदस्यता भी दिलाई। इसी समय उन्होंने जपला सीमेंट फैक्टरी के मजदूरों के बीच भी अपना संपर्क शुरू किया। इसमें उन्हें मजदूर यूनियन के सचिव मिथिलेश कुमार सिन्हा का काफी सहयोग मिला। राजकिशोर सिंह भी वर्ष 1937 में विधायक रह चुके थे। वे हरिहरगंज प्रखंड के बभंडी गाँव के निवासी थे। उनकी भी पकड़ इस इलाके में काफी थी। उन्होंने भी जनअभियान शुरू कर दिया। केतात गाँव के भुवनेश्वर चौबे और वाचस्पति त्रिपाठी की सक्रियता भी किसी से कम नहीं थी। इन सभी नेताओं के अभियान का परिणाम यह निकला कि जिले के विभिन्न हिस्सों में जनवरी से लेकर जुलाई तक करीब 60 सभाएँ आयोजित की गईं।

15 फरवरी को कार्यकर्ताओं के सम्मेलन के उद्घाटन के लिए अनुग्रह नारायण सिन्हा को आमंत्रित किया गया। 12 अप्रैल को हुए जिला राजनीतिक सम्मेलन की अध्यक्षता के लिए श्रीकृष्ण सिंह को बुलाया गया। इस सम्मेलन में बड़ी संख्या में किसानों और खरवारों ने भाग लिया। इस सम्मेलन में कृष्ण बल्लभ सहाय, जगजीवन राम और बसावन सिंह जैसे बड़े नेताओं ने भी विचार रखे। इसके अलावा कई अन्य सभाएँ भी आयोजित हुईं, जिसमें डॉ. राजेंद्र प्रसाद, अनुग्रह नारायण सिन्हा जैसे नेताओं ने भाग लिया। यदुवंश सहाय इन सम्मेलनों के बाद और जोश के साथ लोगों को संगठित करने में लग गए। सरकार उनके काम में बाधा डालने का हरसंभव प्रयास करती थी, पर वे अपना काम इस तरह से करते थे कि जिससे वे कानूनी बंधनों में न आ

सकें। मई में गौरीशंकर ओझा और वाचस्पति त्रिपाठी को गिरफ्तार कर लिया गया। जुलाई में भुवनेश्वर चौबे और राजेश्वरी सरोजदास की भी गिरफ्तारी हो गई। भुवनेश्वर चौबे और वाचस्पति त्रिपाठी की गिरफ्तारी से राजकिशोर सिंह की मुहिम थोड़ी कमजोर हुई, पर यदुवंश सहाय गणेश प्रसाद वर्मा, काजी सैयद साद और कुछ स्थानीय आदिवासी युवकों के साथ सक्रिय रहे। खरवारों के नेता भागीरथी सिंह को वर्ष 1940 में नीलांबर-पीतांबर दिवस मनाने के आरोप में गिरफ्तार कर लिया गया था। वे 1 जुलाई, 1942 को रिहा होकर आए। इसके बाद वे यदुवंश सहाय के साथ कंधे-से-कंधा मिलाकर आंदोलन में शामिल हो गए। अगस्त के पहले सप्ताह में खरवारों के अधिकांश गाँवों में प्रधान और कई थानों में दरोगा नियुक्त कर दिए गए। एक तरह से देखा जाए तो पूरे जिले में बड़े आंदोलन की पृष्ठभूमि तैयार हो चुकी थी।

5 अगस्त को डालटनगंज में यदुवंश सहाय के नेतृत्व में सक्रिय नेताओं की बैठक आयोजित की गई और आगे के कार्यक्रम तय किए गए। दूसरी ओर इनकी गतिविधियों को देखते हुए जिले के सरकारी अधिकारियों ने यदुवंश सहाय, भागीरथी सिंह, गणेश प्रसाद वर्मा और काजी सैयद साद को गिरफ्तार करने की तैयारी कर ली। 6 अगस्त को पुलिस यदुवंश सहाय के जेलहाता स्थित आवास पर पहुँचकर उन्हें गिरफ्तार कर लेती है। भागीरथी सिंह भी वहीं थे, पर वे यदुवंश सहाय के कहने पर जेठन सिंह खरवार के साथ घर के पीछे से भाग जाते हैं। गणेश प्रसाद वर्मा को भी इस कारवाई की खबर भेजी जाती है तथा वे और काजी सैयद साद भी भूमिगत हो जाते हैं। 7 तारीख को यदुवंश सहाय की गिरफ्तारी के विरोध में डालटनगंज में पूर्ण हड़ताल होती है। जब 9 अगस्त को 'अंग्रेजो भारत छोड़ो' आंदोलन का आगाज हुआ तो मुंबई में बड़े नेताओं की गिरफ्तारी की खबर यहाँ फैलती है तो पलामू में भी आंदोलन शुरू हो जाता है। दस को डालटनगंज के कांग्रेस कार्यालय पर पुलिस का छापा पड़ता है और इसे बंद कर दिया जाता है। 11 अगस्त को यहाँ की सड़कों और कोर्ट परिसर में प्रदर्शन किया जाता है। दो सरकारी स्कूलों के छात्र कक्षा बहिष्कार कर कोर्ट के भवन पर राष्ट्रीय झंडा फहराने की कोशिश करते हैं, पर उन्हें पुलिस रोक लेती है और उन पर लाठीचार्ज किया जाता है। कुंड मुहल्ला

के भरतमल, शाहपुर के नारायण साह और लेस्लीगंज थाने के मानभाँग गाँव के रामेश्वर तिवारी को गिरफ्तार कर लिया जाता है। इन सभी को छह महीने की सजा होती है। 11 अगस्त को ही जपला सीमेंट फैक्टरी में लेबर यूनियन के सचिव मिथिलेश कुमार सिन्हा के नेतृत्व में हड़ताल शुरू हो जाती है। इस दिन और बाद में लगातार दो दिन तक प्रदर्शन किया जाता है। आंदोलन कितना उग्र होने लगा था, इसका अंदाजा इसी से लगाया जा सकता है कि 11 अगस्त के बाद से जिला मुख्यालय डालटनगंज रेलवे और संचार व्यवस्था से पूरी तरह से कट गया था। लोकल ट्रेन सोन ईस्ट बैंक (वर्तमान में सोननगर) में ही रोक दी गईं थी। 13 अगस्त को फिर डालटनगंज में प्रदर्शन हुआ। पुलिस के लाठीचार्ज के बाद गजेंद्र प्रसाद (पन्ना बाबू), नंदलाल प्रसाद, दशरथ राम, रामअवतार राम, रघुनाथ अग्रवाल और महावीर प्रसाद को गिरफ्तार कर लिया गया। अगले दिन फिर यहाँ की सड़कों पर प्रदर्शन हुआ। प्रदर्शन की शुरुआत पलामू जिला स्कूल से हुई और आंदोलनकारी थाना, कोर्ट, रेलवे स्टेशन तक अंग्रेजी सरकार के खिलाफ नारे लगाते हुए गए। इसी दिन गढ़वा और हुसैनाबाद में भी छात्रों के प्रदर्शन हुए। गढ़वा में छात्रों ने शराब की दुकान में तोड़फोड़ की। बड़ी कक्षा के छात्र गोपाल प्रसाद, गौरीशंकर गुप्ता, विश्वनाथ साव और रामकिशोर तेली पकड़ लिये गए। 15 और 16 अगस्त को यहाँ फिर छात्रों ने जोरदार प्रदर्शन किया। 15 तारीख को चैनपुर से 50 लोग, जिनमें 20 आदिवासी थे, राष्ट्रीय झंडे के साथ डालटनगंज पहुँचे। गणेश प्रसाद वर्मा और भागीरथी सिंह के नेतृत्व में लोगों ने इन क्रांतिकारियों का शाहपुर जाकर स्वागत किया। इस दिन रात में दो हवलदार और 25 सिपाहियों का एक दल डालटनगंज पहुँचा। इनके आने के बाद भी आंदोलनकारियों का यहाँ पहुँचना जारी रहा। बरवाडीह से करीब 50 खरवारों का एक दल यहाँ पहुँचा, पर उन्हें डालटनगंज स्टेशन पर ही रात करीब 11.30 बजे गिरफ्तार कर लिया गया। इसी दिन भवनाथपुर थाने के चांदनी गाँव में लोगों ने शराब की दुकान को तहस-नहस कर दिया। महुआडाँड़ में भी पुलिस थाने और शराब की दुकान पर हमला किया गया। 16 अगस्त को स्थिति पर नियंत्रण के लिए 12 हथियारबंद सिपाहियों के साथ एक हवलदार को भेजा गया। 16 को ही

डालटनगंज में तीन प्रदर्शन हुए, पर कोई बड़ी घटना नहीं हुई।

आंदोलनकारियों ने 17 अगस्त को जपला और हैदरनगर के बीच रेल पटरी को उखाड़ दिया। इसकी वजह से दोपहर में करीब ढाई बजे 28 डाउन पैसेंजर पटरी से उतर गई। इस दिन लेस्लीगंज में भी हड़ताल रही। ऊँटारी में दो कांग्रेस कार्यकर्ताओं को गिरफ्तार कर लिया गया। जब पुलिस इन्हें बस से डालटनगंज ला रही थी तो उग्र लोगों ने बस को घेर लिया। टायर पंक्चर कर बस को रोक दिया गया और पुलिस से इन दोनों को छुड़ा लिया गया। डालटनगंज में इस दिन बहुत ही उग्र आंदोलन हुआ। छात्रों और दूसरे आंदोलनकारियों ने पोस्ट ऑफिस पर हमला कर दिया। यहाँ काफी तोड़फोड़ की गई और कागजों में आग लगाने का प्रयास भी किया गया। शहर के आसपास के खरवार भी इसमें भाग लेने के लिए पहुँचे थे। इस घटना के बाद शहर में आईपीसी की धारा 144 और भारत रक्षा अधिनियम की धारा 56 (1) के तहत आदेश जारी कर किसी भी तरह की रैली, सभा या प्रदर्शन पर प्रतिबंध लगा दिया गया। पोस्ट ऑफिस पर हमले में शामिल दिकवा कोरवा, बोलाकी उराँव, कृष्णा खरवार (सभी रामगढ़), चित्रा के जानकी खरवार के साथ पाटन थाना के मेवाल के रामखेलावन सिंह, साधु महतो, सेवक महतो, गंगा चमार, भरत सिंह, डालटनगंज थाने के कौलेश्वर प्रसाद अग्रवाल, शिव प्रसाद साहू, बैजनाथ तिवारी, कृष्णनंदन सहाय, सुखदेव सहाय और जवाहिर साव को गिरफ्तार कर लिया गया। इसी दिन रंका थाना के रणपुरा गाँव में शराब की दुकान पर आंदोलनकारियों ने हमला कर दिया। 17 अगस्त को ही महुआडाँड़ पुलिस थाने पर लोगों ने हमला कर दिया। आंदोलनकारियों को लाठीचार्ज कर भगा दिया गया, पर इनके नेता लखन सिंह गिरफ्तार कर लिये गए।

18 अगस्त को डालटनगंज में पुलिस ने एक प्रदर्शन को तितर-बितर कर दिया और विष्णु प्रसाद सिंह (गाँव-मड़वनिया, थाना ऊँटारी), गनौरा सिंह (ग्राम कुनपुर, थाना पाटन), त्रिलोक नाथ वर्मा (नगर, थाना ऊँटारी), चक्रानंद बैगा और चमरू बैगा (दोनों ग्राम नावा, थाना डालटनगंज) को गिरफ्तार कर लिया। इसी दिन पलामू डिस्ट्रिक्ट बोर्ड के सदस्य रमाकांत वाजपेयी के नेतृत्व में कार्यकर्ता बिश्रामपुर में बैठक कर बिश्रामपुर और गढ़वा थाने पर हमले

की योजना बना रहे थे। पुलिस को इनकी तैयारियों की भनक मिल गई और वाजपेयी समेत अन्य नेता गिरफ्तार कर जेल भेज दिए गए। लातेहार में भी उस दिन हड़ताल रही व यहाँ के आंदोलनकारियों के नेता भुवनेश्वर प्रसाद सिंह सहित कई और नेता गिरफ्तार कर लिये गए। 19 अगस्त को सकड़ी गाँव निवासी धनुष प्रसाद सिंह के नेतृत्व में आंदोलनकारियों के एक जत्थे ने लेस्लीगंज थाने में प्रवेश किया और यहाँ भवन पर राष्ट्रीय झंडा फहराने का प्रयास किया। पुलिस ने लोगों पर लाठीचार्ज किया और धनुष प्रसाद सिंह को गिरफ्तार कर लिया। उन्हें छह महीने की सजा और 25 रुपए का जुर्माना लगाया गया। इसी दिन जपला और नबीनगर रेलवे स्टेशन के बीच टेलीग्राफ के तार काट दिए गए। अंकोरहा रेलवे स्टेशन के पास पटरियों के फिश प्लेट हटा दिए गए। 20 अगस्त को डालटनगंज में बाजार से निकाले गए प्रदर्शन को जिला स्कूल के पास रोक दिया गया और छह आंदोलनकारियों को गिरफ्तार कर लिया गया। इनमें रघुवीर प्रसाद, रामवृक्ष दुसाध, विश्वनाथ ठाकुर, जनक सिंह और महादेव सिंह शामिल थे। ऊँटारी थाने पर हमले के आरोप में कांग्रेस के प्रमुख कार्यकर्ताओं साधु साव, धर्मजीत पांडेय, रामबिलास पांडेय, गुलाब सिंह और लक्ष्मण प्रसाद को गिरफ्तार किया गया। 21 अगस्त को राजकिशोर सिंह (पूर्व विधायक) के नेतृत्व में जुलूस निकाला गया। दोपहर ढाई बजे पुलिस ने जुलूस को रोक दिया और उनके साथ नौ अन्य क्रांतिकारियों विजय शंकर प्रसाद, रामचंद्र प्रसाद, मथुरा प्रसाद, कृष्ण मोहन, त्रिवेणी तिवारी, महावीर राम, सुरेश प्रसाद, हरिराम और रामनारायण राम थे। इन सभी को छह महीने की सजा सुनाई गई और 25 रुपए का जुरमाना लगाया गया। इसी दिन हरिहरगंज थाने में बड़ी संख्या में लोगों ने राष्ट्रीय ध्वज फहराने का प्रयास किया, पर वहाँ मौजूद पुलिस ने उन्हें ऐसा करने से रोक दिया। गढ़वा-मुड़ीसेमर मार्ग को भी आंदोलनकारियों ने कई जगह से बुरी तरह क्षतिग्रस्त कर दिया। 22 अगस्त को जपला और नबीनगर के बीच रेल लाइन को काट दिया गया और इसके बीच के टेलीग्राफ के तार को भी तोड़ दिया गया। डालटनगंज और राजहरा स्टेशन के बीच के भी तार काट दिए गए। हरिहरगंज स्कूल के छात्रों ने भी उस दिन हड़ताल का आयोजन किया। 23 अगस्त को

कई जगहों पर थानों और शराब की दुकानों पर हमले किए गए। 24 अगस्त को लेस्लीगंज थाने में बंद सात कांग्रेस कार्यकर्ताओं को छुड़ाने का प्रयास कर रहे लोगों को डालटनगंज से आए सशस्त्र दल ने भगा दिया और कई लोगों को गिरफ्तार कर लिया। इनमें पांकी क्षेत्र के नामी नेता अखौरी सूरजानंद भी शामिल थे। इसी दिन भंडरिया और ऊँटारी थाने पर भी हमला किया गया। पुलिस ने लाठीचार्ज कर कई आंदोलनकारियों को गिरफ्तार किया। 24 अगस्त को ही क्रांतिकारियों के बड़े नेता जगनारायण पाठक भी गिरफ्तार कर लिये गए। 25 और 26 को गढ़वा रोड–सिगसिगी व कुमनडीह–छीपादोहर के बीच टेलीग्राफ तार काट दिए गए। 26 अगस्त को ऊँटारी में प्रदर्शन निकाला गया, जिसे पुलिस ने रोक दिया। इस दौरान भुवनेश्वर प्रसाद, कपिल नाथ, गुरो साव, नकछेदी कहार, दुलार चंद प्रसाद और सरजू पांडेय को गिरफ्तार कर लिया गया। इसी दिन हैदरनगर में आंदोलनकारियों ने शराब की दुकान, पोस्ट ऑफिस और रेलवे स्टेशन पर हमला कर सरकार को काफी नुकसान पहुँचाया। 27 अगस्त को पाटन थाने के नावा, रंका के भौरी में शराब की दुकानों पर हमला किया गया। इसी दिन रंका थाने के रक्सी गाँव में लोगों की बैठक में जमींदारों को चौकीदारी टैक्स और मालगुजारी नहीं देने का फैसला किया गया। 29 को मनातू के पद्मा में शराब की दुकान पर न सिर्फ हमला किया गया बल्कि इसे आग के हवाले भी कर दिया गया। डालटनगंज से 16 मील दूर कल्वर्ट को भी क्षति पहुँचाई गई। 30 अगस्त को मनातू में पोस्ट ऑफिस के साथ शराब की दुकान पर हमला किया गया, जबकि डालटनगंज थाने के पथरा में शराब की दुकान को निशाना बनाया गया। इसी दिन सुदूर इलाकों से करीब 500 खरवार चैनपुर आए। पुलिस को आशंका थी कि ये लोग अगले दिन डालनगंज में होने वाले आंदोलन में शामिल होंगे। इन्हें पुलिस ने रोक दिया और कई लोगों को यहाँ और डालटनगंज में गिरफ्तार कर लिया। इनमें गणेश प्रसाद कमलापुर, रामटहल गुप्ता, वीरेश्वर साव, रामवृक्ष प्रसाद, सुदामा प्रसाद, बद्री नारायण, मनमोहन खरवार, रामलोचन साव, रामरेखा साव, नन्हकू सिंह, दिगदार सिंह, रामकृष्ण साव और डोमन साव (पूरन चंद) आदि शामिल थे।

31 अगस्त को लातेहार के टिप्पू में गिरिजानंदन सिंह सहित कई टाना भगतों को गिरफ्तार किया गया। इसके बाद इन्हें एक साल कारावास और 100 रुपए जुरमाने की सजा सुनाई गई। 1 सितंबर को लातेहार में साप्ताहिक हाट का दिन था। इस दिन यहाँ लातेहार, गारू और लोहरदगा के टाना भगत बड़ी संख्या में जुटे और जोरदार प्रदर्शन किया। बरवाडीह में भी शराब की दुकान पर हमला किया गया। 8 सितंबर को रंका थाने के रामकंडा में शराब की दुकान पर हमला करने वाले लोगों और पुलिस में भिड़ंत हुई और अगले दिन आदिवासियों के बड़े नेता जेठन सिंह खरवार को पकड़ लिया गया। जेठन सिंह खरवार को कांग्रेस द्वारा रंका और भंडरिया थाने का दरोगा घोषित किया गया था। उनकी गिरफ्तारी के बाद भी आंदोलनकारी रुके नहीं और भंडरिया के कुरुम में शराब की दुकान पर हमला कर उसे क्षतिग्रस्त कर दिया। 11 सितंबर को लातेहार में शराब की दुकान में आग लगा दी गई। 12 सितंबर को बड़ी संख्या में टाना भगत चंदवा थाना में घुस गए और सहायक पुलिस निरीक्षक के क्वार्टर के बाहर राष्ट्रीय झंडा फहरा दिया। जब वे मुख्य थाना भवन पर झंडा फहराने जाने लगे तो उन्हें गिरफ्तार कर लिया गया। 15 सितंबर को लातेहार में छात्रों का उग्र प्रदर्शन हीरा साव के नेतृत्व में निकाला गया। इसके बाद हीरा साव समेत कई लोग गिरफ्तार कर लिये गए।

अक्तूबर महीने में पलामू जिले में चल रहे आंदोलन को कई झटके लगे। 4 अक्तूबर को भागीरथी सिंह खरवार को पकड़ लिया गया। वे 6 अगस्त से ही पुलिस के निशाने पर थे। उस दिन वे यदुवंश सहाय की गिरफ्तारी के बाद उनके घर से निकल भागे थे और भूमिगत होकर आंदोलन को गति दे रहे थे। उनकी गिरफ्तारी के बाद पुलिस का सारा ध्यान गणेश प्रसाद वर्मा और काजी साद सैयद की गतिविधियों पर केंद्रित हो गया। वे दोनों अपने सहयोगियों के साथ मिलकर बड़ी काररवाई की तैयारी कर रहे थे। इस बीच 13 अक्तूबर को तीरथ प्रकाश भसीन और मोतीलाल सेठ को पुलिस पकड़ लेती है। 18 अक्तूबर को महानवमी थी, शहर में दुर्गा पूजा और दशहरे का माहौल था। इसी दिन भारी संख्या में पुलिस बल चियांकी और डालटनगंज रेलवे स्टेशन पहुँच चुका था। रात में इन लोगों ने काजी साद सैयद के आवास को घेर लिया

और सुबह होते-होते यहाँ से उन्हें व उनके सहयोगियों गंगा प्रसाद, वासुदेव नारायण और ऋषि कुमार सहाय को गिरफ्तार कर लिया गया। दूसरी ओर, पुलिस को भेदिए से सूचना मिली कि गणेश प्रसाद वर्मा काफी बीमार हैं और शीला बाबू के बीड़ी पत्ता के गोदाम में खाट पर सोए हुए हैं। पुलिस अधीक्षक रामनारायण सिंह खुद वहाँ जाते हैं और उन्हें गिरफ्तार कर लेते हैं। इसी दिन उनके निकट सहयोगी वेद प्रकाश भसीन, रामजन्म सिंह, राम सिंह भी शहर में अलग-अलग जगह से पकड़ लिये जाते हैं। जिस दिन इन क्रांतिकारियों की गिरफ्तारी हुई थी, उसी दिन नथुनी पासी नाम के व्यक्ति को भी बेलवाटिका में रामजन्म सिंह के घर के पास पकड़ा गया था। उनके पास से पुलिस को माउजर सहित कई हथियार मिले थे। पुलिस ने उन्हें काफी प्रताड़ित किया, पर उन्होंने यह नहीं बताया कि वे हथियार किसके लिए लेकर आए थे। इन सभी के पकड़े जाने के बाद अमिय कुमार घोष ही एकमात्र बड़े नेता बचे थे, जो अंग्रेजों की आँख में धूल झोंककर आंदोलन में सक्रिय थे। 25 अक्तूबर को पुलिस को उनके घर पर होने की सूचना मिली। इसके बाद उनके घर को घेर लिया गया और उन्हें गिरफ्तार कर लिया गया। अक्तूबर महीने में तीन बड़े नेताओं की गिरफ्तारी के बाद जिले में छिटपुट ढंग से आंदोलन चलता रहा, पर कोई बड़ी गतिविधि नहीं हुई। बेलवाटिका में चूँकि सबसे ज्यादा क्रांतिकारी रहते थे, इसकी वजह से उनके परिवार की महिलाएँ कभी-कभी प्रभातफेरी निकालकर एकजुटता का प्रदर्शन करती थीं।

(तथ्य स्वतंत्रता सेनानियों के परिजनों से बातचीत और इतिहासकार डॉ. के.के. दत्ता की पुस्तक 'हिस्ट्री ऑफ द फ्रीडम मूवमेंट इन बिहार' के तीसरे खंड पर आधारित हैं।)

□

गांधीजी और राजेंद्र बाबू का डालटनगंज आगमन

11 जनवरी, 1927 को आजादी की अलख जगाने महात्मा गांधी डालटनगंज आए थे। उस दिन शहर का माहौल कैसा रहा होगा और लोग किस तरह से उत्साहित होंगे, इसकी साफ झलक उन्हें म्यूनिसिपल बोर्ड में दिए गए सम्मान-पत्र से होती है। 'वंदे मातरम' से शुरू इस 'अभिनंदनपत्रम' को भारत को प्रजातंत्र शासन व स्वराज का ही निरंतर पाठ देने वाले संसार के सर्वश्रेष्ठ पुरुष महात्मा गांधी की सेवा में प्रस्तुत किया गया था। इस अभिनंदन-पत्र में लिखा गया था, "हमारे इस छोटे से शहर में, पढ़े-लिखे व सुशिक्षित कहे जाने वालों की संख्या अधिक नहीं और न उद्योग धंधों की ही अधिकता है, यही कारण है कि हम आपको अपनी 'भरी-पूरी थैली' से संतुष्ट नहीं कर सकते और न हममें उस स्वार्थ-त्याग की मात्रा है, जो हमें 'त्याग' या दान का सुंदर व समुचित पाठ दे सके। हमें तो प्रसन्नता इसी बात की है कि आज हम अपने बीच एक ऐसे आदर्श त्यागी को देख रहे हैं जिसके लिए देश-सेवा व जगत् हित के नाते 'त्याग' ही एकमात्र परम तप है। परम पिता परमेश्वर हममें वह शक्ति प्रदान करें जिससे हम भी आपके इस आदर्श 'त्याग' व्रत का पाठ कर सकें।"

कोई भी व्यक्ति डालटनगंज आए और उसके सामने पलामू की गंगा कोयल की चर्चा न हो, यह संभव ही नहीं है। देखिए, अभिनंदन-पत्र में क्या लिखा है—"भगवान्! हमारी यह डालटनगंज की म्युनिसिपलिटी सुरम्य

'कोयल नदी के तट' पर साढ़े तीन वर्गमील में एक अपूर्व शोभा धारण करती है और हमें इस बात का पूर्ण विश्वास है कि आप भी हमारी इस 'वनभूमि' के वनविहार में विशेष आनंद लाभ करेंगे।" पत्र के आखिर में लिखा गया है, "हम डालटनगंज म्युनिसिपलिटी के सदस्यगण अपने इस शहर में आपका सहर्ष सादर व सप्रेम स्वागत करते हैं और आशा करते हैं कि वह दिन दूर नहीं है कि जब हम आपके द्वारा बताए हुए मार्ग पर चलकर अपने इस प्रजातंत्र शासन को सफल बनाने में प्रयत्नशील और समर्थ होंगे।" इस पत्र में गांधीजी को म्युनिसिपलिटी के गठन से लेकर वर्तमान स्थिति तक की जानकारी दी गई थी। इसमें लिखा है, "डालटनगंज की म्युनिसिपलिटी ही इस पलामाऊ जिले की एकमात्र म्युनिसिपलिटी है, प्रजातंत्र शासन की पहली सीढ़ी, म्यूनिसिपलिटी के रूप में इसका जन्म 1 जुलाई, 1888 को हुआ, पर 1913 तक म्युनिसिपल कमिश्नरों तथा पदाधिकारियों का चुनाव ब्रिटिश सरकार की ही ओर से हुआ करता था। वर्ष 1913 से वाइस चेयरमैन तथा म्यु. कमिश्नरों की निर्वाचन पद्धति प्रजातंत्रात्मक ढंग से 'चुनाव' द्वारा होने लगी और वर्ष 1920 से म्युनिसिपलिटी के चेयरमैन भी प्रजा के ही निर्वाचित प्रतिनिधि होने लगे, सच पूछिए तो गत 5-6 वर्षों से ही म्युनिसिपलिटी का समुचित शासन निर्वाचित प्रतिनिधियों के हाथ आया है। इस 5-6 वर्ष के अत्यल्प काल में हम यथासाध्य इसके समुचित उत्थान में लगे रहे हैं, पर जब तक प्रजातंत्र शासन की स्थापना भारतवर्ष में नहीं हो जाती तब तक हम यह नहीं कह सकते कि हमारा सुधार का काम पूरा हो गया।"

गांधीजी शहर में सेठ सागर मल सर्राफ के बगीचे में ठहरे थे। यूँ तो उनसे मिलने के लिए बड़ी संख्या में पलामू जिले से आए लोग पहुँचे थे, पर कुछ लोग उनके पास एक जगह चलने का आमंत्रण लेकर आए थे। ये लोग मारवाड़ी सार्वजनिक हिंदी पुस्तकालय से जुड़े थे। इनमें से एक थे रामनिरंजन प्रसाद तुलस्यान। रामनिरंजन बाबू के बेटे नवल किशोर तुलस्यान अभी इस पुस्तकालय के अध्यक्ष हैं। नवलजी अपने पिताजी की स्मृतियों को साझा करते हुए बताते हैं, "जब पुस्तकालय से जुड़े लोगों ने गांधीजी से पुस्तकालय में आने के लिए कहा तो वे सहर्ष तैयार हो गए। उनके साथ डॉ. राजेंद्र प्रसादजी

भी थे। जब वे दोनों बगीचे से पुस्तकालय आने के लिए चले तो सड़क के दोनों ओर भारी संख्या में लोग 'भारत माता की जय', 'वंदे मातरम्', 'गांधीजी की जय' के नारे लगा रहे थे।"

जब गांधीजी पुस्तकालय पहुँचे तो वे यहाँ की व्यवस्था देखकर बहुत प्रसन्न हुए। उन्होंने वहाँ मौजूद लोगों से पढ़ने और आजादी की लड़ाई में शामिल होने का आग्रह किया। इसके बाद उन्होंने पुस्तकालय की आगंतुक पुस्तिका में लिखा, "इस पुस्तकालय को देख मुझे आनंद हुआ है। मैं पुस्तकालय की उन्नति चाहता हूँ।" गांधीजी के उद्‌बोधन और उनके संदेश ने लोगों में उत्साह का संचार किया। उनके साथ आए राजेंद्र बाबू ने भी आगंतुक पुस्तिका में लिखा, "पूज्य महात्मा गांधीजी के साथ मैंने भी पुस्तकालय को देखा और देखकर बहुत ही आनंद पाया। इस प्रकार के पुस्तकालयों से जनता को बहुत लाभ पहुँचता है और मेरी आशा है कि संचालक इसे स्थायी बनावेंगे और इसकी प्रतिदिन उन्नति होती जाएगी।" गांधीजी ने अपने संदेश के बाद तारीख में 'पौ. शु. 9' लिखा तो राजेंद्र बाबू ने '11 जनवरी, 1927, मंगलवार' लिखा। इसी दिन शहर में गांधीजी का दो जगह सम्मान समारोह भी हुआ था। इनमें हिंदी तिथि 'पौष शुक्ल 8, 1983 वि. लिखा गया है।

गांधीजी की यात्रा की चर्चा करने पर स्वतंत्रता सेनानी स्व. नीलकंठ सहाय ने कहा था, "मेरे पूज्य पिताजी (जयवंश सहाय) स्वागत समारोह में मौजूद थे। वे डालटनगंज में वकालत करते थे। मेरे पिताजी की लाइब्रेरी में इस बात का प्रमाण मौजूद है कि गांधीजी कब डालटनगंज आए थे।"

इसी दिन महात्मा गांधी के साथ आए डॉ. राजेंद्र प्रसाद ने अपने संदेश में लिखा था, "पूज्य महात्मा गांधीजी के साथ मैंने भी पुस्तकालय को देखा और देखकर बहुत ही आनंद पाया। इस प्रकार के पुस्तकालयों से जनता को बहुत लाभ पहुँचता है और मेरी आशा है कि संचालक इसे स्थायी बनावेंगे और इसकी प्रतिदिन उन्नति होती जाएगी।" संभवत: यह राजेंद्र बाबू की इस शहर की पहली यात्रा थी। इसके बाद इस शहर से राजेंद्र बाबू का अटूट संबंध बनता चला गया। स्वतंत्रता सेनानी और संविधान सभा के सदस्य रहे यदुवंश सहाय 'यदु बाबू' का तो पूरा परिवार ही उनसे काफी प्रभावित था। यदु बाबू के छोटे

भाई उमेश्वरी चरण 'लल्लू बाबू' (डालटनगंज से वर्ष 1957 के विधायक) ने तो उनके कहने पर पढ़ाई छोड़कर स्वतंत्रता आंदोलन में भाग लिया था। वर्ष 1989 में जब डालटनगंज में राजेंद्र बाबू की मूर्ति लगी तो तत्कालीन राष्ट्रपति आर. वेंकटरमण उसका उद्घाटन करने आए थे। उनके भाषण का अंग्रेजी से हिंदी में अनुवाद यदु बाबू के सबसे छोटे भाई मदन कृष्ण वर्मा ने किया था। छहमुहान पर लगी मूर्ति की स्थापना में भी उनकी महत्त्वपूर्ण भूमिका रही थी।

आजादी की लड़ाई के दौरान किसानों की सभा में भाग लेने के लिए राजेंद्र बाबू डालटनगंज आए थे और यदु बाबू के घर रुके थे। यदु बाबू के पुत्र बृजनंदन सहाय 'मोहन बाबू' बताते हैं कि जिस मैदान में सभा होनी थी, वहाँ बड़ी संख्या में किसान जुटे थे। इसी बीच राजेंद्र बाबू का दमा (साँस की बीमारी) उभर गया। मीटिंग तो नहीं हो सकी, पर राजेंद्र बाबू ने किसानों से भेंट की। यहीं उनका इलाज हुआ। जो दवाएँ वे लेते थे, वह तो उन्हें दी ही गईं, साथ ही देसी इलाज भी हुआ। यदु बाबू के घर बिनाई रामजी काम करते थे। उन्होंने राजेंद्र बाबू को लहसुन पका हुआ तेल लगाया, जिससे उन्हें काफी आराम मिला। तेल लगाने के दौरान एक दिलचस्प वाकया हुआ। बिनाई रामजी ने राजेंद्र बाबू से पलामू की बोली में पूछा, "रऊआ का करिला, हुजुर! केतना बाल-बच्चा बड़न। घर कईसे चलला।" घर चलाने का सवाल कई बार पूछे जाने पर भी राजेंद्र बाबू चुप रहे। इसके बाद बिनाई रामजी ने कहा, "बूझ गईली, जईसे हमार बाबू के घर चलला ओहिंसही राऊरो घर चलत होखी। दूनो जना देश के आजादी दिलावे में लागल ही।"

बाबू रामनारायण सिंह का पलामू दौरा

आंदोलन को गति प्रदान करने और कांग्रेस के संगठन के विस्तार के लिए छोटानागपुर केसरी के नाम से विख्यात बाबू रामनारायण सिंह अकसर पलामू के दौरे पर आते थे। उनकी एक डायरी के अनुसार वे वर्ष 1935 में 6 से 9 जनवरी तक यहाँ रहे थे। छह तारीख की डायरी में उन्होंने लिखा है, "भोर में लौरी से चल 6 बजे संध्या में डालटनगंज पहुँचा और पशुपति बाबू के डेरे पर ठहरा। श्रीमती सरस्वती देवी पहले ही आ चुकी थीं। यहाँ काम

शुरू हो गया था। लोगों में उत्साह पहले की तरह ही पाया। केदार बाबू वकील साथ थे। नागेश्वर नौकर भी था।" 7 जनवरी को वे लिखते हैं, "सभी लोगों से बातें और सलाह हुई। लोग साथ काम करने को तैयार हुए। अस्थायी जिला कांग्रेस कमिटी भी बन गई। सार्वजनिक सभा हुई। उपस्थिति अच्छी थी। प्रभाव अच्छा पड़ा।" 8 जनवरी को उन्होंने लिखा था, "प्राय: 3 बजे उठा और पं. गौरी शंकर ओझा तथा श्री यदुवंश सहाय वकील और नागेश्वर नौकर के साथ पहले विश्रामपुर और उसके बाद गढ़वा गया। दोनों जगह लोग उत्साहित और प्रभावित मालूम हुए। विश्रामपुर के इलाके के लोग बहुत ही दु:खित मालूम हो रहे थे। गढ़वा स्टेशन पर सरगुजा राजा के प्रतिनिधि उमेश्वरी साहू भी अच्छा उत्साह रखते हैं।" बाबू रामनारायण सिंह पलामू के बगल के जिले चतरा के हंटरगंज प्रखंड के अंतर्गत तेतरिया ग्राम निवासी थे। बाद में वे संविधान सभा के सदस्य और हजारीबाग से सांसद भी बने।

□

नेताजी का डालटनगंज आगमन

आजादी की लड़ाई में नेताजी सुभाष चंद्र बोस के आह्वान पर सर्वस्व त्याग करने वालों की आकांक्षा रखने वाले देश-प्रेमियों में बड़ी संख्या पलामू के लोगों की भी थी। पलामू की भूमिका स्वतंत्रता संग्राम में महत्त्वपूर्ण पहले से ही थी और यह एक तरह से क्रांतिकारियों का गढ़ बनता जा रहा था। जब यहाँ के लोगों ने उन्हें आमंत्रित किया तो वे सहर्ष यहाँ आने के लिए तैयार हो गए। शिवाजी मैदान में उनका भाषण 10 फरवरी, 1940 को हुआ था। इसी यात्रा में वे जपला सीमेंट फैक्टरी भी गए थे और वहाँ मजदूरों व क्रांतिकारियों की सभा को भी संबोधित किया था। पहले, 1940 में नेताजी के यहाँ आने की बात तो होती थी, पर वह तारीख क्या थी, इसकी जानकारी उपलब्ध नहीं थी। इस साल 18 से 20 मार्च तक रामगढ़ में कांग्रेस का अधिवेशन हुआ था। इसकी वजह से लोग यह अनुमान लगाते थे कि इसी महीने में नेताजी का आगमन डालटनगंज में हुआ होगा। इस सभा में अमिय कुमार घोष, सुकोमल दत्ता सरीखे नेता मौजूद थे तो गंगा प्रसाद जैसे किशोर भी थे। गंगा बाबू पर तो नेताजी के भाषण का ऐसा असर पड़ा कि उन्होंने स्कूल खुलने वाले दिन गिरिवर स्कूल (जहाँ वे पढ़ते थे) में प्रार्थना सभा से पहले 'वंदे मातरम्' का गान करने लगे।

अब यह सवाल उठना मुनासिब है कि 10 फरवरी का दिन सही कैसे है? डालटनगंज में स्वतंत्रता सेनानियों का एक परिवार है। यदुवंश सहाय, उनके भाई उमेश्वरी चरण 'लल्लू बाबू' और उनके पुत्र कृष्णनंदन सहाय 'बच्चन बाबू' वर्ष 1942 के 'अंग्रेजो भारत छोड़ो' आंदोलन के दौरान जेल गए

थे। लल्लू बाबू को रोज डायरी लिखने की आदत थी। इसी डायरी में उल्लेख है कि इस दिन सुभाष बाबू डालटनगंज में थे। पलामू के स्वतंत्रता सेनानियों पर लिखने के दौरान मुझे कई ऐतिहासिक दस्तावेज मिले। इन्हीं में से हैं लल्लू बाबू के डायरी के कई पन्ने। इन पन्नों पर हैं उनकी बेबाक टिप्पणियाँ। उन पर नेताजी का प्रभाव तो पड़ा, पर अधिक नहीं। इसकी एक झलक देखिए—

10 फरवरी, 1940
डालटनगंज

आज अनवर भाई के साथ यहाँ 2.30 बजे पहुँचा और जलपान आदि कर 7 बजे तक सुभाष बाबू की सभा में मशगूल रहा। उनके भाषण का ज्यादा प्रभाव मुझ पर नहीं पड़ सका। ये कांग्रेस को मजबूत नहीं कर रहीं हैं, ऐसा मुझे लगता है। 10 बजे सो गया। जिस जगह पर नेताजी की प्रतिमा लगी है, संभव है, वे वहाँ से गुजरे भी हों। जिस जगह वे ठहरे थे और जहाँ उनकी सभा हुई थी, वह स्थान आज के सुभाष चौक (पहले सद्दीक मंजिल चौक) के पास ही है।

नेताजी का रात्रि विश्राम अमिय कुमार घोष के घर पर हुआ था। यह वही घर है, जहाँ आज की तारीख में प्रकाश चंद जैन सेवा सदन है। इस मकान के पहले तल्ले पर नेताजी के सोने का इंतजाम था। अब थोड़ी बात अपनी और अपने परिवार पर नेताजी के प्रभाव की। एक बार मैं पापा के साथ अपने गाँव पनेरीबाँध में था। यहाँ आने के बाद फरबीबाँध तालाब में नहाना तो रोज का नियम था। पापा के साथ हम दोनों भाई भी वहाँ नहाने पहुँच जाते थे। एक दिन हम लोग वहाँ पहुँचे तो पापा के किशुन मामा वहाँ पहले से मौजूद थे। उन्होंने पापा को 'तारकेंद्र' नाम से पुकारा। यह नाम हम लोगों के लिए नया था। दरअसल, पिता के नाम के पहले अक्षर से पुत्र का नाम रखने की एक परंपरा है। उसी परंपरा के तहत बाबा के नाम तपेश्वर के पहले अक्षर से पापा का नाम तारकेंद्र रखा गया था। देश में स्वतंत्रता आंदोलन की धूम थी और लोग नेताजी के दीवाने थे। ऐसे में मेरे बाबा कैसे अछूते रहते? उन्होंने अपने बेटे का नाम अपने आदर्श सुभाष चंद्र बोस के नाम पर रख दिया।

जब बाबा ने पापा के नाम बदलने की कहानी बताई तो हम दोनों भाइयों का बालमन कुछ और जानने को मचलने लगा। इसके बाद उन्होंने स्वतंत्रता आंदोलन में नेताजी, गांधीजी, नेहरूजी, वीर सावरकर सरीखे नेताओं से जुड़ी कहानियाँ तो बताईं ही, उनसे जुड़ी किताबें भी खरीदकर दी। नेताजी की जोशपूर्ण बातें मेरे बाल मन में बहुत गहराई तक बैठ गईं। जब हम दोनों भाइयों ने बाबा से नेताजी के बारे में कुछ और जानना चाहा तो उन्होंने कहा कि कुछ ऐसी बातें तुम लोगों के सामने घटित होंगी कि पूरा परिवार नेताजी को याद रखेगा। सच में दो घटनाएँ ऐसी हुईं कि हमलोग नेताजी को बरबस याद कर लेते हैं। पहली घटना थी माई (दादी) का निधन। माई ने जिस दिन अपना नश्वर शरीर त्यागा था तो वह तारीख थी 23 जनवरी यानी नेताजी की जयंती। अब भला इस दिन को मेरा परिवार कैसे भूल सकता है!

अभी नेताजी से एक और कड़ी जुड़ने वाली थी। जब मेरा पहला पुत्र गर्भ में था तो उसकी माँ का इलाज प्रकाश चंद जैन सेवा सदन में डॉ. मीरा झा करती थीं। इसी मकान में नेताजी रुके थे। बेटे का जन्म भी इसी अस्पताल में हुआ। वह और उसकी माँ उसी कमरे में करीब दस दिन तक रही जिसमें नेताजी ठहरे थे। यह रोमांचक और गर्व करने वाला पल था। दूसरे बेटे का जन्म भी उसी अस्पताल में हुआ। जहाँ सुभाष चंद्र बोस सरीखे महान् देशभक्त ठहरे हों, वहीं सुभाष चंद्र मिश्रा के पौत्र उत्कर्ष और शिखर का जन्म होना रागिनी और सुमन के लिए हर्ष से भरा रहा है।

□

1
यदुवंश सहाय

भारतीय स्वतंत्रता संग्राम और संविधान निर्माण की जब भी बात होगी तो यह चर्चा पलामू के स्व. यदुवंश सहाय के जिक्र के बिना अधूरी ही रहेगी। यदु बाबू के नाम से लोकप्रिय इस महान् व्यक्तित्व पर हर पलामूवासी को गर्व होना चाहिए। जिस संविधान से हमारा देश चल रहा है, उसके निर्माण में हमारे जिले के निवासी का भी हाथ रहा है। दिल्ली में जहाँ संविधान सभा के सभी सदस्यों के हस्ताक्षर रखे गए हैं, वहाँ यदुवंश सहाय के भी हस्ताक्षर हैं। संविधान सभा के 284 सदस्यों ने 24 जनवरी, 1950 को ये हस्ताक्षर किए थे। 26 जनवरी, 1950 को संविधान लागू हुआ और भारत एक गणतंत्र बना। यह देखना व पढ़ना रोमांचित और उत्सुकता पैदा करता है इस हस्ती के बारे में जानने के लिए।

यदुवंश सहायजी का जन्म वर्ष 1901 में पलामू के बगल के जिले औरंगाबाद के अंबा प्रखंड के सरडीहा में हुआ था। यहीं आरंभिक पढ़ाई हुई। कॉलेज की पढ़ाई लंगट सिंह कॉलेज, मुजफ्फरपुर से हुई। उन्होंने वकालत

की डिग्री पटना विश्वविद्यालय से हासिल की। औरंगाबाद में वकालत की शुरुआत हुई। वह दौर आजादी की लड़ाई का था तो फिर इससे यदु बाबू भी कैसे बचते? राजनीति में आ गए और शुरू हो गई आजादी की लड़ाई में सहभागिता। इनके मामा कामेश्वर सहाय पुलिस विभाग में इंस्पेक्टर थे और डालटनगंज में तैनात थे। वे नहीं चाहते थे कि उनका भांजा राजनीति में जाए। वे यदु बाबू को लेकर औरंगाबाद से डालटनगंज आ गए। यहीं जेलहाता में घर भी बना दिया गया। यदु बाबू डालटनगंज आ तो गए, पर यहाँ की धरती उन्हें किसी और काम के लिए बुला रही थी। वकालत तो शुरू हुई, पर आजादी की लड़ाई में हिस्सेदारी और बढ़ गई। वर्ष 1922 से ही कांग्रेस में सक्रिय रहे यदु बाबू वर्ष 1930, 32, 40 में भी अंग्रेजों के खिलाफ आंदोलन में जेल जा चुके थे। वर्ष 1946 में बिहार में अंतरिम सरकार के गठन के लिए चुनाव हुआ। इसमें यदु बाबू ने दक्षिण-पश्चिम पलामू साधारण ग्रामीण से चुनाव लड़ा। इसमें मिली जीत से ही उनकी लोकप्रियता का अंदाजा लगाया जा सकता है। 1939 में वे डिस्ट्रिक्ट बोर्ड के डिप्टी चेयरमैन भी चुने गए थे।

9 अगस्त, 1942 को महात्मा गांधी के आह्वान पर 'अंग्रेजो भारत छोड़ो' का आंदोलन शुरू हुआ। यदु बाबू पर अंग्रेजों की निगाह पहले से ही थी और उन्हें आंदोलन शुरू होने से तीन दिन पहले ही 6 अगस्त को गिरफ्तार कर लिया गया। पुलिस के पास गुप्त सूचना थी कि यदु बाबू के नेतृत्व में डालटनगंज सहित पूरे जिले में बड़े आंदोलन की तैयारी की जा रही है। इस कारण वे मुंबई में हो रहे कांग्रेस के अधिवेशन में भी नहीं गए थे। रामनारायण सिंह उस वक्त पलामू के एसपी थे। उनकी नजर यदु बाबू और गणेश प्रसाद वर्मा की गतिविधियों पर लगी रहती थी। दरअसल, उन्हीं दोनों के नेतृत्व में जिले में आंदोलन चल रहा था। दोनों आपस में मित्र थे, पर उनके सोचने का नजरिया अलग था। यदु बाबू अहिंसक आंदोलन में विश्वास रखते थे तो गणेश बाबू सशस्त्र आंदोलन के पक्षधर थे। इन दोनों के अलावा भागीरथी सिंह और काजी सैयद साद पर भी कड़ी निगाह रखी जा रही थी। पुलिस इन चारों को गिरफ्तार करने की तैयारी में थी।

6 अगस्त, 1942 को यदु बाबू अपने जेलहाता स्थित आवास के बराम

में अपने साथियों के साथ बैठकर आंदोलन की रणनीति बना रहे थे। उनके साथ जिले के दो बड़े किसान नेता भागीरथी सिंह और जेठन सिंह खरवार भी थे। वे दोनों आदिवासी थे, पर उन्हें समाज के हर वर्ग का समर्थन प्राप्त था। इनके अलावा बड़ी संख्या में किसान भी वहाँ मौजूद थे। इसी बीच बिरजू बाबू नाम के पुलिस अधिकारी सिपाहियों के साथ वहाँ आते हैं। वे यदु बाबू के रिश्तेदार भी थे। उन्होंने वहाँ आते ही यदु बाबू को गिरफ्तार करने का फरमान सुनाया। यदु बाबू उस वक्त गंजी पहन कर बैठे थे। उन्होंने बिरजू बाबू से पूछा कि कुरता पहन लूँ या ऐसे ही चल दूँ? उन्हें कुरता पहनने की अनुमति दी जाती है। यदु बाबू के पुत्र बृजनंदन सहाय 'मोहन बाबू' की उम्र उस वक्त 11 साल के करीब थी। अभी 91 साल की उम्र में भी उनके सामने उस दिन का दृश्य सामने आ जाता है। वे बताते हैं, "बाबूजी जैसे ही कुरता पहनने के लिए अंदर गए, पीछे से भागीरथी सिंह भी पहुँच गए और कहा कि रऊवा पकड़ा गईली, अब आगे कईसे लड़ाई होई? इस पर बाबूजी ने उन्हें कुछ समझाकर जेठन सिंह के साथ घर के पीछे के रास्ते से निकल जाने की सलाह दी। इसके बाद बाबूजी ने गणेश बाबू को भी सचेत रहने का संदेश भिजवाया।" यदु बाबू की गिरफ्तारी की खबर पूरे जिले में आग की तरह फैल गई। कई क्रांतिकारी सचेत हो भूमिगत हो गए। 7 अगस्त को डालटनगंज में पूर्ण हड़ताल रही। किसी भी दुकानदार ने अपनी दुकान नहीं खोली।

गिरफ्तारी के बाद यदु बाबू को कागजी काररवाई करके डालटनगंज जेल भेज दिया गया। उनके घर के बाहर एसपी के आदेश पर दो सिपाही तैनात कर दिए गए। इसका मकसद घर के लोगों पर ही नहीं, वहाँ आने-जाने वाले लोगों पर भी नजर रखना था। यदु बाबू पहले भी कई बार अंग्रेजों के खिलाफ आंदोलन के कारण जेल जा चुके थे, पर इस बार उनकी गिरफ्तारी बिल्कुल अचानक ही हो गई थी। इसकी वजह से थोड़े समय तक घर का माहौल थोड़ा गमगीन हो गया। यदु बाबू की पत्नी सुमित्रा देवी उस समय गर्भवती थीं और उनके सबसे बड़े बेटे कृष्णनंदन सहाय 'बच्चन बाबू' 16 साल के थे। सुमित्रा देवी ने न सिर्फ खुद को सँभाला, बल्कि परिवार को भी सँभाला। वे कितने जीवट की महिला थीं, इसका अंदाजा इसी से लगाया जा सकता है कि कुछ

दिनों के बाद बच्चन बाबू भी डालटनगंज पोस्ट ऑफिस लूटकांड में गिरफ्तार कर लिये गए। उनके साथ पकड़े गए सभी युवकों को थाने लाया गया। वहाँ पलामू के एसपी रामनारायण सिंह बैठे थे। पकड़कर लाए गए लोगों की उम्र देखते हुए उन्होंने कहा कि जो माफी माँग लेगा, उसे छोड़ दिया जाएगा। बच्चन बाबू के पकड़े जाने और माफी माँगकर छूटने की शर्त की खबर उनके घर तक पहुँच चुकी थी। मोहन बाबू बताते हैं, "मेरी अइया घरेलू महिला होते हुए भी बहुत ही हिम्मती और मजबूत इरादों वाली थीं। उन्होंने भैया को खबर करवाई कि जेल जाना है, माफी नहीं माँगोगे। माफी माँगी तो फिर घर नहीं आना।" बच्चन बाबू के लिए माँ सुमित्रा देवी का आदेश ऊर्जा भरने वाला था। वे गिरफ्तार करके जेल भेज दिए गए। यदु बाबू और बच्चन बाबू जैसे पिता-पुत्र की कम ही जोड़ी होंगी जो भारत छोड़ो आंदोलन में जेल गई होंगी। यदु बाबू के छोटे भाई उमेश्वरी चरण 'लल्लू बाबू' अपने बड़े भाई से काफी प्रभावित थे। उन्हीं की तरह देशप्रेम की भावना उनमें भी भरी थी। वे राजेंद्र प्रसाद से प्रभावित होकर मैट्रिक की पढ़ाई छोड़कर आजादी के आंदोलन में कूद पड़े थे। उनकी गिरफ्तारी औरंगाबाद के पास हुई थी और उन्हें भी हजारीबाग जेल में रखा गया था। इन दोनों भाइयों की निकटता राजेंद्र बाबू, जयप्रकाश नारायण और रामवृक्ष बेनीपुरी से थी। वे वर्ष 1957 में डालटनगंज के विधायक चुने गए थे।

यदु बाबू को वर्ष 1944 में जेल से छोड़ा गया, पर इस शर्त के साथ कि वे पुलिस को खबर किए बिना शहर नहीं छोड़ेंगे। जेल से बाहर आने के बाद उनकी सक्रियता बढ़ गई। कई राष्ट्रीय नेता उनकी प्रतिभा को जान चुके थे। वर्ष 1946 में बंगाल के नोआखाली में दंगा शुरू हो गया। महात्मा गांधी वहाँ जा चुके थे। बिहार सरकार की ओर से यदु बाबू को वहाँ भेजा जाता है। आप महात्मा गांधी के साथ नोआखाली के गाँव-गाँव घूमे। इस दौरान वे न सिर्फ गांधीजी के काफी नजदीक हुए, बल्कि उनके विचारों में और ज्यादा परिपक्वता आई। वे गांधीजी के साथ 20 जनवरी से 30 जनवरी, 1947 तक रहे थे। यदु बाबू जिस दिन यहाँ पहुँचे थे, उसी दिन बापू ने शिरौंधी गाँव में बीबी अमतुस्सलाम का उपवास तुड़वाया था। वे 24 दिन से उपवास कर रही

थीं। जब वह बापू के साथ नोआखाली आईं तो इस गाँव में पहुँचने पर उन्हें पता चला कि एक मंदिर से दुर्गाजी की मूर्ति के पास रखी तलवार चुरा ली गई है। इसे लेकर हिंदुओं में काफी आक्रोश है और पूरे इलाके में तनाव है। वे हर हाल में हिंदू-मुसलिम में सौहार्द की वापसी और विश्वास बहाली चाहती थीं। इसके बाद उन्होंने मुसलमानों से तलवार वापस करने की अपील की और ऐसा नहीं होने पर उपवास पर बैठ गईं। काफी जद्दोजहद के बाद आखिर में तलवार लौटाई गई। इसके बाद महात्मा गांधी ने उनका उपवास तुड़वाया।

यदु बाबू रोज डायरी लिखा करते थे। 20 जनवरी, 1947 को वे लिखते हैं, “2 बजे रात फेनी स्टेशन पर उतरा। एक मजिस्ट्रेट साहब हमलोगों को लेने के लिए स्टेशन पर आए थे। नजदीक ही डाक बँगले में जाकर ठहरा। भोर में तैयार हो गया। एस.डी.ओ. फेनी आकर मिले और उनके साथ पुलिस अधीक्षक अब्दुल्ला भी थे। एक साथ नाश्ता किया। पुलिस अधीक्षक अपनी जीप में शिरौंधी से एक मील दूर ले आए। जमीन काफी उपजाऊ, जनता खुशहाल। पैदल चलकर शिरौंधी पहुँचा। बड़ी ही सुंदर और शांत जगह है। इसी गाँव में मुसलिम महिला के दर्शन किए, जो 24 दिन से उपवास किए हुए है। आज संध्या को उपवास तोड़ा। गाँव और अगल-बगल के मुसलमान भाइयों की काफी जायदाद है।” यहाँ यह बताना जरूरी है कि जब गांधीजी नोआखाली पहुँचे तो पुलिस अधीक्षक अब्दुल्ला उनके पास आए थे। अब्दुल्ला ने गांधीजी से वादा किया था कि आपके रहते दंगे नहीं होंगे। इस पर बापू ने कहा था कि तब ठीक है, अगर अब दंगे हुए तो गांधी तुम्हारे दरवाजे पर मर जाएगा। इस पर अब्दुल्ला ने कहा था कि मेरे जीते-जी दंगे नहीं होंगे।

यदु बाबू ने 26 जनवरी को बानसा गाँव में गांधीजी की मौजूदगी में तिरंगा फहराया था। उस दिन उन्होंने अपनी डायरी में लिखा, “डेढ़ मील की यात्रा। इस गाँव में लूट हुई थी। घर नहीं जलाए गए थे। एक अमेरिकन समाचार-पत्र (Chicago Daily Hearald New) से Mc brley यहाँ एक व्यक्ति आए। यात्रा के समय हीरापुर में ‘वंदे मातरम्’ गान आरंभ हुआ। गाधीजी अपनी झोंपड़ी से निकलकर शांति से खड़े रहे। रास्ते में सरदार निरंजन सिंह ने ‘कदम-से-कदम बढ़ाए जा’ गाया। इस गाँव में पहुँचकर झंडा फहराया गया

और प्रतिज्ञा-पत्र पढ़ा गया। मैंने झंडा फहराया और अब्दुल मोहम्मद साहब ने प्रतिज्ञा-पत्र पढ़ा। दोपहर में हमलोग सफाई के खयाल से गाँव में गए। यहाँ के तमाम हिंदू ऐसे हैं कि आज शूद्र हिंदुओं के साथ एक पाँत में बैठकर खाने से इनकार कर दिया। मुसलमान बने फिर हिंदू, लेकिन छुआछूत का भूत सिर पर।' 30 जनवरी को यदु बाबू नोआखली से लौट आए।

नोआखली जाने से पहले यदु बाबू को एक बड़ी जिम्मेदारी मिल चुकी थी। उन्हें वर्ष 1946 में बनी संविधान सभा का सदस्य बनाया गया था। इस समिति के अस्थायी अध्यक्ष सच्चिदानंद सिन्हा, अध्यक्ष डॉ. राजेंद्र प्रसाद और निर्मात्री समिति के अध्यक्ष बाबा साहेब भीमराव आंबेडकर थे। संविधान सभा की बैठकों में उन्होंने कई महत्त्वपूर्ण चर्चाओं में भाग लिया और अपने विचार रखे। यदु बाबू के अलावा पलामू निवासी अमिय कुमार घोष भी संविधान सभा के सदस्य थे। वे वर्ष 1946 में छोटानागपुर डिवीजन साधारण नागरिक से विधायक चुने गए थे। वर्ष 1952 में हुए चुनाव में भी वे डालटनगंज से विधायक चुने गए थे। मोहन बाबू बताते हैं कि आजादी की लड़ाई में भाग लेने के दौरान पिताजी ने सब कुछ दाँव पर लगा दिया था। पिताजी संविधान सभा की बैठकों में भाग लेने के लिए डालटनगंज से दिल्ली जाते थे। हमें उनके जाने की जानकारी तो रहती थी, पर यह कभी पता नहीं चला कि संविधान सभा की बैठक में होता क्या है ? हाँ, इतना भान अवश्य था कि आगे देश जिस संविधान से चलेगा, उसमें मेरे पिताजी का भी योगदान होगा।

देश का संविधान लागू हुए अभी एक महीना भी नहीं हुआ था कि यदु बाबू फरवरी के तीसरे सप्ताह में डालटनगंज से बालूमाथ में किसानों की सभा में जाने के क्रम में जीप दुर्घटना में सतबरवा के निकट गंभीर रूप से घायल हो गए। उन्हें डालटनगंज लाया गया। उनके सिर में काफी चोट लगी थी। उनके घायल होने की सूचना पर तत्कालीन मुख्यमंत्री श्री कृष्ण सिंह भी उन्हें देखने डालटनगंज आए थे। उस वक्त यहाँ कि चिकित्सा व्यवस्था उतनी अच्छी नहीं थी। उन्हें देखने के लिए पटना के दो डॉक्टर एक दिन छोड़ करके आते थे। उनके नाम थे डॉ. नवाब और डॉ. विजय। उनका प्रयास 25 फरवरी, 1950 को असफल हो गया और यदु बाबू ने आखिरी साँस ली। उनके साथ घायल

हुए पलामू जिला कांग्रेस के सभापति गौरीशंकर ओझा का भी इसके कुछ दिन बाद निधन हो गया।

यदु बाबू के निधन से पलामू ही नहीं पूरा बिहार शोकमग्न हो गया। पटना में कांग्रेस के प्रदेश कार्यालय सदाकत आश्रम में पार्टी का झंडा झुका दिया गया। अखबारों में खबर छपी, 'प्रांत के प्रिय नेता यदु बाबू की वाहन दुर्घटना में मौत', 'श्री यदुवंश सहाय की असामयिक मृत्यु', 'सदाकत आश्रम में शोकसभा', 'TRIBUTES TO JADU BABU, PROVINCE WIDE MOURNING' 27 फरवरी को भारतीय संसद में भी एक मिनट का मौन रखकर उन्हें श्रद्धांजलि दी गई।

हजारीबाग जेल में रहने के दौरान ही यदु बाबू की निकटता महान् साहित्यकार और स्वतंत्रता सेनानी रामवृक्ष बेनीपुरी से हो गई थी। इन दोनों की मित्रता कितनी गहरी थी, इसका अंदाजा बेनीपुरीजी द्वारा यदु बाबू के निधन के बाद उनके पुत्र बच्चन बाबू को लिखे पत्र से लगाया जा सकता है। इस पत्र में वे लिखते हैं, "आह, भाईजी—कितने महान् थे वे! उनकी देशभक्ति जलते अंगारे की तरह निर्धूम थी! उनका त्याग—उनके निकट रहने वाले जानते हैं, वह किस उच्च कोटि का था! गरीबों के लिए किस प्रकार की तड़प थी उनके हृदय में। जहाँ भी अन्याय हो, वे खड्गहस्त खड़े हो जाते थे! जैसा विशाल हृदय—वैसी ही तीक्ष्ण मेधा! मैं यह दावे के साथ कह सकता हूँ, बिहार के सार्वजनिक क्षेत्र में उनके जैसे लोग विरल हैं! दुःख है, तो इसी बात का कि उन्हें हम उस स्थान पर नहीं देख सके, जिसके वे सच्चे अधिकारी थे!

कहाँ तक लिखूँ उनकी यशोगाथा। 'बाढ़े पूत पिता के धरमू'—"उनका पुण्य तुम लोगों को दिन-दिन उन्नति की चोटी पर पहुँचावे—यही कामना है! अपने भाइयों को मेरा प्यार कहना और माताजी को—आह! उनकी स्थिति ही कँपा देती है! बच्चन, हम सब धैर्य करें।"

यदु बाबू ने अपने जीवन में बड़े पुत्र बच्चन बाबू की शादी हमीदगंज में रहने वाली शैलजा सिन्हा से की थी। बाद में शैलजा सिन्हा कई महिला महाविद्यालयों की प्राचार्या रहीं। वे कहती हैं, "बाबूजी की सोच काफी विस्तृत थी। वे महिलाओं को समान अधिकार देने के पक्षधर थे। शादी में उन्होंने कोई

दान–दहेज ही नहीं लिया बल्कि अपनी ओर से पैसे खर्च किए। बारात में राज्य के मुख्यमंत्री श्री कृष्ण सिंह सहित कई बड़े नेता आए थे। जब वे संविधान सभा की बैठकों में जाते थे तो दिल्ली से मेरे पास पत्र भेजकर काफी जानकारी देते थे। शादी के समय मैं मैट्रिक में पढ़ती थी। उन्होंने स्कूल जाने के लिए रिक्शा ठीक कर दिया था। वे कहते थे कि कूपमंडूक नहीं बनना है, खूब पढ़ना है और समाज को एक नई दिशा दिखानी है। जब वह घायल होकर अस्पताल में भरती थे तो मैं स्कूल से ही उन्हें देखने पहुँची थी। वे तो अचेत पड़े थे, पर ओझाजी के मुँह से 'यदु बाबू' का नाम बार–बार निकल रहा था।"

9 दिसंबर, 1940 को भी यदु बाबू हुए थे गिरफ्तार

यदुवंश सहाय की तरह उनके छोटे भाई उमेश्वरी चरण 'लल्लू बाबू' भी डायरी लिखते थे। 8 दिसंबर, 1940 से लेकर 11 दिसंबर तक उन्होंने अपनी डायरी में यदु बाबू की गिरफ्तारी से लेकर उनके हजारीबाग जेल जाने तक का वर्णन किया है। 8 दिसंबर को वे लिखते हैं, 'औरंगाबाद से सुबह रवाना हुआ और 12 बजे यहाँ पहुँचा। कल भइया को जेल जाना है। जिला बोर्ड में आज भोज दिया गया। भइया का भाषण बड़ा ही करुणायुक्त और उत्साहप्रद था, एक देशभक्त को ऐसा ही होना चाहिए।"

9 दिसंबर को वे लिखते हैं, "आज अजीब दिन है। भइया जेल जा रहे हैं, डेरे पर हजारों की भीड़ है और सभी फूल माला लिये हुए, आजादी के वलिपंथी को विदा करने के लिए खड़े हैं। संध्या समय भइया रवाना हुए, हम लोगों ने भी माला पहनाई। अपने को मैं रोक न सका और रो पड़ा। देशसेवी को पत्थर का दिल चाहिए। लेकिन 5,000 की भीड़ ने जिस समय श्रद्धापूर्वक उन्हें विदा किया, हृदय गद्गद हो गया। 9 बजे तक कल्पना के सागर में गोते लगाता रहा।" 10 दिसंबर को उन्होंने अपनी भावनाओं को इस तरह व्यक्त किया, "आज कई दफा जेल गया—भइया से मिलने। यद्यपि और लोगों को बहुत अच्छा मालूम पड़ा, परंतु मुझे उतना सुखकर नहीं लगा। घर वाले लोग सब उदास हैं। भौजी बराबर रो रही हैं, समझ में नहीं आता किस प्रकार सांत्वना दूँ।" उनके शब्दों में 11 दिसंबर का वर्णन इस प्रकार है, "भइया को

आज एक वर्ष की सजा हुई और उन्हें 'ए' डिवीजन में रखा गया है। संध्या समय वे हजारीबाग जेल भेज दिए गए, अपने बच्चों से दूर। स्टेशन पर विदाई का दृश्य बड़ा ही करुणाजनक मालूम पड़ा।'

पटना से छपनी वाली पत्रिका 'महावीर' ने 21 जून, 1931 को सत्याग्रह विशेषांक निकाला था। यह पुस्तक की शक्ल में हाल ही में प्रभात प्रकाशन से प्रकाशित हुई है। इस पुस्तक में यदु बाबू के औरंगाबाद में सक्रिय होने और यहाँ गिरफ्तार होने का जिक्र है। इस पुस्तक में उसका जिक्र इस प्रकार है—"सामूहिक रूप से नमक-कानून तोड़ चुकने के उपरांत 'बार काउंसिल' का ध्यान विदेशी वस्त्र और मादक द्रव्य बहिष्कार की ओर आकर्षित हुआ। वीर सैनिक इन मोर्चों की ओर छावनी डालने लगे। एक ओर गया का सत्याग्रह आश्रम अपनी वीरता दिखाने लगा, दूसरी ओर औरंगाबाद के श्री यदुवंश सहाय वकील तथा बा. राजजन्म सिंह मुख्तार ने सरकारी कचहरी को छोड़कर औरंगाबाद शिविर का झंडा अपने हाथों में ले लिया। विदेशी वस्त्र और मादक वस्तु की दुकानों पर पहरा बैठ गया, बड़े-बड़े गैर-कानूनी जुलूस निकले, सभाएँ हुईं और जनता को सत्याग्रह युद्ध में दृढ़तापूर्वक भाग लेने को ललकारा गया। गिरफ्तारी भी जोरों से होने लगी। एक तरफ एक दिन में बीसों सैनिक पकड़ लिये जाते थे, दूसरी तरफ पचासों भरती हो जाते थे। शहर से, लेकर ग्राम-ग्राम की उत्साही जनता लड़ाई में कूदने लगी। मि. जॉनसन की सफेद आँखें यह दृश्य क्योंकर देख सकती थीं? बस! 15 जून, 1930 को इधर गया जिला कांग्रेस कमिटी के अध्यक्ष बाबू गौरीशंकर शरण सिंह को शाही मेहमान बना लिया, उधर जून के अंतिम सप्ताह में औरंगाबाद बार काउंसिल के सेनापति श्री यदुवंश सहाय और बा. राजजन्म सिंह की स्वतंत्रता छीन ली गई। साथ ही वह सहायक मंडली भी गिरफ्तार कर ली गई, जो कभी प्रगट और कभी अप्रगट रूप से काउंसिल की सहायता कर रही थी।

□

2

गणेश प्रसाद वर्मा

वर्ष 1942 के अक्तूबर महीने में देश 'अंग्रेजो भारत छोड़ो' आंदोलन से काफी सरगर्म था। लोगों में इस महीने की नवरात्रि और विजयादशमी को लेकर उत्साह भी चरम पर था। इस माहौल में एक घर ऐसा भी था, जहाँ कई छोटे बच्चे अपने पिता का इंतजार कर रहे थे। उन्हें क्या पता था कि उनके घर को अंग्रेजी हुकूमत के सिपाहियों ने चारों तरफ से घेर रखा है। ऐसे में पिता का आना संभव नहीं है। सुबह होती है और सिपाही एक घर का दरवाजा खुलवाते हैं। दरवाजा खोलने वाले बच्चों को कतार में खड़ा कर दिया जाता है और बंदूक ताने सिपाही पूछते हैं, "बताओ तुम्हारे पिता कहाँ हैं ? नहीं तो गोली मार देंगे।" बच्चे अभी कुछ जवाब देते, उससे पहले ही उनकी दादी बोल पड़ती हैं, "मुझसे पूछो। इन बच्चों पर बंदूकें क्यों तान रखी हैं ? इन लोगों ने तो एक साल से अपने पिता को देखा तक नहीं है। तुम पता लगाओ, जिससे ये बच्चे भी अपने पिता को देख सकें।"

यह सारा घटनाक्रम हो रहा था डालटनगंज के बेलवाटिका चौक के

खपड़े के मकान के दरवाजे पर। यह घर किसी और का नहीं बल्कि क्रांतिकारी गणेश प्रसाद वर्मा का था। वे भूमिगत होकर आजादी की लड़ाई लड़ रहे थे। करारा जवाब देने वाली महिला के तेवर से सिपाहियों को पता चल गया कि जिस व्यक्ति को वे पकड़ने आए हैं, वह किस मिट्टी का बना है। वे महिला गणेश बाबू की फुआ थीं और उन्हीं की गोद में पलकर वे बड़े हुए थे। गणेश बाबू का जन्म वर्ष 1911 में औरंगाबाद (तत्कालीन गया) जिले के कुसुमा बसडीहा गाँव में हुआ था। उनके पिता का नाम कृपानारायण लाल था। बहुत ही छोटी उम्र में माँ की ममता से वंचित हो गए थे। सत्यपाल वर्मा गणेश बाबू के बेटे हैं। वे बताते हैं, "पिताजी अपनी फुआ को दीदी बुलाते थे। इसका कारण था कि वे कम उम्र में विधवा हो गई थीं और अपने मायके में रहती थीं। घर में सभी लोग उन्हें दीदी कहते थे। यही कारण था कि उनके भतीजे भी उन्हें इसी संबोधन से बुलाने लगे। वे काफी संघर्षशील महिला थीं। उन्हें गलत बात तनिक भी अच्छी नहीं लगती थी। उन्होंने अपने भतीजे को भी जुल्म के खिलाफ संघर्ष करने और गलत बात का विरोध करने की घुट्टी पिलाई थी।"

इसी घुट्टी का फल था कि गणेश प्रसाद वर्मा क्रांतिकारियों के संपर्क में आए और अंग्रेजों के खिलाफ जंग में कूद पड़े। 19 अक्तूबर, 1942 को दशहरा था और अंग्रेजों के सिपाही उन्हें घर से गिरफ्तार कर पाने में विफल रहे थे। उनका पता लगाने के लिए सरकार एड़ी-चोटी का जोर लगाए हुए थी। तभी मुहल्ले के भेदिए ने उन्हें सूचना दी कि गणेश प्रसाद वर्मा शीला बाबू के बीड़ी पत्ता के गोदाम में खाट पर सोए हुए हैं। रामनारायण सिंह उस वक्त पलामू जिले के आरक्षी अधीक्षक थे। उनके नेतृत्व में सिपाहियों ने पूरा गोदाम घेर लिया। रामनारायण सिंह के हाथ में सर्विस रिवॉल्वर तो थी, पर मन में यह डर भी था कि कहीं बम बनाने के जुर्म में सजा काट चुका क्रांतिकारी उन पर बम न चला दे। दूसरी ओर, गणेश प्रसाद वर्मा मलेरिया से ग्रस्त थे। कमजोरी के कारण उनके लिए हाथ तक उठाना संभव नहीं था। जब पुलिस अधीक्षक को पूरा विश्वास हो गया कि खाट पर लेटा व्यक्ति सच में बीमार है तब वे आगे बढ़े। बाद में उन्हें गिरफ्तार किया गया और अस्पताल से स्ट्रेचर मँगाकर डालटनगंज जेल भेज दिया गया।

गणेश प्रसाद वर्मा के क्रांतिकारियों से संपर्क में आने की कहानी भी रोमांच पैदा करने वाली है। उनकी बड़ी बहन सरस्वती देवी और बहनोई नरसिंह प्रसाद काशी नरेश की नगरी रामनगर के मुंशीखाना मुहल्ले में रहते थे। वाराणसी क्रांतिकारियों की धरती थी तो भला गणेश बाबू पर इसका असर क्यों नहीं पड़ता? सत्यपाल वर्मा के अनुसार, "पिताजी स्कूल की पढ़ाई करने यहाँ सन् 1928-29 में आए थे। चंद्रशेखर आजाद जैसे महान् क्रांतिकारी का यहाँ आना-जाना लगा रहता था। यहीं उनकी मुलाकात आजाद से होती है और वे उनके नक्शेकदम पर चलने का मन बना लेते हैं। शहीदे आजम भगत सिंह का भी उन पर काफी असर था। इसी दौरान वे गया जिले के क्रांतिकारी श्याम बर्थवार और बंगाल के क्रांतिकारी शिवनाथ बनर्जी के संपर्क में आए। श्याम बर्थवार उनके जिले के ही खराँटी गाँव के निवासी थे। (श्याम बर्थवार को बाद में काला पानी की भी सजा हुई थी।) इन लोगों से प्रेरणा लेकर रामनगर स्थित घर में नीबू के बगीचे में उन्होंने उत्तर प्रदेश और बिहार के क्रांतिकारियों के साथ बम बनाने की फैक्टरी स्थापित की। यहाँ से बने बम उत्तर प्रदेश व बिहार के साथ-साथ बंगाल और उड़ीसा के क्रांतिकारियों के पास भेजे जाते थे। एक बार बम बनाने के दौरान विस्फोट हो गया और मुजफ्फरपुर के क्रांतिकारी रामभवन सिंह का एक हाथ उड़ गया।"

इस घटना के बाद वहाँ मौजूद सभी क्रांतिकारी रामनगर से गंगा पार कर वाराणसी पहुँचे और अलग-अलग जगह चले गए। गणेश बाबू अपने पैतृक शहर डालटनगंज आ जाते हैं। यहीं से उन्होंने मैट्रिक की परीक्षा पास की। अंग्रेजों के खिलाफ चल रहे भूमिगत आंदोलन में उनकी भागीदारी जारी रही। इस तरह के आंदोलन में सक्रिय बसावन सिंह, कर्पूरी ठाकुर, रामानंद तिवारी, योगेंद्र शुक्ल और राधामोहन से उनके रिश्ते जुड़ते चले गए। जयप्रकाश नारायण भी अंग्रेजों के खिलाफ आंदोलन के बड़े चेहरे बनते जा रहे थे। गणेश बाबू का उनसे संबंध होना स्वाभाविक था। जे.पी. के नेतृत्व में भी उन्होंने आजादी की लड़ाई में हिस्सा लिया। उनकी पहली गिरफ्तारी वर्ष 1931 में हुई। इसके बाद वर्ष 1942 तक वे कई बार जेल गए।

गणेश प्रसाद वर्मा डालटनगंज जेल में 'भारत माता की जय' और

'वंदे मातरम्' का उद्घोष करते थे तो वहाँ का माहौल ही बदल जाता था। कैदियों में जहाँ जोश का संचार होता, वहीं सिपाहियों के बीच भय व्याप्त हो जाता था। इन सबके बीच वर्ष 1942 के आखिरी दिनों में चैनपुर प्रखंड के रामगढ़ के क्रांतिकारी भागीरथी सिंह को चेन में बाँधकर डालटनगंज जेल में लाया गया। उन दोनों क्रांतिकारियों को एक साथ यहाँ रखना अंग्रेजों के लिए आसान नहीं था। उन्हें यहाँ से हटाकर पटना भेजने का फैसला किया गया।

पटना कैंप जेल को काँटों के तार से घेरा गया। इसके बाद गणेश प्रसाद वर्मा और भागीरथी सिंह को कड़ी सुरक्षा में यहाँ लाया गया। इस जेल में करीब 4,000 कैदी बंद थे। जिस तरह से जेल की सुरक्षा सख्त की गई थी, इससे उन कैदियों के मन में कई सवाल उठ रहे थे। उनके मन में आने वाले कैदियों को लेकर काफी उत्सुकता थी। यहाँ किसी कैदी को एक-दूसरे से मिलने की इजाजत नहीं थी। इस पाबंदी के बाद भी कई कैदी गणेश बाबू से मिलने में सफल हो गए और उन्हें अपना नेता मान लिया। कैदियों को खाने में कंकड़ मिला चावल, पानी जैसी दाल, सब्जी के नाम पर उबला हुआ आलू मिलता था। यह व्यवस्था उन्हें उद्वेलित तो करती थी, पर वे कुछ कर नहीं पा रहे थे। लेकिन, जैसे ही उन्हें गणेश बाबू का साथ मिला, वे कुछ भी करने को तैयार हो गए। फिर क्या था? एक दिन सभी कैदियों ने खाने से भरी थाली पलट दी और उसे बजाना शुरू कर दिया। जेल में पगली घंटी बजाई गई, पर क्रांतिकारियों का गुस्सा थमा नहीं। जब अधिकारी उनके पास आए तो कैदियों का एक ही जवाब था कि आप गणेश वर्मा से बात करें। जब अधिकारी उनके पास पहुँचे तो उन्होंने कहा कि पहले आप यह खाना खाएँ, फिर कैदियों को इसे खाने को कहें। जब तक खाने में सुधार नहीं होगा, जेल में बंद कोई भी व्यक्ति खाना नहीं खाएगा। इसके बाद अधिकारी झुके और खाने की गुणवत्ता में सुधार के साथ नाश्ते की भी व्यवस्था की गई। इसके बाद बंदी गणेश बाबू के कहने पर भोजन करने को राजी हुए।

पटना जेल में गणेश बाबू की रणनीति ने अंग्रेज अधिकारियों के कान खड़े कर दिए। इसके बाद उन्हें यहाँ से हटाकर बक्सर सेंट्रल जेल भेजने का फैसला किया गया। इस जेल में एक अन्य क्रांतिकारी बसावन सिंह पहले

से ही बंद थे। दोनों को अगल-बगल सेल में रखा गया। इसकी वजह से इनके बीच थोड़ी-बहुत बातचीत हो जाती थी। इतनी बातचीत ही आगे की रणनीति तय करने के लिए काफी थी। जेल में महावीर प्रसाद सिंह आजीवन कारावास की सजा भुगत रहे थे। वे हारमोनियम बजाने में माहिर थे और जेलर की पत्नी को हारमोनियम बजाना सिखाते थे। वे भी गणेश बाबू और बसावन बाबू के संपर्क में थे। वे सभी कैदियों पर अंग्रेज सिपाहियों के जुल्म से काफी दुःखी थे। जेल में कैदियों को पत्र लिखने के लिए कागज दिया जाता था। कुछ कैदियों ने इसमें से कुछ कागज इकट्ठे कर गणेश बाबू को दे दिए। इस पर उन्होंने 'Tyranny in Buxer Central Jail' (बक्सर सेंट्रल जेल में जुल्म) शीर्षक से एक लेख लिखा। महावीर बाबू ने अपनी पहुँच के आधार पर इसे बैरंग पत्र के रूप में 'अमृत बाजार' पत्रिका के संपादक तुषार कांति घोष के पास कलकत्ता भेज दिया। इस लेख के छपने के बाद पटना, दिल्ली और कलकत्ता ही नहीं, हर स्तर पर तहलका मच गया।

दूसरी ओर, लेख छपने के बाद जेल में पगली घंटी बजी तो कैदी अपनी सेल में भागने लगे। उन पर लाठियाँ बरसने लगीं। लेख लिखने वाले गणेश वर्मा का नाम उजागर हो चुका था। उन्हें भी लाठियाँ लगीं, पर साढ़े पाँच फीट के गणेश बाबू को छह फीट से भी अधिक के बसावन बाबू ने अपने पीछे छुपा लिया और सेल की ओर भागे। पत्र को बैरंग डालने वाले महावीर सिंह का नाम भी सामने आ चुका था। उन्हें दोनों पैरों में बेड़ी, हाथ में हथकड़ी डालकर पीटा गया और इसके बाद बैरक में बंद कर दिया गया।

इस लेख ने यह साबित कर दिया कि गणेश प्रसाद वर्मा लेखन के क्षेत्र में भी क्रांतिकारी थे। उन्होंने जेल में कई पुस्तकें लिखीं। जिनमें 'क्विट इंडिया रिवोल्यूशन इन इंडिया', 'ब्रिटिश इंपीरियलिज्म एंड काउंटर रिवोल्यूशन इन इंडिया', 'महात्मा गांधी रीचेज एंड रिचमैन' और नोट्स ऑन इवोल्यूशन ऑफ सिविलाइजेशन (तीन भागों में) प्रमुख हैं। इसके अलावा हिंदी और उर्दू में 'तृतीय अंतरराष्ट्रीय संघ का संक्षिप्त इतिहास' और 'दुनिया के मजाहिब' उनकी अन्य प्रमुख रचनाएँ हैं। दुर्भाग्यवश ये पुस्तकें प्रकाशित नहीं हो सकीं।

गणेश प्रसाद वर्मा 27 मई, 1929 को डालटनगंज में हुए पोस्टल

लूटकांड में भी शामिल थे। इस घटना की रूपरेखा बनारस में श्याम बर्थवार के नेतृत्व में बनी थी और इसे 'डालटनगंज एक्शन' का नाम दिया गया था। इस लूटकांड को डिप्टी कमिश्नर के बँगले के आगे तब अंजाम दिया गया था जब पोस्ट ऑफिस से दो कर्मचारी डाक के थैले ठेले पर लेकर जा रहे थे। यहीं पर स्वामी सत्यानंद ने इन दोनों पर हमला किया और सभी थैले छीन लिये। हंगामा होने पर श्याम बर्थवार वहाँ पहुँचे और रिवॉल्वर तान दी। इसके बाद वे लोग आगे खड़े गणेश प्रसाद वर्मा के पास पहुँचे और कोयल नदी पार कर शाहपुर पहुँच गए। क्रांतिकारियों को इस रूप में दो हजार रुपए भी मिले थे। वर्ष 1933 के 'गया षड्यंत्र' में भी गणेश प्रसाद वर्मा श्याम बर्थवार के साथ शामिल हुए थे। इसमें उन दोनों सहित 17 लोगों को एक से सात साल की सजा हुई थी। इस मामले में डालटनगंज के एक और क्रांतिकारी प्रमोथोनाथ मुखर्जी भी शामिल थे।

आजादी की जंग के दौरान गणेश प्रसाद वर्मा को डालटनगंज जेल के अलावा पटना कैंप जेल, बक्सर सेंट्रल जेल और हजारीबाग सेंट्रल जेल में रखा गया। जेल से बाहर आने के बाद उनके तेवर और तीखे होते चले गए। जेल के अंदर अंग्रेजों द्वारा किए गए जुल्म ने उन्हें मानसिक रूप से और मजबूत बनाया। आजादी के लिए जंग लड़ने वाले गणेश बाबू पर अंग्रेजों ने बम बनाने, वायसराय पर बम फेंकने और अंग्रेजी राज को सशस्त्र क्रांति से उखाड़ने की साजिश रचने के केस चलाए थे। उन्हें इन्हीं आरोपों में सजा भी हुई थी और वे 11 साल जेल में रहे थे।

गणेश बाबू को डायरी लिखने की आदत थी। जिस दिन देश आजाद हुआ था, उस दिन और उसके पहले के दिन के उनकी डायरी के पन्ने ऐतिहासिक धरोहर से कम नहीं हैं। डायरी अंग्रेजी में है, उसका अनुवाद इस प्रकार है—

15 अगस्त, बौलिया+जपला, डोमिनियन डे

मिस्टर वाइट ने प्रुंकु में, जेवी राय ने यूनियन ऑफिस में, शेखर ने क्लब में और मैंने स्कूल में झंडा फहराया। इसके बाद बौलिया से जीप से रवाना

हुआ और सोन के किनारे पहुँचा। यहाँ से नाव पकड़कर काफी देर से 2 बजे जपला पहुँचा। यहाँ पर मिस्टर जेम्स की अध्यक्षता में आयोजित एक विशाल सभा को संबोधित किया। इसके बाद व्हेल सोसाइटीज का शिलान्यास किया। इस मौके पर मि. सुधीर राय मैनेजर इमोवर्स वेक ऑफ एस्टेट भी मौजूद थे।

14 अगस्त, जपला

जपला में रुका और स्वतंत्रता दिवस समारोह की तैयारियाँ कीं। इसके बाद नाव से महावीर बाबू के साथ बौलिया गया। कॉमरेड्स के साथ श्रमिक मुद्दों पर चर्चा की। क्लब में संगीत की व्यवस्था थी, इसमें महावीर बाबू और अन्य ने भाग लिया। डॉ. प्रसाद, नेहरू, खलीकुज्जमा और राधाकृष्णन का भाषण रेडियो पर सुना।

12 अगस्त, डालटनगंज

राजेश्वर तिवारी-राजहरा कोलियरी मजदूर संघ के साथ डीसी बँगला गया। जेटीआर मैनेजर भी 10 बजे उपस्थित हुए। यहाँ हम लोगों ने राजहरा के मामले पर चर्चा की। डीसी और एसडीओ के साथ स्वतंत्रता दिवस समारोह को लेकर भी विमर्श हुआ।

आजादी की लड़ाई के दौरान ही वे डॉ. राममनोहर लोहिया से प्रभावित हुए और सोशलिस्ट पार्टी की सदस्यता ग्रहण की। आजादी के बाद वर्ष 1948 में वे इस पार्टी के महामंत्री बने। श्रमिक के हितों में भी उन्होंने लंबी लड़ाई लड़ी। रोहतास इंडस्ट्रीज मजदूर संघ, बौलिया क्वायरिज मजदूर संघ, राजहरा कोलियरी मजदूर संघ, हुटार कोलियरी मजदूर संघ जैसे संगठनों में वे पदाधिकारी रहे। इसी दौरान उन्हें कैंसर जैसी बीमारी ने अपनी चपेट में ले लिया। इस बीमारी से संघर्ष करते हुए पलामू के इस महान् क्रांतिकारी ने 9 फरवरी, 1950 को आँखें मूँद लीं। इस समय उनकी उम्र मात्र 39 साल थी। इतनी कम उम्र में गणेश बाबू की मौत ने परिवार को तोड़कर रख दिया। परिवार क्या, उनके जाने से पलामू की राजनीति में एक बड़ी रिक्तता आ गई। यह रिक्तता तब और बढ़ गई जब आजादी की लड़ाई में उनसे वरिष्ठ

रहे यदुवंश सहाय का इसी महीने की 25 तारीख को और जिला कांग्रेस के अध्यक्ष गौरीशंकर ओझा का निधन 28 फरवरी को हो जाता है। डालटनगंज और पटना जेल में गणेश बाबू के साथ रहे भागीरथी सिंह वर्ष 1952 में हुए बिहार विधानसभा चुनाव में लातेहार और मनातू से विधायक चुने गए। उनके निकट सहयोगी रहे गंगा प्रसाद भी जिले की कांग्रेसी राजनीति के महत्त्वपूर्ण स्तंभ रहे।

□

3

अमिय कुमार घोष

अमिय कुमार घोष 'गोपा बाबू', पलामू की उस विभूति का नाम है, जिन्होंने नगरपालिका से लेकर विधानसभा और संविधान सभा में अपनी विद्वत्ता व वक्तृत्व कला से लोगों को चमत्कृत किया था। स्वतंत्रता संग्राम के दौरान जेल जाना स्वीकार किया, पर अंग्रेजों की शर्तें स्वीकार नहीं कीं। वर्ष 1942 के 'अंग्रेजो भारत छोड़ो' आंदोलन के दौरान वे काफी सक्रिय रहे और उन्हें 25 अक्तूबर को गिरफ्तार कर लिया गया। गिरफ्तारी के बाद उन्हें डालटनगंज (अब मेदिनीनगर) की जेल में कई महीने तक बंद रखा गया।

गोपा बाबू की स्कूली शिक्षा पलामू जिला स्कूल में हुई और उन्होंने यहीं से मैट्रिक की परीक्षा पास की। कॉलेज की पढ़ाई के लिए वे हजारीबाग चले गए। उनकी उच्च शिक्षा आनंद मोहन कॉलेज, मेमनसिंह (वर्तमान में बांग्लादेश) में हुई। यहीं से उन्होंने कानून की डिग्री हासिल की। इसके बाद वे अपने पिता के पास डालटनगंज लौट आए। उनके पिता शिशिर कुमार

घोष उस वक्त शहर के नामी वकीलों में गिने जाते थे। उनके साथ ही उन्होंने वकालत शुरू की। वकालत के साथ वे सामाजिक कार्यों से भी जुड़े।

जब वे वकालत कर रहे थे तो देश में अंग्रेजों के खिलाफ आंदोलन तेज हो चुका था। गोपा बाबू पर भी इस आंदोलन का प्रभाव पड़ा। इसी दौरान वे नेताजी सुभाष चंद्र बोस के संपर्क में आए। यह संपर्क धीरे-धीरे घनिष्ठता में बदलने लगा। इसका असर यह हुआ कि गोपा बाबू शहर में चलने वाली आंदोलनकारी गतिविधियों में ज्यादा सक्रिय होने लगे। नेताजी से उनकी निकटता का अंदाजा उनके डालटनगंज आने से लगाया जा सकता है। जब वे 10 फरवरी, 1940 को यहाँ आए थे तो उनका रात्रि विश्राम गोपा बाबू के घर ही हुआ था। नेताजी से हुई इस मुलाकात के बाद गोपा बाबू के विचारों में परिपक्वता आई। नेताजी की शिवाजी मैदान में हुई सभा के दौरान उन्होंने भी बहुत ही क्रांतिकारी भाषण दिया था।

गोपा बाबू की छोटी बेटी कृष्णा दास काफी वृद्ध हो गई हैं और अभी कलकत्ता में रहती हैं। जिस दिन गोपा बाबू को गिरफ्तार किया गया था, उस दिन की सुनी घटनाओं को याद करते हुए वे कहती हैं, "पिताजी जिस तरह से अंग्रेजों के खिलाफ आंदोलन में सक्रिय थे, उससे घर के लोगों को पक्का अंदेशा था कि उनकी गिरफ्तारी कभी भी हो सकती है। 25 अक्तूबर को वह दिन आ ही गया। अंग्रेजों के सिपाहियों ने हमारे घर को चारों ओर से घेर लिया था। उनकी गिरफ्तारी का कागज हमारे दादाजी शिशिर कुमार घोष को दे दिया गया।" उस क्षण को याद करते हुए कृष्णा दास काफी भावुक हो जाती हैं और दादाजी की लिखी डायरी के पन्ने उनके सामने आ गए। डायरी के अनुसार वे बताती हैं कि जब सिपाही पिताजी को पकड़कर ले जाने लगे तो दादाजी ने उनसे कहा, "अंग्रेज कितना भी प्रताड़ित करें, पर मानसिक तौर पर मजबूत रहते हुए उसका सामना करना और कोई भी राज की बात उन्हें मत बताना। इतना ही नहीं, अगर जेल में अधिकारी कोई प्रलोभन भी दें तो उसे भी स्वीकार नहीं करना।"

पिता की सलाह के बाद गोपा बाबू 'भारत माता की जय', 'वंदे मातरम्', 'अंग्रेजो भारत छोड़ो' के नारे लगाते हुए गिरफ्तार हो गए। अमिय कुमार घोष

की गिरफ्तारी की खबर पूरे शहर में जंगल में आग की तरह फैल गई। कई अखबारों में उनकी खबर छपी। कोलकाता के एक बांग्ला अखबार ने पहले पेज पर सूचनात्मक और विस्तृत खबर छापी। पेज एक पर छपी खबर इस प्रकार है—

श्रीयुक्तो ओमियो कुमार घोष ग्रेफ्तार

(निजस्व संवाददाता प्रेरितो)

डालटनगंज, २९ ऐ ओक्टोबोर

स्थानीयो म्युनिसिपालिटीर भूतपूर्वो वाइस-चेयरमैन श्रीयुक्तो ओमियो कुमार घोष के गतो २५ से ओक्टोबोर ग्रेफ्तार कोरा होइआछे!

(तृतीय पृष्ठे दृष्टटोबो)

इसका हिंदी अनुवाद इस प्रकार है—

श्रीयुक्त अमिय कुमार घोष गिरफ्तार

(निज संवाददाता द्वारा प्रेषित)

डाल्टनगंज, 29 अक्तूबर

स्थानीय नगरपालिका के भूतपूर्व उपाध्यक्ष श्रीयुक्त अमिय कुमार घोष को पिछली 25 अक्तूबर को गिरफ्तार किया गया !

(तृतीय पृष्ठ में देखें) इस खबर की कटिंग के नीचे अंग्रेजी में 'August Rise 1942' लिखा है।

जेल से बाहर आने के बाद अमिय कुमार घोष की सक्रियता और बढ़ गई। वर्ष 1946 में अंतरिम सरकार के लिए हुए चुनाव में वे छोटानागपुर डिवीजन साधारण नागरिक क्षेत्र से विधायक चुने गए। इसके बाद उन्हें भारतीय संविधान के निर्माण के लिए संविधान सभा का सदस्य चुना गया। इनके अलावा दक्षिण-पश्चिम पलामू साधारण से विधायक चुने गए यदुवंश सहाय 'यदु बाबू' भी संविधान सभा के सदस्य चुने गए। इन दोनों ने संविधान सभा की कई बहसों में सक्रिय रूप से भाग लिया।

बृजनंदन सहाय 'मोहन बाबू' यदु बाबू के पुत्र हैं। वे कहते हैं, "गोपा बाबू और बाबूजी न सिर्फ अंग्रेजी शासन के खिलाफ आंदोलन में सक्रिय थे बल्कि आपस में काफी अच्छे मित्र भी थे। दोनों एक साथ विधानसभा की काररवाई में

भाग लेने पटना और संविधान सभा की काररवाई में भाग लेने के लिए दिल्ली जाते थे। उनकी घनिष्ठता का अंदाजा इसी से लगाया जा सकता है कि संविधान सभा के सभी सदस्यों की सामूहिक तसवीर में दोनों साथ खड़े हैं। गोपा बाबू का हमारे परिवार से रिश्ता बाबूजी की मृत्यु के बाद भी बना रहा।"

आजादी के बाद वर्ष 1952 में बिहार विधानसभा के चुनाव में गोपा बाबू डालटनगंज के विधायक चुने गए। वे कांग्रेस पार्टी के प्रत्याशी थे और झारखंड पार्टी के सुभाष सिंह को 3,622 मतों से हराया था। गोपा बाबू को 6931 और सुभाष सिंह को 3,309 वोट मिले थे। वर्ष 1957 में उन्होंने चुनाव नहीं लड़ा, पर सामाजिक तौर पर सक्रिय रहे। वे अपने जीवन के आखिर तक सरकारी वकील के तौर पर डालटनगंज कोर्ट में प्रैक्टिस करते रहे।

गोपा बाबू का निधन 2 मई, 1964 को डालटनगंज स्थित उनके आवास पर हुआ। उनके निधन के बाद सैकड़ों लोग वहाँ आए और उनकी शवयात्रा में शामिल हुए। ज्योति प्रकाशजी शहर के नामी साहित्यकार और व्यवसायी थे। उन्होंने गोपा बाबू के निधन के बाद शोक व्यक्त करने के लिए अपने मोहन सिनेमा हॉल को उस दिन बंद कर दिया था।

अब थोड़ी जानकारी गोपा बाबू के परिवार के बारे में। उनके पिता का नाम शिशिर कुमार घोष और माता का नाम स्नेहलता देवी था। वे छह भाइयों में सबसे बड़े थे। उनका जन्म पश्चिम बंगाल के नादिया जिले के चुआडांगा में 9 दिसंबर, 1901 को हुआ था। उनके अन्य भाइयों का नाम अजित कुमार घोष, डॉक्टर तड़ित कुमार घोष, विनय कुमार घोष, कृष्ण कुमार घोष और प्रतुल कुमार घोष था। इंदुबाला राय उनकी बड़ी और लतिका रानी सिन्हा छोटी बहन थीं। गोपा बाबू की पत्नी का नाम सांत्वना घोष था। सांत्वना घोष के दादा स्व. गोविंद मित्रा थे। ये वही गोविंद मित्रा हैं जिनके नाम पर पटना में रोड का नाम है। गोपा बाबू की बेटियों के नाम मनीषा दत्ता (लिली), बंदना दत्ता (बेदु) और कृष्णा दास हैं। इनमें से दो बेटियों का स्वर्गवास हो गया है। अमिय कुमार घोष के घनिष्ठ मित्रों में केदार नाथ दत्ता, नलिनी भूषण दत्ता, के.सी. सान्याल, सुकोमल दत्ता आदि शामिल थे।

□

4
राजकिशोर सिंह

राजकिशोर सिंह पलामू के ऐसे स्वतंत्रता सेनानी थे, जो न सिर्फ कद-काठी में मजबूत थे बल्कि बुद्धि में भी तीक्ष्ण थे। उनका व्यक्तित्व ऐसा था कि उनकी आवाज पर गाँव-गाँव से लोग अंग्रेजी हुकूमत के खिलाफ सड़क पर आ जाते थे। अंग्रेज सिपाही उनके रोबीले चेहरे से भय खाते तो किसान-मजदूर उनमें अपने नेता की छवि देखते थे। आजादी की लड़ाई में वे दो बार जेल गए थे। पहली बार जब वे जेल गए तो डालटनगंज जेल में छह महीने तक रखे गए। दूसरी बार वर्ष 1942 की क्रांति में उनकी गिरफ्तारी हुई। इस बार वे करीब दो साल तक डालटनगंज और हजारीबाग जेल में रहे।

उनका जन्म हरिहरगंज थाना (अब पिपरा) के बभंडी गाँव में वर्ष 1899 में हुआ था। नागेश्वर प्रसाद सिंह उनके चचेरे भाई थे और उनसे उम्र में एक साल बड़े थे। वे भी स्वतंत्रता सेनानी थे और पलामू डिस्ट्रिक्ट बोर्ड के चेयरमैन

भी रहे थे। वर्ष 1939 में वे अपने घर का नक्शा बनवाने कलकत्ता गए थे। वहीं से लौटने के क्रम में ट्रेन में लगी आग में उनका निधन हो गया था। उनके स्वर्गवास के बाद लोगों ने कहा था कि 'पलामू का शेर' चला गया।

दुर्गा शाहदेव नागेश्वर बाबू की बेटी और राजकिशोर बाबू की भतीजी हैं। उन्हें अपने पिता के बारे में तो ज्यादा याद नहीं है, पर चाचा की अधिकांश बातें उन्हें याद हैं। चर्चा होते ही वे पुराने दिनों में लौट जाती हैं और कहती हैं, "चाचा ने मुझे सदैव अपनी बेटी की तरह प्यार दिया। जब उन्हें पहली बार गिरफ्तार किया गया था तब मैं बहुत छोटी थी, पर मुझे याद है कि डालटनगंज में शिवाजी मैदान के निकट स्थित घर से उन्हें पकड़ा गया था। जब उनकी गिरफ्तारी के लिए अंग्रेज सैनिक घर आए थे, वे काफी डरे और घबराए हुए थे। चूँकि चाचा पर स्टेशन पर तोड़फोड़ करने में शामिल होने का आरोप था, इसकी वजह से उन्हें लग रहा था कि कहीं उन पर हमला न हो जाए। दूसरी बार उन्हें 21 अगस्त, 1942 को गिरफ्तार किया गया था। इस दिन शहर में उनके नेतृत्व में जुलूस निकाला गया था और उसमें बड़ी संख्या में क्रांतिकारी अंग्रेजों के खिलाफ नारेबाजी करते हुए जा रहे थे। दोपहर ढाई बजे पुलिस ने जुलूस को रोक दिया और उनके साथ नौ अन्य क्रांतिकारियों को गिरफ्तार कर लिया। उनकी गिरफ्तारी की खबर सुनकर बड़ी संख्या में ग्रामीण घर आए थे। जेल में मैं चाची के साथ उनसे मिलने भी गई थी।" राजकिशोर सिंह के साथ गिरफ्तार अन्य क्रांतिकारी विजय शंकर प्रसाद, रामचंद्र प्रसाद, मथुरा प्रसाद, कृष्ण मोहन, त्रिवेणी तिवारी, महावीर राम, सुरेश प्रसाद, हरिराम और रामनारायण राम थे। इन सभी को छह महीने की सजा सुनाई गई और 25 रुपए का जुरमाना लगाया गया। बाद में राजकिशोर सिंह की सजा बढ़ा दी गई और वे दो साल से ज्यादा जेल में बंद रहे।

राजकिशोर सिंह की लोकप्रियता का अंदाजा इसी से लगाया जा सकता है कि वे अंग्रेजी राज में हुए वर्ष 1937 और वर्ष 1946 के चुनाव में उत्तर-पूर्व पलामू साधारण ग्रामीण से विधायक चुने गए। वर्ष 1939 में ही वे पलामू डिस्ट्रिक्ट बोर्ड के चेयरमैन भी चुने गए थे। दुर्गाजी के जेहन में जिस दिन देश आजाद हुआ, उस दिन का दृश्य भी याद है। वे कहती हैं, "बिहार के

तत्कालीन उपमुख्यमंत्री अनुग्रह नारायण सिन्हा हमारे रिश्तेदार थे। चाचाजी के साथ 15 अगस्त को मैं राँची में उनके आवास पर थी। उस दिन की खुशी को शब्दों में बयाँ करना संभव नहीं है। घर पर बड़ी संख्या में लोग 'भारत माता की जय', 'वंदे मातरम्', 'गांधीजी की जय' का नारा लगाते हुए पहुँचे थे।" दुर्गाजी बताती हैं कि चाचाजी महात्मा गांधी के व्यक्तित्व और विचारों से बहुत प्रभावित थे। जब बापू की हत्या हो गई तो उन्होंने डालटनगंज में प्रभातफेरी का आयोजन कराया था। इसमें मैं भी शामिल हुई थी।

राजकिशोर सिंह की पुत्री प्रभा सिंह कोलकाता में रहती हैं तो पुत्र ओम श्रीविष्णु हरि राँची में रहते हैं। इन दोनों ने अपने पिता को स्वतंत्रता सेनानी के रूप में तो नहीं देखा, पर समाज के विकास के प्रति वे कितने चिंतित रहते थे, यह काफी नजदीक से महसूस किया है। इनके अनुसार, "पिताजी कृषि, सड़क और शिक्षा पर ज्यादा जोर देते थे। उन्होंने अपने गाँव में नहर के साथ-साथ सड़क भी बनवाई। उनके पिता बालकिशोर सिंह की लोकप्रियता अपने इलाके में काफी थी। वहाँ के समाज के कहने पर राजकिशोर सिंह ने बहुबन में उनकी समृति में 'बालकिशोर सिंह महाविद्यालय' की स्थापना की। आजादी की लड़ाई के समय से ही उनकी नजदीकी शहर के बड़े व्यवसायी गणेश प्रसाद अग्रवाल से थी। उन्होंने गणेश बाबू को कॉलेज खोलने के लिए प्रेरित किया।"

सिद्धिनाथ सिंह राजकिशोर बाबू के भांजे हैं और राष्ट्रीय स्वयंसेवक संघ के राज्यस्तरीय पदाधिकारी रह चुके हैं। वे कहते हैं, "मेरे मामाजी विशुद्ध गांधीवादी थे। उनका घर आश्रम की तरह था। उनपर आधुनिकता का कोई प्रभाव नहीं पड़ा था। जिस कमरे में वे रहते थे, उसे आज भी देखकर उनके व्यक्तित्व का अंदाजा लगाया जा सकता है।"

अजीत कुमार सिंह और आलोक सिंह राजकिशोर बाबू के पोते हैं। इन दोनों ने अपने दादाजी के त्याग और बलिदान की बातें अपने पिता से सुनी हैं। वे बताते हैं, "दादाजी के संबंध बिहार ही नहीं बल्कि देश के कई बड़े नेताओं से थे। केंद्र में मंत्री बनने के बाद भी बाबू जगजीवन राम उनसे मिलने डालटनगंज आए थे। इनके अलावा शिवाजी मैदान में आने वाले हर बड़े नेता

का उनके घर आना होता था। हम सभी भाइयों ने दादाज़ी के आदर्शों का पालन करने का प्रयास किया है।"

हृदयानंद मिश्रा पलामू के सामाजिक कार्यकर्ता हैं। वे बताते हैं कि राजकिशोर सिंह का कद कितना बड़ा होगा, इसका अंदाजा जिले के अग्रणी स्वतंत्रता सेनानी रहे जगनारायण पाठक के बयान से लगाया जा सकता है। पाठकजी सार्वजनिक तौर पर कहते थे कि राजकिशोर सिंहजी उनके राजनीतिक गुरु रहे हैं और आजादी की लड़ाई के दौरान मेरा काफी समय उनके गाँव बभंडी में बीतता था। हृदयानंद मिश्रा खुद भी पाठकजी के साथ राजकिशोर सिंहजी के शिवाजी मैदान स्थित घर पर जाते थे। वे बताते हैं, "राजकिशोर बाबू का शिक्षा के क्षेत्र में अहम योगदान रहा है। वे अपने इलाके के दलित और पिछड़े समुदाय के लोगों को घर पर रखकर पढ़ाते थे। वे राजनीति में युवाओं को काफी प्रोत्साहित करते थे।"

आजादी के बाद वर्ष 1952 में हुए विधानसभा चुनाव में राजकिशोर सिंह हुसैनाबाद सह गढ़वा से विधायक चुने गए। इसके बाद वर्ष 1957 में वे लेस्लीगंज क्षेत्र से विधायक निर्वाचित हुए। विधायक रहते हुए उन्होंने 14 दिसंबर, 1949 को रेहला में कोयल नदी पर पुल बनाने की माँग अपने साथी विधायक यदुवंश सहाय के साथ मिलकर बिहार विधानसभा में उठाई थी। 6 अप्रैल, 1956 को विधानसभा में कुटकू डैम को लेकर हो रही चर्चा में उन्होंने प्रस्ताव का समर्थन किया था और कहा था कि कुटकू डैम बनने से वीरान जंगल हरे-भरे हो जाएँगे। डालटनगंज में बने कोयल पुल की माँग भी उन्होंने 27 अप्रैल, 1960 को उठाई थी।

सन् 1937 और 1946 के चुनाव का आँकड़ा तो उपलब्ध नहीं है, पर बाद के दोनों चुनावों में उन्होंने अपने प्रतिद्वंद्वियों को काफी अंतर से हराया। सन् 1952 में उन्हें 18,086 वोट मिले तो उनके प्रतिद्वंद्वी भरत राम को 10,425 यानी उन्होंने 7,661 मतों से जीत हासिल की थी। सन् 1957 में उन्हें 11,005 वोट मिले तो उनकी विरोधी रामपति देवी को 8,840। इस बार जीत का अंतर कम जरूर था, पर महिला प्रत्याशी होने के कारण रामपति देवी को काफी वोट मिले थे। जब सन् 1962 का चुनाव हुआ, तो उन्होंने खुद को

चुनावी राजनीति से अलग कर लिया और पूरा समय समाजसेवा में लगा दिया। उनके पास जिले के नौजवानों की भीड़ लगी रहती थी और वे उन्हें समाज उत्थान के लिए काम करने की सीख देते थे।

राजकिशोर सिंह की आरंभिक पढ़ाई गाँव में हुई। मैट्रिक की परीक्षा उन्होंने कलकत्ता के स्कूल से पास की। उन्होंने बनारस हिंदू विश्वविद्यालय से वर्ष 1930 में स्नातक की परीक्षा पास की और वर्ष 1932 में पटना से बीएल की डिग्री ली। राजकिशोर बाबू का निधन 1 अक्तूबर, 1982 को हुआ था। उस दिन को याद करते हुए दुर्गा शाहदेव कहती हैं, "बभंडी में घर के सभी लोग जमा थे। चाचा भगवान् का नाम लेते हुए राम-राम बोल रहे थे। अचानक उन्होंने कहा कि दुर्गा कहाँ है? आवाज सुनकर मैं उनके पास पहुँची और मुँह में गंगाजल डाला। इसके बाद उन्होंने फिर भगवान् का नाम लिया और आखिरी साँस ली। चाचाजी के निधन की खबर आसपास के गाँवों से लेकर डालटनगंज तक पहुँच गई। बड़ी संख्या में लोग वहाँ जुट गए और भजन-कीर्तन शुरू हो गया। श्रद्धांजलि देने के लिए कई बड़े नेता गाँव में आए और इनकी मौजूदगी में अंतिम संस्कार हुआ।" राजकिशोर बाबू की पत्नी पार्वती देवी का निधन वर्ष 1999 में हुआ। उनके दो पुत्रों दामोदर सिंह और जनार्दन सिंह का भी निधन हो चुका है।

□

5
जीतू राम

जीतू राम को अगर संघर्ष की मिसाल कहा जाए तो कोई अतिशयोक्ति नहीं होगी। उन्होंने पहले अपने घर में संघर्ष किया, फिर शिक्षा के लिए संघर्ष किया और अंत में अंग्रेजों के खिलाफ संघर्ष किया। हर संघर्ष में वे सफल भी हुए। वे लेस्लीगंज (वर्तमान का नीलांबर पीतांबरपुर) के चौरा बाँसडीह के मूल निवासी थे। जब उनकी उम्र 8–10 साल थी, किसी बात से खफा होकर घर से भागकर चैनपुर आ गए थे। वह मात्र अंडरवियर पहनकर राजा के किला के बाहर सोए हुए थे तभी उन पर किसी कर्मचारी की नजर पड़ी। इसके बाद उन्हें अस्तबल में घोड़ों को चना और चारा खिलाने के लिए रख लिया गया। यह काम उन्होंने काफी मन से किया तो कर्मचारियों के साथ राजा भी उनसे प्रभावित हो गए। उन्हें बाद में राजकुमार के साथ बस्ता ढोने के लिए स्कूल भेजा जाने लगा। वह स्कूल के बाहर से ही क्या पढ़ाया जा रहा है उसे सुनते थे। बाद में जब कोई उनसे पूछता तो वह सुनकर सीखी गई सारी बात दोहरा देते थे। उनकी इस प्रतिभा का पता जब राजा को

चला तो उनके भी पढ़ने की व्यवस्था कर दी गई और वह डालटनगंज के स्कूल में पढ़ने के लिए आने लगे। जब उन्होंने मैट्रिक की परीक्षा पास की तो वह चैनपुर राज में कर्मचारी का काम करने लगे। राजा ने बाद में उन्हें फॉरेस्टर भी बनवा दिया और जगह-जमीन भी खरीदवा दी।

उन्होंने जो जमीन खरीदी थी, वह शिवाजी मैदान के बगल में है। शिवाजी मैदान में स्वतंत्रता आंदोलन के दौरान राष्ट्रीय और स्थानीय नेताओं की सभाएँ होती थीं। यहीं उनके संबंध आंदोलन से जुड़े लोगों से बने। इनमें यदुवंश सहाय और राजकिशोर सिंह प्रमुख थे। जिले के एक अन्य बड़े नेता अमिय कुमार घोष उनके बगल में रहते थे। उनसे भी उनके निकट के संबंध हो गए। इसके बाद वे भी आंदोलन के दौरान चल रही गतिविधियों में शामिल होने लगे। वर्ष 1937 में जब बिहार विधानसभा का पहला चुनाव हुआ तो वे उत्तर-पूर्व पलामू संरक्षित से कांग्रेस प्रत्याशी के रूप में मैदान में उतरे और जीत हासिल की। जब वर्ष 1940 में नेताजी सुभाष चंद्र बोस का आगमन हुआ तो वे शिवाजी मैदान की सभा के बाद जीतू राम के घर भी आए। उनके अलावा जितने भी नेता डालटनगंज आते थे, उनके जलपान की व्यवस्था उन्हीं के घर होती थी। जब देश में वर्ष 1942 का आंदोलन शुरू हुआ तो उन्हें भी गिरफ्तार कर डालटनगंज जेल में रखा गया। पलामू का इतिहास लिखने वाले हवलदारी राम गुप्त हलधर ने भी अपनी पुस्तक के पेज नंबर 78 पर स्वतंत्रता सेनानियों की जो सूची दी है, उसमें भी जीतू राम का नाम लिखा हुआ है। आजादी के बाद उनकी सक्रियता राजनीति में और बढ़ने लगी। वर्ष 1946 में जब अंतरिम सरकार के गठन के लिए चुनाव हुआ तो वे फिर विधायक चुने गए। आजाद भारत में जब वर्ष 1952 में पहली बार चुनाव हुआ तो वे लेस्लीगंज और मनातू विधानसभा क्षेत्र से कांग्रेस प्रत्याशी के रूप में विजयी हुए। इसके बाद वे राजनीति में तो सक्रिय रहे, पर चुनाव नहीं लड़ा।

जनता शिवरात्रि कॉलेज से सेवानिवृत्त प्राध्यापक प्रो. राधारमण किशोर रिश्ते में जीतू राम के पोते हैं। वे बताते हैं, "जीतू रामजी मेरे दादा दासु राम के बड़े भाई थे। उन्होंने अपने जीवन में काफी संघर्ष किया। वे समाज के

उस वर्ग से आते थे जिसे लोग उस वक्त बहुत ही गलत नजरिए से देखते थे। मगर उन्होंने इस नजरिए की परवाह किए बिना अपने लक्ष्य पर ध्यान केंद्रित किया। उन्हें चैनपुर के राजा के रहने के दौरान जो मौका मिला, उसका उन्होंने सही तरीके से इस्तेमाल किया। उन्होंने सबसे पहले शिक्षा के महत्त्व को समझा। इसका परिणाम है कि आज उनके परिवार से जुड़े लोग काफी शिक्षित ही नहीं बल्कि पठन-पाठन के क्षेत्र में भी कार्यरत हैं। जीतू रामजी के तीन बेटे और दो बेटियाँ थीं। बेटों के नाम जगदयाल राम, सूर्यानंद और भोला दयाल थे। सबसे बड़े जगदयाल राम बेसिक स्कूल में शिक्षक थे, सूर्यानंद वेलफेयर अफसर थे, जबकि भोला दयाल वकालत करते थे। उनके छोटे भाई दासु राम के पुत्र नंदकिशोर राम एक्साइज सुपरिंटेंडेंट थे। नंद किशोर राम मेरे पिताजी थे। मेरे छोटे भाई राधाकृष्ण किशोर दादाजी से काफी प्रभावित थे। इसकी वजह से वे राजनीति में गए और झारखंड में मंत्री रहने के अलावा कई बार विधायक भी रहे। मेरे एक अन्य छोटे भाई राधाप्रेम किशोर हैं। वह झारखंड में पुलिस उपाधीक्षक हैं। पलामू के वर्तमान सांसद विष्णुदयाल राम मेरे बहनोई हैं। मेरा पूरा परिवार आज भी जीतू राम के आदर्शों पर चलने का प्रयास करता है।" जीतू रामजी ने वर्ष 1972 में आखिरी साँस ली थी।

वे अपने शहर की समस्याओं के प्रति कितने सचेत रहते थे, इसकी एक बानगी बिहार विधानसभा की वर्ष 1937-38 की एक काररवाई में देखी जा सकती है। उस दिन 1 दिसंबर था और कोयल नदी की बाढ़ से सड़क का कटान और मंदिर के एक हिस्से के बह जाने का सवाल उठाया था।

उस दिन विधानसभा की काररवाई इस प्रकार चली थी—

जीतू राम : क्या सरकार यह बताने की कृपा करेगी—

(ए) क्या सरकार को पता है कि पिछले पाँच या छह वर्षों से डालटनगंज में कोयल नदी अपने किनारे शहर की सड़कों को नुकसान पहुँचा रही है और इस साल सड़क का एक हिस्सा और मंदिर का हिस्सा नदी में बह गया है?

(बी) यदि यह तथ्य है कि शहर की ओर नदी के प्रवाह की तुरंत रोका नहीं की जाता है तो निकट भविष्य में शहर के एक हिस्से के बह जाने की पूरी आशंका है?

(सी) यदि खंड (बी) का उत्तर सकारात्मक है, तो क्या सरकार का इस मामले में कोई कदम उठाने का विचार है ?

माननीय श्री अनुग्रह नारायण सिन्हा : (ए) उत्तर सकारात्मक है।

(बी) यह सही नहीं है कि यदि शहर की ओर नदी के प्रवाह को तुरंत रोका नहीं गया तो निकट भविष्य में शहर के एक हिस्से के बह जाने की पूरी आशंका है।

(सी) ऐसा विचार नहीं है।

4 जनवरी, 1950 को उन्होंने जिले के अन्य विधायकों यदुवंश सहाय और अमिय कुमार घोष के साथ मिलकर शहर में बिजली कब आएगी, इस मुद्दे को उठाया था। 6 अप्रैल, 1956 को बिहार विधानसभा में गैर-सरकारी संकल्प के तहत जब उत्तरी कोयल नदी पर प्रस्तावित कुटकू डैम का मामला उठा था तब उन्होंने कहा था, "अगर सरकार पलामू जिले को हर तरह से विकसित देखना चाहती है, और पलामू का अस्तित्व देखना चाहती है तो इस योजना को जरूर पूरा करे। अध्यक्ष महोदय, इस योजना के पूरा हो जाने से पलामू का विकास होगा, पलामू को पानी मिलेगा। आज पलामू की जमीन अनावृष्टि के कारण कई वर्षों से सूख गई है, वहाँ की धरती के अंदर 50 फीट तक पानी नहीं है, कितने जंगल पानी के बगैर खत्म हो गए और बरबाद हो रहे हैं। इस योजना से पलामू जिले को पानी मिलेगा, बिजली मिलेगी और बिजली हो जाने से तरह-तरह के कारखाने खुलेंगे।"

नोट—विधानसभा की कारवाई के अंश archives.biharvidhanmandal.in से लिये गए हैं।

□

6
जगनारायण पाठक

पलामू में पाठकजी का नाम लेते ही तत्काल जो छवि सामने आती है, वह है जगनारायण पाठक की। स्वतंत्रता की लड़ाई हो या राजनीति, हर जगह उन्होंने अपनी विशिष्ट छाप छोड़ी। नेतृत्व क्षमता ऐसी जिससे चौकड़ी जैसे गाँव के साधारण किसान से लेकर प्रधानमंत्री तक प्रभावित थे। जब वे किशोर थे तो चंचल होने के साथ निडर, निर्भीक, निश्चयी और निर्लिप्त भाव से काम करते थे। इसी भाव से उन्होंने पूरी जिंदगी काम किया। उनके ये सभी गुण वाराणसी में स्कूल में पढ़ने के दौरान ही दिखने लगे थे। यही कारण था कि काफी कम उम्र में ही वे जंगे आजादी में कूद पड़े और कांग्रेस की सभाओं में जाने के साथ गाँव-गाँव में घूमकर लोगों को अंग्रेजी हुकूमत के खिलाफ एकजुट करने लगे। 9 अगस्त, 1942 को जब 'अंग्रेजो भारत छोड़ो' आंदोलन का आगाज हुआ था तो पाठकजी कहाँ पीछे रहने वाले थे। उनके साथ

क्रांतिकारियों की एक टोली थी, जिसने अंग्रेजों की नाक में दम कर रखा था। इसी टोली के साथ उन्होंने न सिर्फ रेल लाइन उखाड़ी बल्कि अंग्रेजों की संचार व्यवस्था को ध्वस्त करने के लिए टेलीफोन के तार भी काट डाले।

पाठकजी के बारे में जानने से पहले उनकी किशोरावस्था की कुछ रोचक घटनाओं को जानना ज्यादा जरूरी है। आशुतोष पाठक, रिश्ते में पाठकजी के पोते हैं। एक बार दादा-पोते साथ बैठे थे तो पोते ने उनसे स्वतंत्रता संग्राम के किस्से जानने चाहे। उस वक्त पाठकजी की उम्र काफी हो गई थी और उन्होंने अपने पोते को लगभग टाल ही दिया था कि उन्हें पता चला कि आशुतोष बीएचयू में पढ़ते हैं। वाराणसी का नाम सुनते ही पाठकजी ने पूछा कि तुम अंबिका के बेटे हो, फिर अपने बचपन के दिनों में चले गए और पोते को अपनी पूरी जीवनगाथा सुना डाली। उन्होंने आशुतोषजी को जो पहली घटना बताई, वह काफी मजेदार थी। पाठकजी उस समय सातवीं क्लास में एनी बेसेंट द्वारा स्थापित सेंट्रल हिंदू स्कूल में पढ़ते थे और उनके भतीजे नवल किशोर पाठक छठी क्लास में। चाचा-भतीजा नागपंचमी के दिन बनारस के घाटों के पास से गुजर रहे थे तो वहाँ दंगल चल रहा था और एक मुस्टंडा लोगों को पाँच रुपए इनाम की घोषणा के साथ अखाड़े में मौजूद पहलवान से लड़ने की चुनौती दे रहा था। इस पर पाठकजी अपने भतीजे से कहते हैं, "ये हो, नवल एकरा से लड़ जाऊँ का···" नवलजी कहते हैं, "कचूमर निकाल देतव, देखात नखव कईसन हव···।" पाठकजी ने कुछ सुना नहीं, कुरता खोला···भतीजे को पकड़ाया··· धोती खोंसी और अखाड़े में खड़े पहलवान के पेट में सिर दे मारा···धक्का देते हुए दीवार तक ले गए फिर दोनों पैरों के बीच हाथ लगा कर चित्त कर दिया। इसके बाद फुरती से वापस लौटे···इनाम की घोषणा करने वाले के हाथ से पाँच रुपए का नोट छीना और वहाँ से निकल लिए। लोग नाम-पता पूछते रह गए पर चाचा-भतीजे की जोड़ी वहाँ से फुर्र हो गई।

आशुतोषजी बताते हैं कि बाबा यहीं नहीं रुके। जब मैंने उनसे पूछा कि अंग्रेजों के प्रति आपके मन में इतना गुस्सा क्यों है, तो उन्होंने इसके जवाब फिर एक मजेदार घटना बताई। एक दिन चाचा-भतीजे की जोड़ी डालटनगंज

में डीसी आवास के बगल से गुजर रही थी। बगीचे में पेड़ पर पके हुए संतरे बाहर से ही दिख रहे थे। दोनों चुपके से भीतर घुस गए। चाचा पेड़ पर और भतीजा नीचे। तभी माली वहाँ आ गया नवलजी तो डर गए पर पाठकजी पेड़ से सीधे माली पर कूदे, थप्पड़ और मुक्के की बरसात करते हुए वहाँ से निकल लिए। पलामू का डीसी अंग्रेज था और पाठकजी के मन में अंग्रेजों के प्रति हद से ज्यादा गुस्सा भरा था। उन्होंने पोते से कहा, 'अंग्रेज के माली को पीटते समय ऐसा लगा जैसे उनका हर वार अंग्रेज डीसी के चेहरे पर पड़ रहा हो।' दरअसल, पाठकजी बचपन से ही मजबूत कद-काठी के थे, जबकि नवलजी दुबले-पतले। बनारस में उनकी स्कूली शिक्षा चल रही थी और उसी दौरान देश में आजादी की लड़ाई भी तेज होती जा रही थी। पाठकजी के सामने दो विकल्प था पढ़ाई या लड़ाई। उन्होंने दूसरे विकल्प को चुना और स्वतंत्रता संग्राम में कूद पड़े। वर्ष 1932 में पहली बार गिरफ्तार हुए इसके बाद वर्ष 1939 में जेल गए। ये जेल यात्राएँ कम समय के लिए थीं। इस दौरान उन्हें डालटनगंज और गया जेल में रखा गया था।

पाठकजी के बेटे आलोक पाठक बताते हैं, "अंग्रेजो भारत छोड़ो आंदोलन शुरू हो चुका था। बाबूजी के पीछे पुलिस लगी थी। उनकी टोली ने हैदरनगर के पास रेलवे लाइन उखाड़ने से लेकर लाइन किनारे लगे टेलीफोन के तार काटकर अंग्रेजों को काफी नुकसान पहुँचाया था। इसके बाद उनके साथियों की तैयारी जपला में थाने पर हमले की थी। पुलिस को इस तैयारी की खुफिया जानकारी मिली और उन्हें 24 अगस्त को गिरफ्तार कर लिया गया। उनकी गिरफ्तारी के बाद उन्हें पहले डालटनगंज में रखा गया। यहीं उन्हें सजा हुई और वे 26 महीने हजारीबाग जेल में रहे हैं।" 8 नवंबर, 1942 को जब हजारीबाग जेल से लोकनायक जयप्रकाश नारायण अपने पाँच साथियों के साथ निकल भागे थे, तब पाठकजी भी वहीं बंद थे। उस दिन दिवाली थी और इस दौरान पाठकजी भजन-कीर्तन करने वालों में शामिल थे। वे अपने चचेरे भाई पं. मुरारी पाठक से काफी प्रभावित थे। पं. मुरारी पाठक वर्ष 1936 में बीएचयू के टॉपर थे, वर्ष 1931 में कांग्रेस के कराची सम्मेलन में भाग ले चुके थे। इतना ही नहीं, जब महात्मा गांधी और महामना पंडित मदनमोहन

मालवीय डालटनगंज आए थे तो वे उनके साथ थे। दुर्भाग्यवश कम उम्र में ही वर्ष 1945 में उनका निधन हो गया।

आजादी की लड़ाई के दौरान जगनारायण पाठक की सक्रियता बढ़ती जा रही थी। वर्ष 1932 में जेल से बाहर आने के बाद उनकी क्रांतिकारी सोच में वैचारिक पुट भी आने लगा था। महात्मा गांधी जन-जन के नेता थे। पाठकजी निजी जीवन में उनसे सबसे ज्यादा प्रभावित थे। गांधीजी के ग्राम स्वराज की बात उन्हें सबसे ज्यादा आकर्षित करती थी। इसका कारण था कि वे ग्रामीण पृष्ठभूमि से आते थे और ग्रामीणों का दु:ख कैसे दूर हो, इसकी चिंता में लगे रहते थे। वर्ष 1938 में पाठकजी गांधीजी के वर्धा स्थित सेवा ग्राम आश्रम में जाते हैं। उनके साथ उनकी पत्नी भी थीं। इस आश्रम में आने के बाद उनकी सोच में काफी सकारात्मक बदलाव आया। गांधीजी एक पोथी में आश्रमवासियों के लिए संदेश लिखते थे, जिसकी शुरुआत में होता था— 'सेगाँव सेवकों के लिए।' इस पर बहुत ही अद्‍भुत बातें लिखी रहती थीं, जो अनुकरणीय होती थीं।

आश्रम में रहने और गांधीजी के संसर्ग में आने का पाठकजी पर काफी असर पड़ा। उन्होंने समाज में व्याप्त रूढ़ियों को तोड़ने, भारत की सांस्कृतिक परंपराओं को सँजोने और जातिवाद का विरोध करने का संकल्प लिया। इसका उदाहरण कई अवसरों पर देखने को मिला। पाठकजी दो बार वर्ष 1967 और 1969 में लेस्लीगंज से विधायक रहे। पाटन उस समय इसी विधानसभा का हिस्सा हुआ करता था। एक घटना को याद करते हुए उनके बेटे आलोक पाठक कहते हैं, "बाबूजी एक गाँव में गए थे। वहाँ किसान खेत में हल चला रहे थे। यह देखकर उनसे रूका नहीं गया तथा वे खेत में पहुँच गए और कहा कि वे भी हल चलाएँगे। वहाँ मौजूद लोगों ने कहा कि ब्राह्मण के लिए हल चलाना वर्जित है। यह सामाजिकता के खिलाफ है।" इतना सुनना था कि पाठकजी ने कहा कि वे ऐसी किसी भी रूढ़ियों में विश्वास नहीं करते जो समाज में जाति के नाम पर एक-दूसरे को अलग करती हो। यदि समाज में रहने वाली अन्य जातियाँ हल चला सकती हैं तो ब्राह्मण क्यों नहीं? ऐसा कहते हुए उन्होंने किसान से हल लिया और खेत जोतना शुरू कर दिया। खेत

जोत कर उन्होंने समाज को संदेश दिया कि जाति के अनुसार किसी के लिए काम का विभाजन करना गलत है। इस दौरान कांग्रेस के नेता मुसन शुक्ला भी वहाँ मौजूद थे।

युगल किशोर पांडेय रिश्ते में पाठकजी के दामाद हैं। वे गढ़वा से कांग्रेस के विधायक भी रह चुके हैं। पांडेयजी बताते हैं, "एक बार पाठकजी उनके राँची स्थित घर पर आए थे। उनके साथ पलामू के सांसद रहे रामदेनी राम भी थे। इन दोनों के संबंध राजनीतिक न होकर मित्रवत् थे। दोनों ने साथ में खाना खाया। इसके बाद रामदेनी रामजी अपने जूठे बरतन उठाने लगे। पाठकजी ने तत्काल उन्हें रोका और कहा कि आपको इस तरह की आदत छोड़नी होगी। हम सभी एक बराबर हैं। इसके बाद मेरी बेटी ने बिना किसी संकोच के वहाँ से बरतन हटाया।" पांडेयजी ने कहा कि पाठकजी ने मेरे सामने भी एक बार छतरपुर के गाँव में हल चलाया था।

पाठकजी के पोते आशुतोष भी एक घटना का जिक्र करते हैं। उनके अनुसार, "बाबा का विश्वसनीय ड्राइवर रेयाज था। उन्हें जब भी कहीं जाना होता तो उससे कहते कि गाड़ी निकालो और फिर यात्रा शुरू कर देते। एक बार उन्होंने रात के दो बजे रेयाज से कहा कि चलो, कहीं चलना है। गाड़ी निकालने के बाद उसने चलाना शुरू कर दिया और आगे चौराहे पर उसे निर्देश मिला कि पटना की तरफ गाड़ी ले चलो। अभी गाड़ी सिंगरा ही पहुँची थी कि पता नहीं कौन सा जानवर गाड़ी के आगे से निकल गया। रेयाज ने गाड़ी रोक दी। गाड़ी रुकते ही पाठकजी ने कारण पूछा। जब उन्हें कारण की जानकारी हुई तो उन्होंने कहा कि कोई कुत्ता-बिलार जगनारायण पाठक का रास्ता काट देगा तो वह रुक जाएँगे! चलो, गाड़ी आगे बढ़ाओ और आज से जान लो कि हम इस तरह के किसी भी अपशकुन को नहीं मानते हैं।" ये घटनाएँ उनकी आधुनिक और अग्रगामी सोच को दर्शाती हैं।

पाठकजी की गांधीजी से निकटता का इससे बड़ा उदाहरण क्या होगा कि जिस दिन नई दिल्ली में बापू की हत्या होती है, उस दिन वे प्रार्थना सभा में शामिल होने के लिए जा रहे थे। जब वे वहाँ पहुँचते, तब तक गांधीजी की हत्या हो चुकी थी। वहाँ प्रधानमंत्री जवाहरलाल नेहरू और गृहमंत्री वल्लभ

भाई पटेल पहुँच चुके थे। आशुतोषजी बताते हैं, "इस घटना का जिक्र करते हुए बाबा ने उनसे कहा था कि वहाँ का माहौल बिल्कुल सन्नाटे वाला था। आगे पं. नेहरू और सरदार पटेल खड़े थे और पीछे मैं। पटेल ने नेहरू से कहा कि आज हम दोनों के बीच का सेतु ढह गया। अब आप हमारे नेता हैं, जो कहेंगे वही करेंगे।"

आशुतोषजी ने जब उनसे पूछा कि गांधी के बाद आप किससे सबसे ज्यादा प्रभावित रहे। इस पर वे करीब दो मिनट तक चुप रहे, फिर उनका जवाब था, 'नेहरू।' पोते को लगता था कि बाबा को नेताजी सुभाष चंद्र बोस पसंद होंगे, उन्होंने सवाल किया, ऐसा क्यों? इस पर उनका जवाब था, "दोनों (नेहरू और बोस) के शब्दों में जादू था, ये ओजस्वी वक्ता थे, इनको सुनकर पूरा आभामंडल जोश में आ जाता था। इसके बाद भी नेहरू के पास एक चीज अलग थी। उनके पास सम्मोहन था। मैं भी उनसे सम्मोहित था। वही मेरे नेता थे। उनसे मेरी नजदीकी रही, जो बाद में इंदिरा गांधी तक पहुँची।"

पाठकजी जब पलामू जिला परिषद् के अध्यक्ष थे तब उन्होंने चार हजार लोगों के साथ पटना में विधानसभा का घेराव किया था। अनुग्रह नारायण सिन्हा उस समय उपमुख्यमंत्री और वित्तमंत्री थे। पाठकजी को वे काफी मानते थे। ऐसे में किसी ने मुख्यमंत्री श्रीकृष्ण सिंह से कहा कि यदि पलामू में राजनीति करनी है तो पाठकजी को साथ लाना जरूरी है। श्री बाबू ने पाठकजी को रात में खाने पर बुलाया और दोस्ती का हाथ बढ़ाया। इस पर पाठकजी का जवाब था कि आपसे दोस्ती संभव नहीं है, क्योंकि आप मुझसे उम्र में काफी बड़े हैं...पिता की उम्र के हैं...पितातुल्य हैं...मैं आपके बेटे की तरह हूँ। आप आदेश कीजिए, मैं हाजिर रहूँगा। उनकी साफगोई ने श्री बाबू को काफी प्रभावित किया और उन्होंने अपना निजी फोन नंबर दिया और कहा कि जब जरूरत हो, सीधे बात करना। जब आशुतोषजी ने पूछा कि बाबा आपके बारे में यह चर्चा है कि आपने एक डीसी का रातो-रात तबादला करा दिया था? इस पर उन्होंने जवाब दिया, "मैंने जनहित का एक काम डीसी से कहा था। जब उसकी याद दिलाने डीसी आवास पर गया तो उन्होंने आनाकानी जैसी बात की। यह मेरे स्वाभिमान के खिलाफ था। इस पर मैंने डीसी से ही उनके

पास रखे फोन का इस्तेमाल करने की अनुमति चाही। इसके बाद श्री बाबू को फोन लगाया और कहा कि हुजूर, प्रणाम! कल नया डीसी चाहिए। इसके बाद डीसी से कहा कि आप पैकिंग कर लीजिए। डीसी ने इसे गंभीरता से नहीं लिया और कहा कि वे सदा पैकिंग तैयार रखते हैं। इसके बाद रात दो बजे जब नए डीसी ने चार्ज लिया तो पुराने डीसी के चौंकने का समय था। वह सुबह 6:00 बजे उनके घर पर देखने आया कि आखिर वह कौन शख्स है, जिसने एक फोन पर उसका तबादला करा दिया।" जब वह उनके घर पहुँचा तो पाठकजी आम आदमी की तरह घर के बाहर बैठे थे। उन्होंने स्वागत किया, आगे के लिए शुभकामनाएँ दीं और सलाह दी कि आगे से किसी के स्वाभिमान पर चोट मत कीजिएगा।

जगनारायण पाठकजी का जन्म 15 अप्रैल, 1910 में हैदरनगर प्रखंड के चौकड़ी गाँव में और निधन 11 जुलाई, 1995 को डालटनगंज में हुआ था। 1952 से 1962 तक वे पलामू जिला परिषद् के अध्यक्ष रहे। 1967, 1969 में दो बार लेस्लीगंज विधानसभा क्षेत्र से विधायक और 1976 से 1982 तक बिहार विधान परिषद् के सदस्य रहे। पाठकजी के बड़े बेटे गोविंद पाठक और बड़ी बेटी गायत्री पांडेय का निधन हो चुका है। आनंद पाठक, आलोक पाठक और अवनीश पाठक डालटनगंज में रहते हैं। उनकी बेटियाँ उर्मिला पांडेय और रीता मिश्रा हैं।

□

7

राजेश्वरी सरोज दास

पलामू जिले में कुछ नाम ऐसे हैं जिन्होंने कई मायने में मील का पत्थर स्थापित किया है। इन्हीं नामों में से एक है सुश्री राजेश्वरी सरोज दास। इन्हें लोग आदर से 'देवीजी' भी कहते हैं। मई 1942 में जिले में यदुवंश सहाय 'यदु बाब', गणेश प्रसाद वर्मा, गौरीशंकर ओझा के साथ मिलकर उन्होंने न सिर्फ लोगों के बीच जागरूकता फैलाने का काम किया बल्कि कांग्रेस संगठन को भी मजबूत किया। अंग्रेजों के खिलाफ गाँव-गाँव में आयोजित सभाओं में इन नेताओं के साथ उनके भाषण होने लगे। इसका परिणाम यह हुआ कि जुलाई महीने में ही उन्हें गिरफ्तार कर जेल में डाल दिया गया। डालटनगंज समेत विभिन्न जेलों में वे करीब ढाई साल बंद रहीं।

नारी शिक्षा और अधिकारों के लिए आजादी से पहले व बाद में संघर्ष

किया। किसानों, मजदूरों के हित के लिए अंग्रेजी शासन और जमींदारों के खिलाफ वे सदैव खड़ी रहीं। वे न सिर्फ यहाँ की पहली महिला स्वतंत्रता सेनानी थीं बल्कि बिहार की पहली महिला मंत्री भी थीं।

मैविस हेक्टर रिश्ते में राजेश्वरी सरोज दास की पतोहू (बहन के लड़के की पत्नी) हैं। वे बताती हैं, "देवीजी के साथ मैंने काफी समय बिताया है। मैं स्कूल में पढ़ाती थी, जबकि उन्होंने अपना प्रारंभिक जीवन शिक्षक के रूप में शुरू किया था। वे नारी शिक्षा के बिना समाज के विकास को अधूरा मानती थीं।" देवीजी के आजादी की लड़ाई में जेल जाने की चर्चा करते हुए मैविसजी कहती हैं, "देवीजी दो मौकों पर जेल जीवन की चर्चा जरूर करतीं थी। जब कोई संघर्ष में हारने लगता था तो वे कहती थीं कि मैं तो जेल जाते समय ट्रेन से कूद गई थी और तुम जीवन रूपी ट्रेन (संघर्ष) से हार रहे हो। इसके अलावा जब घर में खाने में कीड़ा वगैरह मिल जाने पर कोई उसे फेंकने लगता था तो वे कहती थीं कि अन्न को मत फेंको बल्कि इसमें से कीड़ा निकालकर फेंक दो। जब उनसे इसका कारण पूछा जाता तो उनका जवाब होता—अंग्रेजों की जेल में हमें कीड़े और पिल्लू वाला खाना ही दिया जाता था। हम उसे निकालकर फेंक देते और खाना खा लेते थे। इसी खाने से मिली ताकत के बल पर अच्छे खाने और स्वराज के लिए संघर्ष करते थे।"

राजेश्वरी सरोज दास के पोते वीरेंद्र विकास कुमार (लातेहार से 1972 में विधायक रहे विजय वीरेंद्र के बेटे) कहते हैं, "उनकी गोद में बचपन बीता। वे अनुशासन को बहुत महत्त्व देती थीं। किसी का कोई काम हो तो वे तुरंत चली जाती थीं, बिना समय या मौसम की परवाह किए। एक बार उन्हें लू गई और वे बेहोश होकर गिर गईं। गाँव के लोग उन्हें अपने घर ले गए और पूरे शरीर में अमझोरा लगाया तब उन्हें होश आया। इसके बाद भी वे रुकी नहीं और लोगों से मिलने लगीं।"

वरिष्ठ पत्रकार ज्ञानवर्धन मिश्र कहते हैं, "विधायी कार्यों पर राजेश्वरी सरोज दासजी की काफी मजबूत पकड़ थी। बिहार विधान परिषद् की काररवाई के दौरान जब वे एक बार कुरसी पर बैठ जाती थीं तो अधिकांश समय काररवाई का संचालन करती थीं। पूरे दिन में, वह भी सेकेंड हाफ में एक-

दो बार ही ऐसा मौका आता था कि कोई पीठासीन अधिकारी कारवाई का संचालन करता था। उनकी पहचान एक सभ्य और अनुशासनप्रिय महिला के रूप में थी। जब मैं सदन की कारवाई कवर करता था, तो उन्होंने बिना किसी लाग-लपेट के मुझे विधान परिषद् की पत्रकार कमेटी का सदस्य बनाया था।"

लंबे समय तक देवीजी के सहयोगी रहे रघुनंदन प्रसाद के अनुसार, "वे अद्भुत और दृढ़ निश्चयी महिला थीं। किसानों के लिए समर्पित थीं। बरवाडीह (रँका) के जेठन सिंह, झम्मन सिंह, भागीरथी सिंह आदि के साथ मिलकर उन्होंने किसानों के हित में जमींदारों के खिलाफ संघर्ष किया था। अपनी आखिरी साँस तक वे लोगों के लिए संघर्षरत रहीं।"

राजेश्वरी सरोज दास जब पलामू कांग्रेस की कोषाध्यक्ष थीं तब हृदयानंद मिश्र महामंत्री हुआ करते थे। वे कहते हैं, "देवीजी जितनी कुशलता से विधान परिषद् का संचालन करती थीं, उतनी ही कुशलता से अपने लोगों के साथ संबंध भी निभाती थीं। मैं उनसे उम्र में काफी छोटा था, पर संगठन के हर कार्य में वे मेरी सलाह को प्रमुखता देती थीं।"

हृदयानंदजी बताते हैं, "सुश्री राजेश्वरी सरोज दास सन् 1930-31 में मिर्जापुर के सिंगरौली दुद्धी से डालटनगंज आई थीं। यहाँ आकर उन्होंने बालिका विद्यालय में शिक्षण कार्य शुरू किया। गौरीशंकर ओझा (अपने समय के पलामू कांग्रेस के सभापति) से प्रभावित होकर नौकरी से त्याग-पत्र देकर स्वतंत्रता आंदोलन में कूद पड़ीं। राजनीतिक क्षेत्र का चयन सबसे पिछड़े क्षेत्रों से जैसे भंडरिया, रँका, गारू एवं महुआडाँड़ का किया और इस क्षेत्र में दलितों एवं आदिवासियों के बीच स्वतंत्रता आंदोलन के जागरण का मंत्र फूँका।"

वर्ष 1952 में स्वतंत्र भारत में हुए पहले विधानसभा चुनाव में वे नगर ऊंटारी से विधायक चुनी गईं। इसके बाद वर्ष 1957 में हुए चुनाव में वे गढ़वा की विधायक बनीं। यह अजब संयोग है कि दोनों बार उन्हें मिले मतों की संख्या करीब-करीब बराबर ही रही। नगर ऊंटारी में 8,935 वोट मिले तो गढ़वा में 8,993। यानी दूसरी बार 58 वोट अधिक। दूसरी बार जीतने के बाद उन्हें श्रीकृष्ण सिंह मंत्रिमंडल में बतौर उपमंत्री शामिल किया गया। बिहार

में मंत्री बनने वाली वे पहली महिला थीं। उनके साथ ज्योतिर्मयी देवी को भी उपमंत्री बनाया गया था।

पलामू के लोगों के लिए राजेश्वरी सरोज दास के मन में कितनी पीड़ा थी, इसका उदाहरण बिहार विधानसभा में 3 जुलाई, 1952 को उनके सवाल से देखा जा सकता है। विधानसभा की आर्काइव के अनुसार—

पलामू के अकाल पीड़ित इलाके

71–श्रीमती राजेश्वरी सरोज दास : क्या मंत्री, राजस्व विभाग, यह बताने की कृपा करेंगे—

(क) क्या पलामू जिले के रंका, भंडरिया, दक्षिणी नगर के इलाके अकाल से पीड़ित हैं?

प्रश्नकर्ता की अनुपस्थिति में श्री सरदार हरिहर सिंह के अनुरोध पर उत्तर दिया गया।

(ख) सरकार ने रिलीफ के काम के लिए वहाँ पर कितने रुपए भेजे हैं?

(ग) क्या यह बात सही है कि जल कष्ट से उस जिले के मनुष्य और पशु पीड़ित हैं?

(घ) क्या यह बात सही है कि मई महीने के शुरू में ही जिला इरिगेशन कमिटी की मीटिंग में यह तय हुआ कि अस्थायी कुएँ खोदे जाएँ, परंतु वहाँ के डिप्टी कमिश्नर ने इसे रोक दिया?

(ङ) रिलीफ वर्क का 45,000 रुपया जंगल विभाग को ही सड़क बनाने को क्यों दिया गया?

श्री कृष्णबल्लभ सहाय : (क) रंका और भंडरिया पुलिस स्टेशंस स्कारसिटी एरियाज हैं। मगर दक्षिण नगर के इलाके स्कारसिटी एरियाज नहीं हैं। एक लाख रुपए ग्राटीच्यूसस रिलीफ के लिए दिए गए हैं। डिप्टी कमिश्नर पलामू ने पाँच हजार रुपए रंका के लिए खर्च किए हैं और तीन हजार रुपए भंडरिया के लिए अब तक खर्च किए हैं।

(ख) इसका उत्तर हाँ है। पानी की कमी पलामू जिले में इस साल महसूस की गई थी।

(ग) इसका उत्तर ना है। सबडिवीजनल ऑफिसर के पास रुपए रख

दिए गए हैं और आदेश भी दे दिया गया है कि कुएँ को साफ कराया जाए और गहरा भी किया जाए, जिससे पानी की जो कमी है, वह दूर हो जाए। यह काम अब तक जारी है।

(घ) यह कहना सही नहीं है कि जो रिलीफ के रुपए हैं, वह केवल जंगल की सड़क पर ही खर्च हों। डिस्ट्रिक्ट बोर्ड रोड्स और विलेज रोड्स पर भी रुपए खर्च हो रहे हैं। (ये अंश इंटरनेट पर उपलब्ध बिहार विधानसभा की archives.biharvidhanmandal.in से लिये गए हैं। संभव है कि क और ख का उत्तर एक ही में हो।)

बाद में राजेश्वरी सरोज दास दो बार बिहार विधान परिषद् की सदस्य भी रहीं। इस दौरान वे दो बार सभापति भी रहीं। पहली बार 7 मई, 1976 से 6 मई, 1980 तक और दूसरी बार 18 जनवरी, 1985 से 29 जनवरी, 1985 तक। देवीजी की जन्मतिथि अज्ञात है। उन्होंने 4 जून, 1994 को डालटनगंज में आखिरी साँस ली।

□

8
गौरीशंकर ओझा

पलामू में वर्ष 1935 के बाद ब्रितानी हुकूमत के खिलाफ संघर्ष में एक नाम बड़ी तेजी से उभरा था। वह नाम था गौरीशंकर ओझा का। वह थे तो पूरे जिले के नेता, पर गढ़वा-रंका क्षेत्र में उनकी सक्रियता सबसे ज्यादा थी। इस इलाके में किसानों पर अंग्रेजों के जुल्म की सूचना मिलते ही तुरंत वहाँ पहुँच जाते थे। इसी दौरान वे कई बार गिरफ्तार भी किए गए। वे आजादी के समय पलामू कांग्रेस के सभापति थे। यह दुर्भाग्य है कि उनकी कोई तसवीर उपलब्ध नहीं है और न ही इस बात की जानकारी है कि वे कहाँ के मूल निवासी थे। उपलब्ध है तो वर्ष 1945 का एक चुनावी परचा, जिस पर उनका नाम लिखा है। कुछ यादें, जिसके अनुसार वह शाहाबाद जिले से पलामू आए थे। प्रख्यात इतिहासकार के.के. दत्ता की पुस्तक 'फ्रीडम मूवमेंट इन बिहार' के तीसरे खंड में गौरीशंकर ओझा का जिक्र है। इस पुस्तक के अनुसार, मई महीने में वाचस्पति त्रिपाठी के साथ गिरफ्तार किया गया था और डिफेंस ऑफ इंडिया रूल्स की धारा 38 (5) के तहत आपत्तिजनक भाषण देने के आरोप में मुकदमा चलाकर सजा दी गई थी।

ओझाजी पलामू के अग्रणी स्वतंत्रता सेनानी यदुवंश सहाय के अभिन्न मित्र और सबसे निकटतम सहयोगी थे। यदु बाबू दक्षिण-पश्चिम पलामू साधारण ग्रामीण क्षेत्र से विधानसभा का चुनाव लड़ रहे थे। यह चुनाव बिहार में अंतरिम सरकार के गठन के लिए हो रहा था। इसकी तैयारियाँ वर्ष 1945

में ही शुरू हो गई थीं। उस समय के एक पर्चे में 'वंदे मातरम्' और 'महात्मा गांधी की जय' के नारे के नीचे लिखा हुआ है—पलामू के सुप्रसिद्ध नेता श्री यदुवंश सहाय का तूफानी दौरा (चुनाव संदेश अवश्य सुनिए।) इसमें उनके 12 नवंबर से लेकर 24 नवंबर तक के कार्यक्रम का जिक्र है। इस पर्चे में खास बात यह है कि गुरुवार और शनिवार को पलामू की बोली में बीफे और शनीचर लिखा गया है। यह परचा छपा है दी पलामू प्रिंटर्स, डालटनगंज में और आखिर में लिखा है—गौरीशंकर ओझा, सभापति, पलामू जिला, कांग्रेस कमिटी।

गौरीशंकर ओझा के बारे में यदु बाबू के पुत्र बृजनंदन सहाय 'मोहन बाबू' बताते हैं, 'वे शाहाबाद जिले के किसी गाँव के रहने वाले थे। उनकी पत्नी की मौत हैजे से हो गई थी। एक दिन वे डालटनगंज आए तो उन्हें बाबूजी के बारे में जानकारी मिली। वे उनसे मिलने चले आए और साथ काम करने की इच्छा जताई। अइया को जब इसकी जानकारी हुई तो उन्होंने यह कहते हुए सहमति जताई कि ब्राह्मण हथी, साथे रहतन तो पुण्य होएतक। बाबूजी इसके लिए तैयार हो गए और दोनों की मित्रता शुरू हो गई। बाद में वे पलामू कांग्रेस के सभापति बने और आजादी के आंदोलन में सक्रिय भूमिका निभाई। वे पूरे जिले में कहीं भी रंका हो या भंडरिया, पैदल ही चले जाते थे। किसानों के प्रति उनके दिल में इतना दर्द था कि वे अपने कपड़े तक इन्हें दे देते थे। इनके हक के लिए किसी से भी नहीं डरते थे। अफसरों से लड़ तक जाते थे। एक बार 'गांधीजी की जय' और 'जमींदारी का नाश हो' का नारा लगाने वाले किसान के लिए वे एक जमींदार तक से भिड़ गए थे। हुआ यह था कि इस जमींदार ने नारा लगाने वाले किसान को पेड़ से बाँधकर उस पर गुड़ का लेप लगा दिया था ताकि चींटियाँ उसे काट सकें। ओझाजी ने इस किसान को जमींदार के चंगुल से छुड़ाने के बाद ही चैन की साँस ली। वे बाबूजी से कहते थे कि यदु बाबू के साथ जिए हैं और साथ ही मरेंगे। और हुआ भी यही। 18 फरवरी, 1950 को हुए जिस हादसे में यदु बाबू बुरी तरह घायल हुए थे, उसी में वे भी घायल हुए थे। यदु बाबू ने 25 फरवरी को आखिरी साँस ली तो ओझाजी ने 28 फरवरी को अपना नश्वर शरीर त्यागा और साथ जीने-मरने का वादा

निभाया।" यदु बाबू की पुत्रवधू डॉ. शैलजा सिन्हा के अनुसार, "जब हादसे की खबर सुन मैं अस्पताल पहुँची तो दोनों लोग अचेतावस्था में पड़े थे। उस समय ओझाजी के मुँह से 'यदु बाबू' की आवाज सुनाई पड़ रही थी।"

पलामू की राजनीति और सामाजिक कार्यों से जुड़े हृदयानंद मिश्रा के अनुसार, "गौरीशंकर ओझा का व्यक्तित्व ऐसा था कि पलामू में शिक्षिका के रूप में कार्य करने आईं सुश्री राजेश्वरी सरोज दास उनसे काफी प्रभावित हो गई थीं। उन्होंने नौकरी छोड़ दी और ओझाजी के साथ आजादी की लड़ाई में कूद पड़ीं। यदु बाबू और ओझाजी का एक साथ असामयिक निधन पलामू ही नहीं, बिहारवासियों के लिए बड़ी क्षति थी।"

□

9

भुवनेश्वर चौबे

अंग्रेजों की बेड़ियों से भारत माता को मुक्त कराने की क्रांति में शामिल पलामू के आजादी के दीवानों में एक अग्रणी नाम केतात निवासी भुवनेश्वर चौबे का भी है। हजारीबाग में स्वतंत्रता आंदोलन का नेतृत्व करने वाले रामनारायण सिंह के साथ वे किशोरावस्था में ही महात्मा गांधी से मिल भी चुके थे। इस मुलाकात का असर यह हुआ कि चौबेजी गांधीजी के एक आह्वान पर अपना सर्वस्व न्योछावर करने के लिए तैयार रहते थे। 11 जनवरी, 1927 को जब गांधीजी डालटनगंज आए थे तो वे उस सभा में सक्रिय रूप से शामिल हुए थे। वे न सिर्फ सविनय अवज्ञा आंदोलन के दौरान जेल गए बल्कि अंग्रेजो भारत छोड़ो आंदोलन के दौरान भी उनकी गिरफ्तारी हुई। इसके अलावा वे एक अन्य आंदोलन में भी जेल जा चुके थे।

देश भर में महात्मा गांधी के नेतृत्व में सविनय अवज्ञा आंदोलन चरम पर था। पलामू में भी इस आंदोलन में शामिल क्रांतिकारियों की संख्या कम नहीं थी। भुवनेश्वर चौबे इस आंदोलन में बढ़-चढ़कर हिस्सा ले रहे थे। नशाबंदी,

अछूतोद्धार और हरिजनों के मंदिर प्रवेश कराने की मुहिम में उनके नेतृत्व में जगह-जगह कार्यक्रम आयोजित हो रहे थे और बड़ी संख्या में लोग इसमें शामिल हो रहे थे। डालटनगंज एक बड़ा केंद्र बन गया था। भंडरिया, चैनपुर के अलावा जिले में कई जगह आदिवासी भी पूरे जोश से हाथ में तिरंगा और जुबान पर 'भारत माता की जय, शराब दुकान बंद करो, गांधीजी की जय' के नारों के साथ सड़कों पर उतर आए थे। भुवनेश्वर चौबे के पोते हैं विजय कुमार चौबे। अपने बाबा से सुने इस दृष्टांत को याद करते हुए वे कहते हैं, "वर्ष 1930-32 में यशवंत अनंत गोडबोले पलामू के डिप्टी कमिश्नर थे। वे इस आंदोलन को शिथिल करना चाहते थे। उन्हें गुप्त सूचना मिली थी कि भुवनेश्वर चौबे इस आंदोलन में सर्वाधिक सक्रिय लोगों में से एक हैं। उन्होंने शहर के एक नामी वकील को चौबेजी को तोड़ने के लिए लगाया। वकील साहब ने हरिजनों को मंदिर प्रवेश कराने के लिए चंदे के रूप में बड़ी राशि भी दी। मंदिर प्रवेश की घोषणा होने के बाद प्रशासन चौकस था तो मंदिरों के पुजारी इसके विरोध में थे। इन सबके बीच वकील साहब ने चौबेजी से कहा कि वे उनसे बहुत प्रभावित हैं। बात करते हुए वे उन्हें गाड़ी में बिठाकर डीसी आवास पर ले गए। यहाँ पहुँचते ही चौबेजी को लगा कि धोखा हुआ है। वे डीसी के पास पहुँचे तो पहले उन्हें मिठाई खिलाई गई, फिर कॉफी दी गई और इसके बाद उन्हें तीन विभागों—सप्लाई, सर्किल और एक्साइज में इंस्पेक्टर की नौकरी का प्रलोभन दिया गया। इस पर चौबेजी ने माता-पिता और पत्नी से सलाह के लिए एक दिन का समय माँगा। इसी बीच परदे के पीछे से एक महिला आई और उन्होंने चौबेजी की ओर देखते हुए कहा—'तुम जैसे लोगों पर ही भारत माता को नाज है। तुम ही भारत को आजाद कराओगे। इन दोनों का कहा नहीं मानना। ये अंग्रेजी सत्ता की तरफदारी कर रहे हैं।' इसके बाद तो डीसी के कक्ष का माहौल ही बदल गया।" यह महिला कोई और नहीं डीसी की पत्नी कमला गोडबोले थीं। इन्हीं के नाम पर मेदिनीनगर में लड़कियों का स्कूल संचालित है।

विजय चौबे बताते हैं कि बाबा ने इस घटना के बारे में कहा था, "हम त नर्वस हो गईल रही। बूझाते ना रहे कि का करूँ। किसी तरह मैंने हिम्मत करके कहा कि माताजी, मैं यहाँ आता नहीं। चंदे के लिए इनके (वकील) साहब के

पास गया था। ये हमको यहाँ ले आए। इस पर कमला गोडबोले ने मुझे 51 रुपए दिए, नारियल का लड्डू खिलाया और डीसी की ओर देखते हुए कहा कि इनकी गिरफ्तारी कराई तो शराब दुकान पर कमला जाएगी।" इसके बाद चौबेजी आबादगंज में एसपी कोठी के निकट परस-वन (पलाश के जंगल) स्थित अपने ठिकाने की ओर चल पड़े। अपने पोते से कहे उनके शब्दों में, "टेंढ़ होके गईली। जेलहाता से ना जाके दोसर रास्ता धर के ऊहाँ पहुँचली।" इस घटना के दो दिन बाद चौबेजी को गिरफ्तार कर लिया गया और उन्हें छह महीने की सजा हुई। इस दौरान उन्हें पहले डालटनगंज और बाद में गया सेंट्रल जेल में रखा गया।

जेल से छूटने के बाद राष्ट्रीय आंदोलन और कांग्रेस पार्टी में उनकी गतिविधियाँ तेज होने लगीं। 9 अगस्त, 1942 को 'करो या मरो' आंदोलन की घोषणा होते ही उनके साथ के क्रांतिकारियों की टोली पूरे जोर-शोर से मैदान में डट गई। चौबेजी गाँव-गाँव घूमकर 'अंग्रेजी सत्ता का नाश हो', 'अंग्रेजो भारत छोड़ो' के नारे लगाते हुए 'गांधीजी की जय' के साथ स्वतंत्रता की अलख जगाने वाले पर्चे बाँटने लगे। चौबेजी का गाँव केतात बिश्रामपुर रजवाड़े के अंतर्गत आता है। तत्कालीन राजा ने भी निजी संबंधों का हवाला देते हुए उनसे आंदोलन से दूर रहने की अपील की थी। मगर चौबेजी तो किसी और ही मिट्टी के बने थे। सरकारी नौकरी का प्रलोभन ठुकराने वाले व्यक्ति के लिए राजा की बात ठुकराने में तनिक भी देर नहीं लगी। बाद में गाँव के ही एक व्यक्ति की सूचना पर उन्हें पांकी के आसपास अंग्रेजों के सिपाहियों ने गिरफ्तार कर लिया। करीब ढाई साल तक जेल में रहने के बाद वे जेल से छूटे।

विजय चौबे बताते हैं, "बाबा मैट्रिक की परीक्षा देने हजारीबाग गए थे। वहीं वे रामनारायण सिंह के संपर्क में आए। जब उन्हें पता चला कि रामनारायण बाबू गांधीजी से मिलने जा रहे हैं तो उन्होंने अपने फूल और पीतल के बरतनों को बेच दिया और उनके साथ चल दिए। गांधीजी से मुलाकात उनके जीवन के लिए परिवर्तनकारी क्षण रहा। गांधीजी के डालटनगंज आने पर हुई सभा की अध्यक्षता भी उन्होंने की।"

वर्ष 1932 में कमला गोडबोले (केजी) स्कूल की स्थापना में उनका

योगदान तो था ही, जब ब्राह्मण विद्यालय की स्थापना हुई तो उनकी भूमिका अग्रणी रही। आजादी के बाद विधानसभा के लिए हुए पहले आम चुनाव में उन्होंने कांग्रेसी प्रत्याशी के रूप में लेस्लीगंज सह छतरपुर विधानसभा क्षेत्र से जीत हासिल की। बिश्रामपुर भी तब इसी क्षेत्र में शामिल था। उनकी लोकप्रियता का अंदाजा इसी से लगा सकते हैं कि उन्हें 13,023 मत मिले, जो उनके प्रतिद्वंद्वी से करीब दोगुने थे। हारे हुए प्रत्याशी को 6878 वोट ही मिले थे।

भुवनेश्वर चौबे का जन्म 1911 में हुआ था। उनके पिता मुलई चौबे गढ़वा के गोविंद स्कूल में शिक्षक थे। माता का नाम गुजराती देवी था और वह धर्मपरायण महिला थीं। रविरंजन चौबे भुवनेश्वर चौबे के पोते हैं। वह पेशे से शिक्षक हैं और उनका बचपन अपने दादा के साथ बीता है। वह बताते हैं, "बाबा के पिता शिक्षक थे। इसकी वजह से उन्होंने अपने पुत्र को कड़े अनुशासन और दृढ़ता की शिक्षा दी। इसके अलावा उन्हें बचपन से ही सत्य पर टिके रहने की घुट्टी पिलाई गई। उनकी माँ भी उन्हें सत्य का साथ कभी नहीं छोड़ने की शिक्षा देती थीं। यह गुण मेरे बाबा में आजादी की लड़ाई से लेकर जीवन के अंत तक बना रहा। उन्होंने सदैव सत्य का पथ स्वीकार किया और अंग्रेजों को चुनौती देने के लिए कई कुर्बानियाँ दीं।"

प्रभात किरण भी केतात के ही रहने वाले हैं और रिश्ते में भुवनेश्वर चौबे के पोते लगते हैं। वह कहते हैं, "सादा-जीवन उच्च विचार पढ़ा था, पर बाबा इसके प्रतीक थे। गौ-सेवा के प्रति समर्पित थे। मैंने उन्हें घास काटकर गाय को खिलाते हुए देखा है। उनकी सादगी देखकर यह लगता ही नहीं था कि वे इतने बड़े स्वतंत्रता सेनानी, पूर्व विधायक और जिला कांग्रेस के अध्यक्ष रहे हैं।"

भुवनेश्वर चौबे के पिता मुलई चौबे के तीन बड़े भाई लालमणि चौबे, हरिशंकर चौबे और लोकनाथ चौबे थे। चौबे जी के बड़े बेटे विश्वनाथ चौबे रामा साहू स्कूल के प्रिंसिपल थे। उनके एक बेटे कैलाशनाथ चौबे अभी मेदिनीनगर में रहते हैं। विजय कुमार चौबे भुवनेश्वर चौबे के चचेरे भाई केदारनाथ चौबे के पोते हैं और वर्तमान में कांग्रेस पार्टी में सक्रिय हैं। पलामू के इस लाल का 1997 में 86 साल की आयु में निधन हुआ।

□

10

पूरन चंद

आजादी की लड़ाई में 31 अगस्त, 1942 को पूरन चंद जब जेल गए थे तब उनकी उम्र 17 साल से भी कम थी। 29 जून, 1975 को इमरजेंसी में जब वे जेल गए तो उनकी उम्र 50 साल को छूनेवाली थी। दोनों मौकों पर उनकी लड़ाई सत्ता की निरंकुशता से थी। आजादी से पहले विदेशी सत्ता से और आजादी के बाद कांग्रेस के नेतृत्व वाली इंदिरा गांधी की सत्ता से। पूरनजी की जितनी उग्रता अंग्रेजों की नीतियों के खिलाफ थी, उतनी ही उग्रता कांग्रेस की नीतियों के खिलाफ थी। जिस तरह से जोशीले नारे लगाते हुए वे अंग्रेजों भारत छोड़ो आंदोलन के दौरान जेल गए थे, उसी तरह की नारेबाजी करते हुए वे जेपी आंदोलन में भी जेल गए। पूरनजी की लंबाई साढ़े चार फीट के आसपास थी। इतने कम लंबाई के व्यक्ति का कद इतना बड़ा था कि अंग्रेज और कांग्रेसी दोनों उनसे थर्राते थे।

पूरन चंद का जन्म कार्तिक पूर्णिमा को वर्ष 1925 में हुआ था। उनके पिता का नाम घुटुर साह और माता का नाम सन्मानी देवी था। गुरुचरण साह दादा और यशोदा उनकी दादी थीं। उनका परिवार मूलतः गया (अब औरंगाबाद) जिले के गौरा गाँव का निवासी थी। दादा घोड़ा और बैलगाड़ी के जरिए लदनी (सामान लाने-ले जाने) का व्यवसाय करते थे। इस कारण वे डालटनगंज आते रहते थे। यहाँ व्यापार की अच्छी संभावना देखकर उन्होंने कुंड मुहल्ले में मकान बनाया और वहीं बस गए। कहा जाता है कि जब महात्मा गांधी 10 जनवरी, 1927 को डालटनगंज आए थे, तो पूरन चंद की दादी ने उन्हें महात्मा गांधी को सौंप दिया था। गांधीजी उसी मुहल्ले में ठहरे थे, जहाँ गुरुचरण साह का आवास था। यह संयोग ही है कि आगे चलकर पूरन चंद पर गांधीजी का काफी प्रभाव पड़ा। उन्हें याद करते हुए उनके पुरानी सहयोगी और गणेश लाल अग्रवाल कॉलेज के राजनीति शास्त्र के पूर्व प्राध्यापक प्रो. युगल किशोर प्रसाद कहते हैं, "पूरनजी का मानना था कि जो करना है, वह समाज के लिए करो। समाज की संपत्ति का जब बँटवारा होगा तो तुम्हारा हिस्सा खुद तुम्हें मिल जाएगा। यही कारण था कि वे कभी किसी भी संकट में नहीं घबराते थे। जनता के साथ उनका जुड़ाव ऐसा था कि लोग उनके पंचमुहान स्थित कार्यालय में खिंचे चले आते थे। 'पूरन पैदल-जनता पैदल' सिर्फ नारा नहीं बल्कि उनके जीवन का यथार्थ था।"

आजादी की लड़ाई के दौरान पूरन चंद डालटनगंज के क्रांतिकारी स्वतंत्रता सेनानी गणेश प्रसाद वर्मा से खासे प्रभावित थे। वे उनके साथ रहते थे और उन्हीं की तरह अंग्रेजों के खिलाफ लड़ाई में शरीक हुए थे। बाद में पूरनजी डॉ. राममनोहर लोहिया के विचारों की ओर खिंचते चले गए और समाजवादी आंदोलन में शामिल हुए। ये दोनों भी उन्हें काफी स्नेह देते थे। प्रो. प्रसाद के अनुसार, "पूरनजी के पिता घुटुर साव ने उनका नाम 'डोमन साव' रखा था। गणेश बाबू या डॉ. लोहिया ने उनका नाम बदलकर 'पूरन चंद' कर दिया। डालटनगंज के कुंड मुहल्ले में उनका जन्म हुआ और उनकी शादी महुआडाँड़ की राजमती देवी से हुई थी। विवाह के बाद देश सेवा के लिए उन्होंने घर त्याग दिया और पूरा जीवन समाज को सौंप दिया।"

पूरन चंद को 'भारत छोड़ो' आंदोलन के दौरान गिरफ्तार करके पहले डालटनगंज जेल में रखा गया और बाद में बिहार शरीफ जेल में भेज दिया गया। यहाँ से वे 6 मार्च, 1943 छूटे और अगले दिन डालटनगंज पहुँचे। उनके पिता घुटुर साव ने अपने इकलौते बेटे का स्वागत आरती उतरवाकर किया। वे अपने बेटे के सुराजी होने से चिंतित रहा करते थे। इसी वजह से महुआडाँड़ के खेदन साहु की बेटी से उनकी शादी तय कर दी गई थी। 8 मार्च को खेदन साहु डालटनगंज आते हैं और पूरन चंद से जेल का हाल जानने के बाद पूछते हैं, "गंधिया (गांधीजी) के चक्कर में क्यों पड़े हैं? क्या इससे कइला (अंग्रेज) का राज चला जाएगा? और रउवा राजा हो जायब?" गांधीजी के बारे में इतना सुनना था कि पूरन चंद का गुस्सा सातवें आसमान पर जा पहुँचा। उन्होंने अपने होने वाले ससुर से कहा, "खाट से उठ जाएँ, गांधी का अपमान बर्दाश्त से बाहर है। कइला जाएगा और बंदिनी माँ आजाद होगी और देश के सभी लोग कइला की जगह राजा होंगे।" इसके बाद खेदन साहु वहाँ से हटा दिए गए, पर पिता के दबाव में पूरन चंद की शादी हो जाती है।

डॉ. प्रभु नारायण विद्यार्थी ने 'पलामू के लाल पूरन चंद' किताब लिखी है। इस किताब में पूरनजी कहते हैं, "जब तक अंग्रेज भारत से चले नहीं जाते, तब तक मेरे लिए शादी का कोई औचित्य नहीं था। मेरी शादी महुआडाँड़ की राजमती देवी से अवश्य हुई। लेकिन दुर्भाग्य या सौभाग्य से पत्नी से कभी मिल न सका। गांधीजी के प्रति मेरे श्वसुर के अपमानजनक शब्दों ने मेरी आत्मा को इतना दुखा दिया कि मैंने अपनी पत्नी से न मिलने का प्रण कर लिया।" शादी हुए अभी कोई 11 दिन भी नहीं बीते थे कि मई 1943 में उन्हें फिर गिरफ्तार कर लिया जाता है।

मई 1943 में जेल जाने के बाद दिसंबर 1944 तक वे डालटनगंज जेल में रहते हैं। यहीं उन्हें अपने जीवन की अनिश्चितता का बोध होता है। इसके बाद उन्होंने अपने ससुर को जेल से पत्र लिखा, "आप अपनी पुत्री की दूसरी शादी कर दें। मैं आजादी के आंदोलन में तब तक लगा रहूँगा, जब तक अंग्रेज संपूर्ण भारत को पूर्णत: छोड़कर नहीं चले जाते। उसके बाद समाजवाद की लड़ाई जारी रहेगी, जब तक कि भारत से शोषण, गरीबी और असमानता न

मिट जाए। अतः बेहतर होगा कि अपनी बेटी को मेरे नाम पर घुट-घुटकर जीने के बजाय दूसरी शादी कर दें।" उनके ससुर ने जवाब दिया, "मेरी बेटी राजमती जीवन भर आपके नाम पर रह जाएगी, यह कबूल है, पर आपका यह प्रस्ताव स्वीकार्य नहीं। कोई बात नहीं, आपको भरथरी मानता हूँ। भरथरी ने भी तो शादी की थी, पर वैराग्य धारण कर घर से निकल पड़े थे।" इसके बाद दोनों में न तो कोई पत्र व्यवहार हुआ, न ही पति-पत्नी का रिश्ता कायम हुआ। पत्नी को छोड़ने की वजह से पूरनजी से काफी सवाल भी पूछे जाते थे। इस पर उनका जवाब होता था, "शोषण, गरीबी और असमानता आज भी बरकरार है। अतः मेरे प्रण भंग का अवसर अब तक नहीं आया।"

आजादी की लड़ाई के दौरान पलामू में भी क्रांतिकारी युवकों ने आजाद दस्ते का गठन किया था। पूरन चंद को इस दस्ते का जिला संचालक बनाया गया था। इस दस्ते को गणेश प्रसाद वर्मा और हजारी लाल साहु का नेतृत्व प्राप्त था। जिले में पूरन चंद के साथ गणेश कमलापुरी, गोदानी राम, महावीर वर्मा, महावीर चौधरी, वहाब खाँ, भूखन सिंह और भगीरथ मिश्र दस्ते के सक्रिय सदस्य थे। ये गुप्त रूप से 'बागी' नामक अखबार निकालकर इसका वितरण किया करते थे।

26 से 28 फरवरी, 1947 को कांग्रेस सोशलिस्ट पार्टी का अधिवेशन कानपुर में डॉ. लोहिया की अध्यक्षता में हुआ। इसी अधिवेशन में 'कांग्रेस' शब्द हटा दिया गया। पार्टी का नाम 'सोशलिस्ट पार्टी' कर दिया गया। इसी सम्मेलन में पूरन चंद शामिल हुए और डॉ. लोहिया के निकट आए। इस सम्मेलन से उन्हें 'जमींदारी प्रथा खत्म करो', 'किसान राज कायम करो', 'मजदूर राज कायम करो' का मंत्र मिला। इस मंत्र के सहारे वे किसान और मजदूर के बीच जाने लगे और उनके बीच लोकप्रिय होते चले गए। कानपुर सम्मेलन में जाने से कुछ महीने पहले वर्ष 1946 में उनके पिता का निधन हो गया था। घर के अलावा तेल पेरने का कोल्हू उन्हें विरासत में मिला था। उन्होंने इसे बेच डाला और मोह से मुक्त हो गए।

15 अगस्त को अंग्रेजों ने भारत छोड़ दिया। देश के विभाजन से पूरन चंद का मन टूट गया। उनकी नजर में देश स्वतंत्र हो गया था, पर गांधी का

सुराज हासिल नहीं हुआ था। उनका मानना था कि आजादी तब पूरी होगी, जब समाज में ऊँच-नीच, धनी-गरीब का भेद मिट जाए और भूख की समस्या से सभी को मुक्ति मिल जाए। इसके बाद उन्होंने नारा दिया, 'देश की जनता भूखी है, यह आजादी झूठी है।' पूरनजी आजादी की लड़ाई और देश के स्वतंत्र होने के बाद करीब 17 साल जेल में रहे। क्रांति और विद्रोह का उनका स्वर अंत तक जारी रहा। यह संघर्ष उन्होंने विधायक रहते किया, मंत्री बनने पर किया और 1980 के बाद बार-बार चुनाव हारने के बाद भी किया।

प्रो. युगल किशोर प्रसाद बताते हैं कि वर्ष 1962 में पूरन चंद सोशलिस्ट पार्टी के उम्मीदवार के तौर पर चुनाव लड़ रहे थे और लोहियाजी चुनाव प्रचार के लिए डालटनगंज में आए थे। वे उन्हें गाड़ी से शिवाजी मैदान ले जाना चाहते थे, पर गाड़ी की व्यवस्था नहीं हो पाई। इससे जब वे निराश हो गए तो लोहियाजी ने उनके कंधे पर हाथ रखा और पैदल ही शिवाजी मैदान में सभा करने चल पड़े। यहीं पर लोहियाजी ने पूरन चंद को वोट देने की अपील करते हुए कहा था, 'चोर जिताए बार-बार, चौकीदार जिताओ इस बार।' हालाँकि इस चुनाव में वे हार गए और रामगढ़ के राजा कामाख्या नारायण सिंह की पार्टी के उम्मीदवार सच्चिदानंद त्रिपाठी विजयी हुए थे। इसके बाद भी उन्होंने सभा की और लोगों को समर्थन देने के लिए आभार जताते हुए कहा कि शहर में तो उनकी जीत हुई, पर गाँव में वे पिछड़ गए। अगली बार गाँव से भी लोग उन्हें समर्थन देंगे। हुआ भी ऐसा ही, वे गाँव-गाँव तक पैदल घूमे। नतीजा यह हुआ कि वे वर्ष 1967, 69, 72 और 77 यानी लगातार चार बार डालटनगंज-चैनपुर-भंडरिया विधानसभा क्षेत्र से विधायक चुने गए। प्रो. प्रसाद बताते हैं कि पूरन चंद की जनता के बीच ऐसी पकड़ बन चुकी थी कि लोग 'दीदा तोर फूटे रे कांग्रेसिया, वोटवा पूरन चंद के जाए' की तर्ज पर गीत गाते थे और 'पूरन नहीं यह आँधी है, छोटा नागपुर का गांधी है' के नारे लगाते थे।

प्रो. सुभाष चंद्र मिश्रा जब कॉलेज में पढ़ते थे तभी से उनके संबंध पूरन चंद के साथ रहे हैं। वे कहते हैं, "वैचारिक मतभेद के बाद भी पूरनजी के साथ उनका रिश्ता बड़े और छोटे भाई की तरह था। वे जब भी राँची में हमलोगों के पास आते तो समाजवाद और समाज की उन्नति की ही बात करते थे।

विधायक बनने से पहले और विधायक नहीं रहने के बाद भी उनके रहन-सहन में कोई फर्क नहीं आया। 'घसीटे का कोठा, धर्मशाला का लोटा और पिंटू का ओटा' की कहावत को उन्होंने चरितार्थ किया।' (घसीटे का कोठा वह स्थान है, जहाँ पूरन चंद रहते थे। यह मोती मिष्ठान भंडार के ऊपर है और यहीं उनकी मूर्ति भी लगी है। धर्मशाला का लोटा मतलब शौचादि से निवृत्त होने के लिए वे गणपति धर्मशाला जाते थे। पिंटू का ओटा मतलब वह जगह जहाँ वे रोज बैठा करते थे। एक समय पिंटू होटल और पंजाब होटल पलामू की राजनीतिक गतिविधियों के केंद्र होते थे।)

इमरजेंसी के दौरान पूरन चंद के साथ जेल में रहे मीसा बंदी और जीएलए कॉलेज छात्र संघ के तत्कालीन महामंत्री रविशंकर पांडेय बताते हैं कि इस व्यक्ति में इतनी ऊर्जा भरी थी कि वे पूरी जेल में लोगों को उत्साहित करते थे। अंग्रेजी शासन से लेकर कांग्रेस शासन तक अनगिनत बार जेल गए, इसे अपना दूसरा घर मानते थे और कहते थे कि उनका एक पैर हरदम जेल में ही रहता है। पांडेयजी कहते हैं, "डालटनगंज जेल का वार्ड नंबर 6 उनका स्थायी ठिकाना था। इमरजेंसी के दौरान उनके बवासीर का ऑपरेशन राँची में हुआ था। जाने से पहले उन्होंने मुझसे कहा कि देखो, जिंदा लौटते हैं या नहीं। ऑपरेशन के बाद जब वे लौटे तो उन्होंने कहा कि डॉक्टर बिल्कुल यमराज की तरह लग रहे थे, पर मैं बचकर आ गया।" इमरजेंसी से पहले एक बार डालटनगंज में पूरन चंद समेत काफी लोग गिरफ्तार कर थाने में लाए गए थे। यहाँ जब पुलिस अधिकारी ने उनसे उनके पिता का नाम पूछा तो उन्होंने जवाब दिया कि डॉक्टर राममनोहर लोहिया उनके पिता हैं। रविशंकर पांडेय इस घटना के साक्षी थे। वे कहते हैं, "लोहियाजी के व्यक्तित्व से पूरनजी कितने प्रभावित थे, इसका अंदाजा उनके इस जवाब से लगाया जा सकता है। उनके जैसे संघर्षशील, जमीनी स्तर पर लोगों से जुड़े हुए और दृढ़निश्चयी नेता पलामू में बहुत कम ही हुए हैं।"

झारखंड के पूर्व मंत्री रामचंद्र केशरी न सिर्फ पूरनजी के निकट सहयोगी रहे बल्कि उनके विचारों को जन-जन तक पहुँचाने वाले भी रहे। उन्होंने डालटनगंज और गढ़वा में न सिर्फ अपने प्रिय नेता की मूर्ति लगवाई बल्कि

धुरकी प्रखंड के कदवा लिखनी, धौरा और नजरू चौक में जन सुविधा के लिए पूरन चंद चौपाल की स्थापना भी की। वे कहते हैं, "पूरनजी बात नहीं करते थे, बल्कि गरीबों के लिए काम करते थे। काम पूरा होने तक उसे छोड़ते नहीं थे। इसी कारण से उन्हें छोटानागपुर का गांधी कहा जाता था। वे पैदल ही गाँव-गाँव घूमते थे। लोगों के दुःख-दर्द से वाकिफ होकर उन्हें दूर करने की कोशिश करते थे।" पूरनजी वर्ष 1977 में कर्पूरी ठाकुर मंत्रिमंडल में खान मंत्री थे। वर्ष 1980 में जब चुनाव हुआ तो उन्हें पराजय का मुँह देखना पड़ा। भाजपा के इंदर सिंह नामधारी ने जीत हासिल की। इसके बाद भी वे समाज से कटे नहीं, लोगों के सुख-दुःख में शामिल होते रहे। वर्ष 1995 के चुनाव के दौरान भी वे मैदान में थे। इस दौरान मैंने उनका इंटरव्यू किया था तो वे जीत के प्रति आश्वस्त थे। चुनाव परिणाम आया तो हार के बाद भी तनिक भी विचलित नहीं थे। तब उन्होंने कहा था, "चुनाव लड़ना लोकतंत्र की खूबसूरती है। हारने वाला भी उसी ताकत से गलत का विरोध करता है, जिस ताकत से जीतने वाला अच्छा काम करने का प्रयास। हम तो लोहियाजी को मानने वाले हैं। जिंदा कौमें पाँच साल इंतजार नहीं करतीं का मंत्र जपते हैं।" 30 जुलाई, 2001 को समाजवादी आंदोलन के इस महान् योद्धा ने आखिरी साँस ली।

□

11
यदुनंदन तिवारी, देवराज तिवारी, इंद्रजीत तिवारी

अटौला को यदि क्रांतिकारियों का गाँव कहा जाए तो कोई अतिशयोक्ति नहीं होगी। आजादी की लड़ाई में यहाँ के तीन क्रांतिकारी एक ही दिन गिरफ्तार किए गए थे। इन क्रांतिकारियों के नेता यदुनंदन तिवारी थे, जबकि उनके चाचा देवराज तिवारी और इंद्रजीत तिवारी की सक्रियता कम नहीं थी। इन सभी पर रेलवे लाइन क्षतिग्रस्त करने और तार के खंभे उखाड़कर संचार व्यवस्था को छिन्न-भिन्न कर देने का आरोप था। इस घटना को अंजाम देकर ये लोग अपने गाँव आ गए थे। गाँव आने के बाद इनकी तैयारी कुछ और घटनाओं को अंजाम देने की थी, तभी पुलिस को इनके अटौला में मौजूद होने की जानकारी मिल जाती है। पहले इन सभी को पकड़ने के लिए पुलिस कोयल नदी पार करके गाँव आना चाहती थी, पर नाविक की सूझ-बूझ और नदी में आई बाढ़ की वजह से नहीं आ पाते हैं। इसके बाद पुलिस गढ़वा के रास्ते गाँव में आती है और बड़े ही नाटकीय अंदाज में उन्हें गिरफ्तार कर लेती है।

यदुनंदन तिवारी की प्रारंभिक शिक्षा बिश्रामपुर मिडिल स्कूल में हुई। गाँव के स्कूल में पढ़ने के बाद भी बिना कोई तैयारी के वर्ग नौ में उनका नामांकन बीएचयू में हुआ था। इंटर पास करने के बाद वाराणसी में ही 'भारत छोड़ो' आंदोलन में अन्य विद्यार्थियों के साथ तिरंगा झंडा फहराने में शामिल

यदुनंदन तिवारी

हुए। यहाँ रहते हुए ये गांधीजी, नेहरूजी के साथ-साथ बिहार के अग्रणी नेता श्री बाबू और अनुग्रह बाबू से प्रभावित हुए। उनसे इन लोगों को आजादी की लड़ाई की प्रेरणा मिली। बीएचयू में ही देवराज तिवारी और इंद्रजीत तिवारी भी पढ़ाई कर रहे थे। देश के कई हिस्सों में आंदोलन तेज होने पर पता चला कि देश के कई हिस्सों में आंदोलनकारी रेल पटरी तथा टेलीफोन तार को बाधित कर ब्रिटिश हुकूमत की नींव को हिलाने का काम किया जा रहा है। उसी से प्रेरित होकर तीनों अपने गाँव अटौला आए और कोयल नदी पार करके सिगसिगी में स्थापित रेल लाइन तथा टेलीफोन तार काट दिया। इससे अंग्रेजों को काफी क्षति हुई थी।

यदुनंदन तिवारी के बेटे हैं ऋषि कुमार तिवारी। वे बताते हैं, "उस दिन अनंत चतुर्दशी थी। पिताजी आंदोलन के बाद घर आए थे और अपने चचेरे भाई इंद्रजीत तिवारी के साथ गाँव के पास की नदी में स्नान करने गए थे। तभी पुलिस ने उन्हें घेर लिया और पकड़ने के लिए पहुँच गई और उन्हें पकड़ लिया। इंद्रजीत तिवारी उस वक्त भीगे कपड़े में थे तो उन्हें लगा कि यदि इसी तरह जेल चले गए तो बीमार पड़ जाएँगे। उन्होंने किसी तरह से खुद को पुलिस के चंगुल से छुड़ाया और दौड़ते हुए अपने घर में पीछे के हिस्से से घुसने लगे। इसी समय जामुन के पेड़ पर से कूदकर एक सिपाही ने उन्हें गिरफ्त में ले लिया। इसके बाद पुलिस भी पिताजी को पकड़ कर वहाँ ले आई। घर पर आने के बाद पुलिसकर्मियों को भी पुआ-पकवान खाने के लिए दिया गया। घर के पास जुटे लोगों से भी पुलिस पूछताछ करने लगी। इनमें से देवराज तिवारी ने जब पिताजी और चाचाजी को अपना सहयोगी बताया तो उन्हें भी गिरफ्तार कर लिया गया।"

गाँव में पहुँचने पर जब लोगों ने पुलिस से पूछा कि इन्हें क्यों गिरफ्तार किया गया है ? इसके जवाब में दरोगा ने कहा कि इन सभी ने इंडिया गवर्नमेंट के

खिलाफ काम किया है। इसकी वजह से ये पकड़े गए हैं और इन्हें कड़ी सजा दी जाएगी। गिरफ्तार तीनों युवकों ने जब पूछा कि क्या वे एक ही कपड़े में चलें तो उन्हें घर से और कपड़े लेने की इजाजत दी गई। इसके बाद इन्हें पहले थाने लाया गया और फिर डालटनगंज जेल और अंत में हजारीबाग जेल भेज दिया गया।

ऋषि कुमार तिवारी को अपने पिता और उनके चाचाओं से जेल की सुनी कई घटनाएँ याद हैं। वे बताते हैं, "एक बार पिताजी ने जेल में सपना देखा कि वे घोड़े की जगह कुत्ते की सवारी कर रहे हैं। इसके बाद उन्होंने वहाँ मौजूद वरिष्ठ स्वतंत्रता सेनानी यदु गोपाल मुखर्जी को अपने सपने की जानकारी दी। इस पर मुखर्जीजी ने कहा कि तुम घुड़सवार हो, इसलिए जेल से भागना चाहते हो। जेल में बंद हो इसकी वजह से तुम्हें घोड़े की जगह कुत्ते की सवारी दिख रही है। हालाँकि बाद मुखर्जी की बताई गई बात की तरह एक घटना जेल में हो गई और जयप्रकाश नारायण अपने सहयोगियों के साथ जेल से भाग गए।' वे कहते हैं, "जिस दिन जेपी जेल से भागे थे, उस घटना का जिक्र भी पिताजी और चाचाजी सदैव करते थे। जिस दिन जेपी जेल से भागे थे, उस दिन दीवाली थी। सुबह देर तक किसी को पता ही नहीं चला कि ऐसी कोई घटना हुई है। जब जानकारी हुई तो सभी को सेल में बंद कर दिया गया और पहरेदारों ने कहा कि कई असामी भाग गए हैं।"

पिताजी से सुनी हुई हजारीबाग जेल की एक अन्य घटना का जिक्र करते हुए ऋषि कुमार तिवारी कहते हैं, "जेल में जो किशोर कैदी बंद थे, उनसे काम लेने की जिम्मेदारी एक बुजुर्ग कैदी को सौंपी गई थी। बुजुर्ग कैदी बिना लिखा-पढ़ी के कोई काम नहीं करते थे। एक दिन जब उनसे किशोरों से बागान को पूरी तरह से साफ कराने के लिए कहा गया तो उन्होंने कुदाल, बेलचा के साथ कुल्हाड़ी की भी माँग कर दी। शाम को जेल अधिकारी वहाँ पहुँचे तो बागान के सारे पेड़ कटे हुए थे। जब बुजुर्ग कैदी से सवाल-जवाब किया गया तो उन्होंने कहा कि आपने ही तो लिखकर दिया है, पूरी तरह साफ कर दो। मैंने ऐसा ही करवा दिया। जब चना पीसने के लिए दिया गया तो उन्होंने रात में चने को भिगो दिया और किशोरों को खाने के लिए दे दिया। फिर जब उनसे इसके बारे में पूछा गया तो उन्होंने कहा कि पीसने के लिए कहा गया था, पर

कैसे पीसना है, यह नहीं बताया गया था। ऐसे में मैंने बच्चों से चने को दाँत से पीसने के लिए कह दिया।"

जेल से आने के बाद यदुनंदन तिवारी पढ़ने के लिए पुणे गए, पर वहाँ का माहौल उन्हें रास नहीं आया। इसके बाद वे पुनः बीएचयू आए और बीए के बाद एलएलबी की पढ़ाई पूरी की। इसके बाद डालटनगंज कोर्ट में वकालत शुरू की। वर्ष 1956 में उन्होंने गढ़वा में पहला कांग्रेस का कॉन्फ्रेंस कराया, जिसमें बड़ी संख्या में लोग शामिल हुए। इस सम्मेलन में तत्कालीन कांग्रेस अध्यक्ष यूएन ढेबर भी भाग लेने के लिए आए थे। वर्ष 1957 में हुए विधानसभा चुनाव में वे भवनाथपुर से विधायक चुने गए। उन्होंने ही अपने कार्यकाल में कनहर सोन नदी परियोजना के लिए योजना बनाई थी, जो अब मूर्त रूप ले रही है। आरटीओ के सदस्य रहते हुए उन्होंने अपने क्षेत्र के खरौंधी, नगर, मुड़ीसेमर जैसे सुदूर इलाकों तक बस चलाने की व्यवस्था कराई। यदुनंदन तिवारी का जन्म 15 फरवरी, 1911 को हुआ था और मृत्यु 28 जुलाई, 2000 को। उनके पिता का नाम रामचरित्र तिवारी और माता का नाम शारदा देवी था। उनके पुत्रों का नाम ऋषि कुमार तिवारी, विभूति नारायण तिवारी व पुत्रियों के नाम इंदुमति देवी और कुसम देवी हैं।

देवराज तिवारी की स्कूली पढ़ाई इलाहाबाद (प्रयागराज) में हुई थी। उनके पुत्र श्रीकांत तिवारी बताते हैं, "बीएचयू में पढ़ने के दौरान बाबूजी महामना मदनमोहन मालवीय के विचारों से प्रभावित होकर समाज कल्याण में जुट गए। वर्ष 1942 की क्रांति शुरू होने के बाद वे अपने सहयोगियों के साथ पैदल ही गाँव के लिए निकल गए। रात में जिस गाँव में भी वे लोग रुकते थे, वहाँ आजादी की अलख

देवराज तिवारी

जगाते थे। ट्रेन की पटरियों को उखाड़ने की घटना को याद करते हुए वे कहते थे कि ऐसा अंग्रेजी व्यवस्था को ध्वस्त करने के लिए किया गया था। जेल से छूटने के बाद उन्होंने पटना से अपनी पढ़ाई पूरी की। आजादी के बाद वे सामाजिक कार्यों में लगे रहे। उन्हें पढ़ने-लिखने का काफी शौक था। इसकी वजह से क्षेत्र की समस्याओं को दूर करने के लिए वे मंत्रियों और अधिकारियों को पत्र लिखते रहते थे।" उनकी शादी पाटन के सगुना गाँव में कौशल्या देवी से हुई थी। उनके पिता का नाम उग्रिम तिवारी और माता का नाम किस्मती देवी था। श्रीकांत तिवारी, लक्ष्मीकांत तिवारी उनके बेटे हैं, जबकि बेटियों के नाम पूर्णिमा चौबे और विमला देवी हैं।

इंद्रजीत तिवारी

इंद्रजीत तिवारी के बेटे हरिवंश तिवारी बताते हैं, "बाबूजी जब बनारस में पढ़ते थे, तब वहाँ का माहौल अंग्रेजों के खिलाफ हो गया था। वे भी आरंभ से ही क्रांतिकारी विचारों के थे। इसका परिणाम यह हुआ कि वे भी अपने रिश्तेदारों के साथ कंधे-से-कंधा मिलाकर इस आंदोलन में सक्रिय हो गए। देश की आजादी के बाद जब वे जेल से बाहर आए तो कृषि कार्य में लग गए। वे गांधीजी के ग्राम स्वराज से काफी प्रभावित थे। इसकी वजह से उन्होंने अटौला ग्राम पंचायत के मुखिया के रूप में काफी काम किया।" इंद्रजीत तिवारी का विवाह बलियारी की फूलमती देवी से हुआ था। उनके बेटों के नाम हरिवंश तिवारी और देववंश तिवारी हैं। बेटियों के नाम प्रभावती देवी, लीलावती देवी,

कलावती देवी, अन्नपूर्णा देवी और चंद्रावती देवी हैं। उनका निधन 95 साल की उम्र में वर्ष 1985 में हुआ था।

वर्ष 1980 में अटौला गाँव के कई लोगों को स्वतंत्रता सेनानी का दर्जा दिया गया। जिनमें अवध किशोर तिवारी, परीक्षित तिवारी, राधा तिवारी, मुनेश्वर तिवारी, बैजनाथ तिवारी, धर्मजीत तिवारी, हलखोरी मिस्त्री, मोती ठाकुर, हीरामन ठाकुर, जयत्री मिस्त्री तथा बजरंगी दुसाध के नाम शामिल हैं।

इन क्रांतिकारियों के गाँव में देशभक्तों की कमी नहीं है। शौर्य चक्र से सम्मानित शहीद आशीष तिवारी का जन्म इसी गाँव में हुआ था। वे 26 जुलाई, 2010 को पश्चिम बंगाल के मिदनापुर में नक्सलियों से लड़ते हुए शहीद हुए थे। उन्हें सन् 2011 में मरणोपरांत शौर्य चक्र प्रदान किया गया था। इस समय वे 202 कोबरा बटालियन में तैनात थे। इनके माता-पिता का नाम आनंदी देवी और अरविंद तिवारी है। गाँव में इनकी प्रतिमा भी स्थापित की गई है। इसी गाँव के उदय नारायण तिवारी नौसेना में रहने के दौरान सन् 1965 के भारत-पाकिस्तान युद्ध में शामिल हुए थे। लड़ाई के समय वे 21 दिन तक शिप पर रहे थे और उन्हें रक्षा मेडल सम्मान मिला था।

□

12
उमेश्वरी चरण

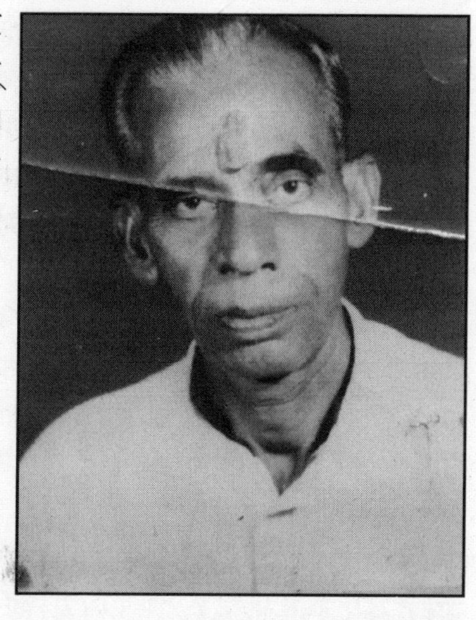

देश की आजादी को लेकर उमेश्वरी चरण 'लल्लू बाबू' में अजब-सा जुनून था। अंग्रेजों के खिलाफ गुस्से की भावना हृदय में धधक रही थी। भारत माता को गुलामी की बेड़ियों से मुक्त कराना एकमात्र लक्ष्य था। इस लक्ष्य में राष्ट्रीय नेताओं से तो वे प्रभावित थे ही साथ ही उनके आदर्श उनके बड़े भाई यदुवंश सहाय 'यदु बाबू' थे। वर्ष 1942 में यदु बाबू जेल जा चुके थे। इसमें लल्लू बाबू कैसे पीछे रहते? उन्हें पुलिस ने 'अंग्रेजो भारत छोड़ो' आंदोलन के दौरान गिरफ्तार किया था। दोनों भाई साथ में हजारीबाग जेल में रहे। दोनों यहाँ से लोकनायक जयप्रकाश नारायण के जेल से भागने के गवाह रहे। दोनों की निकटता महान् साहित्यकार रामवृक्ष बेनीपुरी से इसी जेल में हुई। दोनों भाइयों में समानता का आलम यह था कि वे न सिर्फ कई बार जेल गए

बल्कि एक ही विधानसभा का प्रतिनिधित्व भी किया। यदु बाबू वर्ष 1946 में डालटनगंज के विधायक बने थे तो लल्लू बाबू वर्ष 1957 में। लल्लू बाबू का जन्म औरंगाबाद के अंबा प्रखंड के सरडीहा में वर्ष 1912 में और निधन 19 मई, 1984 को हुआ था।

उमेश्वरी चरण से अंग्रेज कितना खौफ खाते थे, इसका अंदाजा बिहार विधानसभा में 17 जनवरी, 1939 को विधायक यदुवंश सहाय के पूछे गए सवाल और उसपर दिए गए जवाब से पता चलता है। इस सवाल में पूछा गया था कि गया जिले के दाऊदनगर पुलिस स्टेशन के चौरम गाँव में चलने वाले 'ग्राम उद्योग आश्रम' में क्या पिछले 3 महीने से रोज पुलिस नहीं जा रही है? क्या यहाँ रहने वाले लोगों पर कहीं भी जाने के दौरान पुलिस निगरानी रखती है? क्या डालटनगंज की पुलिस यहाँ रहनेवाले उमेश्वरी चरण के बारे में पूछताछ करने यहाँ नहीं आई थी? पहले सवाल के जवाब में मंत्री कृष्णवल्लभ सहाय ने कहा था कि यह सही नहीं है, पर दूसरे पर उनका जवाब था कि कुछ कार्यकर्ताओं पर पुलिस नजर रखती है। तीसरे के बारे में उन्होंने कहा था कि ऐसा हुआ है। उन्होंने यह भी कहा था कि सरकार ने निर्देश दिया है कि आश्रम की निगरानी हटा ली जाए।

9 अगस्त, 1942 को जब 'अंग्रेजो भारत छोड़ो' का आंदोलन शुरू हुआ तो लल्लू बाबू कभी औरंगाबाद के आसपास रहे तो कभी डालटनगंज के इर्द-गिर्द। इसी दौरान 19 अगस्त को वे दाऊदनगर में थे तो पुलिस ने उन्हें गिरफ्तार कर लिया। इसके बाद उन्हें सोन कैंप लाया गया। यहाँ पहुँचने के बाद एक सिपाही ने उन्हें गुप्त सूचना दी कि अंग्रेज बोल रहे हैं कि यही लोगों का लीडर है, इसे मार देना है। इतना सुनते ही लल्लू बाबू अधिकारियों के पास जाते हैं और उनसे कहते हैं, "मैं मरने से नहीं डरता, आपकी इच्छा मुझे मारने की है तो मार डालिए। एक दिन तो सभी को मरना ही है।" उनके इस रूप से सभी अधिकारी सकते में आ गए और फिर उन्हें हजारीबाग सेंट्रल जेल भेज दिया गया। इससे पहले भी उन्हें एक बार पुलिस ने गिरफ्तार किया था। उन्हें जब हथकड़ी लगाकर बस में बैठाया गया तो गाँव वालों ने बस को घेर लिया और लल्लू बाबू को छुड़ा ले गए।

लल्लू बाबू के दूसरे बेटे अनिल कुमार बताते हैं, "बाबूजी उस समय दसवीं में पढ़ते थे। उनकी उम्र करीब 16-17 साल थी। उन्होंने राजेंद्र बाबू के बारे में सुन रखा था और उनसे काफी प्रभावित भी थे। एक दिन उन्होंने राजेंद्र बाबू को पत्र लिखा और पूछा कि अभी आजादी की लड़ाई में भाग लेना जरूरी है या पढ़ाई करना। राजेंद्र बाबू का जवाब आया कि पढ़ाई तो कभी भी की जा सकती है, पर अभी आजादी की लड़ाई में भाग लेना ज्यादा जरूरी है। बस क्या था, पढ़ाई छूट गई और आजादी की लड़ाई शुरू हो गई।" राजेंद्र बाबू का उन पर कितना प्रभाव था, उन्हीं के शब्दों में, "30 अक्तूबर, 1945 गया। आज का अधिकांश वक्त राजेंद्र बाबू के स्वागत में बीता। कितने बीमार हैं और इस पर भी प्रांत भर का दौरा कर रहे हैं। हमलोगों को भी इससे उत्साह मिलता है।"

लल्लू बाबू को डायरी लिखने की आदत थी। उनकी डायरी के पन्ने उनके सिद्धांतों, उनकी दृढ़ता और उनकी साफगोई के गवाह हैं। उनकी साफगोई का अंदाजा इसी से लगाया जा सकता है कि जिस गांधीजी से वे सबसे ज्यादा प्रभावित थे, जब उनकी बात उन्हें अच्छी नहीं लगी तो उसे भी लिख डाला। इस डायरी को उनके पोतों विनीत वर्मा और मनीष कुमार ने सँभालकर रखा है।

देखिए, लल्लू बाबू ने 10 फरवरी, 1940 को डालटनगंज में क्या लिखा है, "आज अनवर भाई के साथ यहाँ 2.30 बजे पहुँचा और जलपान आदि कर 7 बजे तक सुभाष बाबू की सभा के मशगूल रहा। उनके भाषण का मुझ पर प्रभाव नहीं पड़ सका। ये कांग्रेस को मजबूत नहीं कर रहे हैं, ऐसा मुझे लगता है। 10 बजे सो गया।" इसी साल 8 नवंबर को वे लिखते हैं, "4 बजे सुबह मैं डालटनगंज पहुँचा। यहाँ बहुत जाड़ा पड़ने लगा है। भइया से तथा एक मजिस्ट्रेट से बातें हुईं। आज का समाचार-पत्र देखकर गांधीजी के प्रति मुझे अश्रद्धा हो रही है और मालूम पड़ रहा है, जैसे कांग्रेस मरी जा रही है और गांधीजी इसे जहर दे रहे हैं।" उस दिन क्या खबर थी, यह तो पता नहीं पर उनके शब्द बता रहे हैं कि गांधीजी के प्रति उनके श्रद्धा के भाव किसी कारण से अश्रद्धा में बदल रहे हैं। इससे पहले वे गांधीजी की अपील पर वर्ष 1934 में दरभंगा के आसपास के इलाके में अपने सहयोगियों के साथ राहत कार्य कर चुके थे।

यदु बाबू का जेल आना-जाना लगा रहता था। दिसंबर 1940 की लल्लू बाबू की डायरी देखिए और कल्पना कीजिए उनके बड़े भाई के प्रति आदर का। दोनों भाइयों की देशभक्ति का।

8 दिसंबर, 1940, डालटनगंज

औरंगाबाद से सुबह रवाना हुआ और 12 बजे यहाँ पहुँचा। कल भइया को जेल जाना है। जिला बोर्ड में आज भोज दिया गया। भइया का भाषण बड़ा ही करुणायुक्त और उत्साहप्रद था—एक देशभक्त को ऐसा ही होना चाहिए।

9 दिसंबर, 1940, डालटनगंज

आज अजीब दिन है। भइया जेल जा रहे हैं—डेरे पर हजारों की भीड़ है और सभी फूल माला लिये हुए, आजादी के वलिपंथी को विदा करने के लिए। संध्या समय भइया रवाना हुए, हमलोगों ने भी माला पहनाई। अपने को मैं रोक न सका और रो पड़ा। देशसेवी को पत्थर का दिल चाहिए। लेकिन 5,000 की भीड़ ने जिस समय श्रद्धापूर्वक उन्हें विदा किया, हृदय गद्गद हो गया। 9 बजे तक कल्पना के सागर में गोते लगाता रहा।

10 दिसंबर, 1940, डालटनगंज

आज कई दफा जेल गया, भइया से मिलने। यद्यपि और लोगों को बहुत अच्छा मालूम पड़ा, परंतु मुझे उतना सुखकर नहीं लगा। घर वाले लोग सब उदास हैं। भौजी बराबर रो रही हैं, समझ में नहीं आता किस प्रकार सांत्वना दूँ।

11 दिसंबर, 1940, डालटनगंज

भइया को आज एक वर्ष की सजा हुई और उन्हें 'ए' डिवीजन में रखा गया है। संध्या समय वे हजारीबाग जेल भेज दिए गए, अपने बच्चों से दूर। स्टेशन पर विदाई का दृश्य बड़ा ही करुणाजनक मालूम पड़ा।

विनीत वर्मा लल्लू बाबू के पौत्र यानी बड़े बेटे सुशील कुमार के बेटे हैं। अपने दादाजी की यादें उनके जेहन में आज भी ताजा हैं। 15 अगस्त, 1972 को आजादी की 25वीं वर्षगाँठ के मौके पर तत्कालीन प्रधानमंत्री इंदिरा गांधी ने लल्लू बाबू को ताम्र-पत्र भेंट किया था। इंदिराजी से जुड़ा एक किस्सा विनीत के शब्दों में, "श्रीमती गांधी प्रधानमंत्री बनने के बाद डालटनगंज आई थीं। इस दौरान कांग्रेस के नेताओं से मुलाकात के दौरान दादाजी ने यहाँ की प्रसिद्ध मिठाई 'संदेश' से भरी प्लेट उनके सामने रखी। पहले तो उन्होंने खाने के प्रति अनिच्छा जताई, पर बाद में एक टुकड़ा खाया। इसके बाद वह उन्हें इतना स्वादिष्ट लगा कि वे प्लेट में रखा सारा संदेश खा गईं। लौटते समय उन्हें संदेश की टोकरी भी भेंट में दी गई।" लल्लू बाबू वर्ष 1957 में प्रजा सोशलिस्ट पार्टी के टिकट पर डालटनगंज से विधायक चुने गए। वर्ष 1962 में वे कांग्रेस प्रत्याशी के रूप में मैदान में थे, पर उस साल रामगढ़ के राजा की स्वतंत्र पार्टी की लहर में उन्हें हार का सामना करना पड़ा।

हार के बाद भी समाज-सेवा के प्रति उनका रुझान कम नहीं हुआ। वर्ष 1967 के अकाल में उन्होंने लोकनायक जयप्रकाश नारायण के साथ मिलकर पलामू में अकाल पीड़ितों के लिए काफी काम किया। जेपी अपनी पत्नी प्रभावतीजी के साथ उनके घर पर ही रुकते थे। डालटनगंज के सफाईकर्मियों के हित में भी उन्होंने कई दिनों तक अनशन किया था।

लल्लू बाबू की शादी भी बिल्कुल आजादी की लड़ाई की कहानी जैसी है। उनकी शादी गया निवासी उमा देवी से हुई थी। इस वक्त वे खादी के कपड़े पहने हुए थे और हाथ में तिरंगा था। विवाह पूर्व उनके आग्रह के अनुसार दुल्हन भी खादी की साड़ी में थीं। सात फेरे लेने और सात वचन की चर्चा से पहले कहते हैं, "मेरा जीवन तलवार की धार पर है और एक पैर हमेशा जेल जाने के लिए निकला रहता है…मैं जेल में रहूँ या बाहर, क्या आप दोनों मौकों पर मेरा साथ देंगी…।"

मंजू नारायण लल्लू बाबू की बेटी हैं। अपने पापा के बारे में बताते समय वे कभी गर्व से भर जा रही थीं तो कभी उन्हें याद कर उदास। वे कहती हैं, "पापा का जीवन संघर्ष और त्याग से भरा था। वे एक बार जो तय कर लेते थे,

उसे पूरा किए बगैर चैन नहीं लेते थे। इसी भावना से उन्होंने आजादी की लड़ाई में भाग लिया। वे शादी नहीं करना चाहते थे, पर जब तैयार हुए तो अपनी भावना से ससुराल के लोगों को अवगत करा दिया।" 26 जनवरी, 1936 को उनकी शादी हो रही थी। बारात औरंगाबाद जिले के अंबा के सरडीहा गाँव से गया के पीपरपाँती मुहल्ले में मुंदर लाल वकील के घर आई थी। मुंदर लालजी लल्लू बाबू के दृढ़ निश्चयी व्यक्तित्व से काफी प्रभावित थे। लल्लू बाबू दाऊदनगर के पास चौरम गाँव में क्रांतिकारियों का आश्रम चलाते थे। यहाँ से वे क्रांतिकारी आसपास के गाँवों में लोगों के मन में आजादी की अलख जगाते थे। लल्लू बाबू देश के प्रति समर्पण का भाव और अंग्रेजों के प्रति गुस्सा देखकर वे अपनी बेटी की शादी उनसे करने की इच्छा से उनसे मिले। लल्लू बाबू ने उनसे डालटनगंज जाकर अपने बड़े भाई यदुवंश सहायजी से मिलने को कहा। यदु बाबू के 'हाँ' कहने के बाद शादी तय हुई।

विवाह से पहले लल्लू बाबू ने कहा कि वे तिलक नहीं लेंगे, खादी पहनकर, तिरंगे के साथ और तिरंगे को ही साक्षी मानकर विवाह करेंगे। उन्होंने शादी की तारीख 26 जनवरी रखने की इच्छा जताई। इसके पीछे कारण यह था कि वर्ष 1930 के लाहौर अधिवेशन में कांग्रेस ने पहली बार तिरंगा फहराया था और प्रतिवर्ष 26 जनवरी को ही पूर्ण स्वराज दिवस मनाने का फैसला लिया था। जब मुंदर लालजी ने घर में यह बात बताई तो उनकी पत्नी इसके लिए तैयार नहीं हुईं। परिणाम यह हुआ कि दोनों में बोचलाल बंद। कुछ दिनों के बाद वे तैयार हुईं और शादी तय हो गई। जब बारात उनके दरवाजे पर पहुँची तो लल्लू बाबू की सास ने उनसे विवाह से पूर्व कुछ रिवाजों को पूरा करने की बात कही। उन्हें उम्मीद नहीं थी, जो युवक इतना क्रांतिकारी विचार रखता हो वह इन रिवाजों के लिए तैयार हो जाएगा, पर हुआ उल्टा। दूल्हे की सफेद धोती में शुभ के लिए हल्दी लगाई गई, परीछन के दौरान लोढ़ा और पान के पत्ते से गाल सेंका गया। मंजूजी कहती हैं, "पापा ने यह सब इसलिए किया, क्योंकि वे किसी की भावना को ठेस नहीं पहुँचाना चाहते थे। वे मंडप में पहुँचते हैं···शादी की रस्में शुरू होती हैं···फेरे से पहले वे माँ से वचन माँगते हैं···माँ के हाँ कहने पर 'उमा उमेश्वरी' की हो जाती हैं। जब दुअरछेंकाई का

मौका आता है तो देवता घर में उनकी सालियाँ कहती हैं कि या तो सगुन के तौर पर पैसे दीजिए या फिर कुछ गाइए। इसके बाद शुरू हो जाता है 'वंदे मातरम्' का सस्वर गान।"

लल्लू बाबू को उनकी पत्नी ने जो वचन दिया था, उसे उन्होंने अक्षरशः निभाया। इसके प्रमाण के लिए किसी से बात करने की जरूरत नहीं है। लल्लू बाबू के डायरी के पन्ने उमाजी के त्याग और समर्पण के साक्षी हैं। 15 मई, 1940 को उन्होंने औरंगाबाद में लिखा, "मैं कहाँ से करूँ, मेरे पास तो इस समय दैनिक खर्च के लिए भी पैसा नहीं है और 1,000 रुपए से ऊपर कर्ज है, आमदनी नदारद।" 11 जुलाई को वे लिखते हैं, "नित्य की भाँति खान-पान और विश्राम रहा। संध्या के समय अतरौली जाकर उमा के गहनों को छुड़ाकर लाया बेचने के लिए; परंतु देखकर मोह मालूम पड़ रहा है। अभी तक उसने इन जेवरों को पहना तक नहीं। रात्रि के 9 बजे तक साइक्लोस्टाइल पर नोटिस छापता रहा।"

14 जुलाई को वे गया में लिखते हैं, "आज का समय यहीं लग गया। कलेजा कड़ा कर उमा का जेवर बेच डाला, हालाँकि कोई लाभ नहीं हुआ। संध्या समय कुछ फल-तरकारी लिये और डालटनगंज के लिए अंतिम एक्सप्रेस से प्रस्थान कर दिया।" उमाजी ने अपने गहने बिना कोई प्रश्न किए लल्लू बाबू को दे दिए थे।

11 फरवरी, 1945 को लल्लू बाबू हजारीबाग जेल में बंद थे। इस दौरान डायरी के पन्ने भी उमाजी के समर्पण की गाथा ही सुना रहे हैं। इस दिन उन्होंने लिखा, "अभी यह पन्ना खोला तो देखा, आज शिवरात्रि व्रत है। उमा ने इसी दिन किस प्रेम और श्रद्धा से मेरी पूजा की थी, ताजा हो गया। आज वह रोगग्रस्त है। यही कामना है, जल्द स्वस्थ हो। राजनीतिक जीवन भी कितना कष्टकर है? सिर्फ शारीरिक कष्ट हो तो निभा भी लिया जाए; लेकिन कदम-कदम पर मानसिक लड़ाई और आपस का अविश्वास दम घोंटने लगता है और ऐसे वक्त हिम्मत पस्त होने लगती है। आज मेरा मन भी क्षुब्ध है और एक घबराहट मालूम हो रही है। हमलोग राजनीति में कितने अनुदार हो जाते हैं?"

12 फरवरी को वे लिखते हैं, "रात का सपना अभी भी याद है और

अजीब-अजीब भावनाएँ उठ रही हैं। क्या सचमुच में इस सपने से संबंधित लोग भी इसी तरह कुछ नींद में देखते होंगे? अच्छा, छूटकर एक बार पूछूँगा कि यह बात कहाँ तक सही है? नित्य की भाँति पढ़ाई वगैरह होती रही।"

अंदाजा लगाइए, शिवरात्रि के दिन ही तो उमा महादेव की जीवनसंगिनी बनी थीं। यहाँ शिवरात्रि के दिन उमा बीमार हैं और उमेश्वरी जेल में। कितना कष्ट सहा है हमारे देश को आजाद कराने वालों ने। कल्पना करने से ही मन सिहर जाता है। पैसे की कमी, कर्ज का बोझ, इसे चुकाने के लिए पत्नी के गहने बेचना, फिर भी कर्ज नहीं चुका पाना। दूसरी ओर देशभक्ति और आजादी की लड़ाई में भाग लेने का जुनून। लल्लू बाबू इन दोनों संघर्ष में सफल होते हैं।

उमाजी का संघर्ष भी जेल से बाहर ज्यादा कठिन था। वे मैट्रिक पास थीं। उनकी नौकरी दाऊदनगर के एक स्कूल में लग जाती है। वे गया से रोज वहाँ आती थीं। सभी तीन बच्चे भी साथ होते थे। मंजूजी कहती हैं, "माँ एक बार ट्रेन से गया लौट रही थीं। ट्रेन समय से काफी लेट हो गई जिसकी वजह से वे काफी बेचैन हो रही थीं। उसी डब्बे में एक सरदारजी यात्रा कर रहे थे। उन्होंने माँ से कहा कि बहन, आप घबराइए मत, आपको घर तक पहुँचाना मेरी जिम्मेदारी है। जब सरदारजी को पता चला कि वे जेल में बंद आजादी की लड़ाई के सिपाही की पत्नी हैं तो उन्होंने पूरे सम्मान के साथ माँ को घर पहुँचाया।"

एक बार फिर लौटते हैं लल्लू बाबू की डायरी की ओर। डायरी पर हाथ से लिखा हुआ है 11 जनवरी, सोमवार। वर्ष 1943 में यह तारीख सोमवार को ही थी और वे हजारीबाग जेल में थे। वे लिखते हैं, "सुबह उठा तो रात्रि के भयानक स्वप्न का प्रभाव काफी था और मालूम होता था, मैं उठने के पहले रो रहा था। उफ! इतना दर्दनाक स्वप्न! सारे-के-सारे लोग उमा, सुशील आदि सभी मोटर सहित डूब गए और फिर उमा तो निकली, लईकन नहीं—तमाशा यह कि यही स्वप्न बार-बार होता रहा। पता नहीं क्या बात है? आज भी स्वाध्याय नहीं के बराबर ही हुआ, अधिकांश समय सैनिक शिक्षा के संबंध में व्यवस्था आदि करने में व्यतीत हुआ। संध्या समय वॉलीबॉल का मैच खेला। आज सिर में कुछ धीमा दर्द है और अब 10 बजे के बाद नहीं जागूँगा।"

इस सपने को साढ़े बाईस साल बीत चुके थे, पर इसके कुछ अंश सही होने वाले थे। 29 मई, 1965 लल्लू बाबू के जीवन के सबसे खराब दिनों में से एक था। उमाजी एक पारिवारिक समारोह में भाग लेने के बाद एंबेसडर कार से रजरप्पा से हजारीबाग लौट रही थीं। कार गोला के पास भीषण हादसे का शिकार हो जाती है। इस हादसे के नौवें दिन 6 जून को इलाज के दौरान राँची में उनका निधन हो जाता है। इसी हादसे में उनके दो बेट नवनीत (11 साल), प्रवीण (4 साल) और साढ़ू (मदन मोहन जयपुरियार, अधिवक्ता, हजारीबाग) भी काल-कवलित हो जाते हैं। सपने में लल्लू बाबू ने उमा को बचते और लईकन को डूबते देखा था। इस हादसे में उमाजी और उनके दो बेटे तो नहीं बचे, पर बेटियाँ किरण, मंजू व मधु बच गईं।

लल्लू बाबू की छोटी बेटी मधु सिन्हा का निधन कुछ साल पहले हुआ है। उन्होंने अपने भतीजे विनीत वर्मा की फेसबुक पोस्ट पर लिखा था, "पापा की डायरी के पन्नों को पढ़कर दिल दहल उठता है। देश को आजादी दिलाने के लिए यदुवंश चाचा और पापा ने कितनी तकलीफों को झेला है। जब सुख का समय आया तो माँ साथ छोड़ गई।"

चितरंजन नारायण लल्लू बाबू के दामाद हैं। वे कहते हैं, "पापाजी साफगोई से बात करने में विश्वास करते थे। समाज की बुराइयों के खिलाफ संघर्ष में उन्होंने कभी समझौता नहीं किया। वे खुलकर बात करते थे और दृढ़ निश्चयी थे। यही कारण है कि दो बड़े हादसों के बाद भी उन्होंने परिवार को सँभाला और सच्चाई के लिए संघर्ष करते रहे।"

□

13

कृष्णनंदन सहाय

कृष्णनंदन सहाय के लिए जेल जाना बिल्कुल साधारण सी घटना थी। जब वे मात्र पाँच साल के थे तब उनके पिता वर्ष 1930 में ब्रिटिश शासन के खिलाफ आंदोलन के कारण जेल जा चुके थे। जैसे-जैसे उनकी उम्र बढ़ती गई वैसे-वैसे उनके पिता का जेल जाने का सिलसिला भी बढ़ता गया। 6 अगस्त, 1942 तक वे कई बार जेल जा चुके थे। उनके पिता थे यदुवंश सहाय और माता थीं सुमित्रा देवी। यह दंपती अपने बड़े बेटे को 'बच्चन बाबू' के नाम से बुलाते थे। इसी नाम से उन्हें राजेंद्र बाबू, जेपी से लेकर रामवृक्ष बेनीपुरी तक बुलाते थे। यदुवंश सहाय के घर कई बड़े नेताओं का आना-जाना लगा रहता था। इन नेताओं और कार्यकर्ताओं की चर्चा बच्चन बाबू भी सुनते थे। इसका परिणाम यह हुआ कि उनके मन में अंग्रेजों के खिलाफ गुस्सा भरने लगा। पिता के जेल जाने के बाद वे पढ़ने

के लिए जिला स्कूल तो जाते, पर डालटनगंज में होने वाली क्रांतिकारी गतिविधियों में भी शामिल हो जाते थे।

17 अगस्त को उनकी उम्र के क्रांतिकारियों ने डालटनगंज पोस्ट ऑफिस को लूटने और उसमें आग लगाने की योजना बनाई। तब वे दसवीं में पढ़ते थे और उनकी उम्र करीब 17 साल थी। लूट तो नहीं हो सकी, पर पोस्ट ऑफिस में काफी तोड़फोड़ और आगजनी हुई। इसमें डालटनगंज के आसपास के इलाके के खरवार भी शामिल थे। इस बीच वहाँ पुलिस पहुँच गई और काफी लोग पकड़ लिये गए। इनमें डालटनगंज थाने के कृष्णनंदन सहाय के साथ कौलेश्वर प्रसाद अग्रवाल, शिव प्रसाद साहू, बैजनाथ तिवारी, सुखदेव सहाय, जवाहिर साव के अलावा रामगढ़ के दिकवा कोरवा, बोकारी उराँव, करीमन खेरवार, जानकी खेरवार, पाटन थाना के मेवाल के रामखेलावन सिंह, साधु महतो, सेवा महतो, गंगा चमार, भरत सिंह आदि भी थे। पुलिस इन सभी को पकड़कर थाने ले जाती है। यहाँ पलामू के एसपी रामनारायण सिंह बैठे थे। पकड़कर लाए गए लोगों की उम्र देखते हुए उन्होंने कहा कि जो माफी माँग लेगा, उसे छोड़ दिया जाएगा। बच्चन बाबू के पकड़े जाने और माफी माँगकर छूटने की शर्त की खबर उनके घर तक पहुँच चुकी थी। बच्चन बाबू के छोटे भाई व्रजनंदन सहाय 'मोहन बाबू' बताते हैं, "मेरी अइया (माँ) घरेलू महिला होते हुए भी बहुत ही हिम्मती और मजबूत इरादों वाली थी। उन्होंने भैया को खबर करवाई कि जेल जाना है, माफी नहीं माँगोगे। माफी माँगी तो फिर घर नहीं आना।' बच्चन बाबू के लिए माँ सुमित्रा देवी का आदेश ऊर्जा भरने वाला था। वे गिरफ्तार कर लिये जाते हैं और जेल भेज दिए जाते हैं। पहले उन्हें डालटनगंज जेल में रखा गया, फिर हजारीबाग और बाद में पटना कैंप जेल में भेज दिया गया। पटना की जेल में वे छह महीने तक रहे। यहाँ एक दृश्य और सामने आ जाता है, वह है रामायण का। राजा दशरथ की पत्नी सुमित्रा ने भी तो कुछ ऐसे ही अपने पुत्र लक्ष्मण को बड़े भाई भगवान् राम के साथ वन जाने का आदेश दिया होगा। यदु बाबू और बच्चन बाबू जैसे पिता-पुत्र की कम ही जोड़ी होंगी जो भारत छोड़ो आंदोलन में जेल गई होंगी।

बच्चन बाबू की शादी वर्ष 1949 में डालटनगंज के ही हमीदगंज मुहल्ले

में हुई थी। जब उनकी शादी हुई थी तो उनकी पत्नी 10वीं कक्षा में पढ़ती थीं। उन्होंने बाद में अपनी पत्नी को उच्च शिक्षा दिलाई। उनकी पत्नी डॉ. शैलजा सिन्हा हैं और अभी गुरुग्राम में अपनी बेटी के साथ रहती हैं। वे डालटनगंज के जीएलए कॉलेज में लेक्चरर रहीं और बाद में योध सिंह नामधारी महिला महाविद्यालय की प्राचार्या बनीं। वे बताती हैं, "शादी के बाद मुझे अपने पति के जेल जाने की जानकारी मिली। जेल जाने के कारण उनकी पढ़ाई बाधित हो गई थी। जब वे जेल से छूटे तो आंदोलन में शामिल होने के कारण उन्हें परीक्षा में भाग नहीं लेने दिया गया। इसकी वजह से उन्होंने मैट्रिक की परीक्षा वाराणसी से पास की और बीकॉम गया कॉलेज से किया। जेल में बिताए दिनों के बारे में वे बताते थे कि जब उन्हें और अन्य किशोर कैदियों को हजारीबाग जेल से गोरखा सैनिकों के साथ भेजा जाने लगा तो काफी हंगामा हो गया था। इसका कारण यह था कि गोरखा सैनिक कैदियों को काफी प्रताड़ित करते थे। जब जेल में बंद बाबूजी (यदुवंश सहाय) को इसकी जानकारी मिली तो उन्होंने जेलर के समक्ष कड़ा विरोध जताया। इसके बाद कैदियों को पुलिस के साथ पटना भेजा गया।"

जेल से जुड़ी एक अन्य घटना को याद करते हुए डॉ. सिन्हा कहती हैं, "मेरे पति बताते थे कि जेल में बहुत ही खराब खाना मिलता था। चावल में पिल्लू होते थे, जिन्हें अलग करके खाना पड़ता था। इसी तरह दाल केवल नाम की होती थी। उसमें पानी और नमक ही होता था। रात में सड़े हुए आटे की बनी रोटी और खराब सब्जी मिलती थी। होली-दशहरे में खाने के लिए सेवई दी जाती थी पर वह बिल्कुल माँड़ की तरह होती थी। वे सुबह मिलने वाले चने और गुड़ की तारीफ करते थे। वे कहते थे कि इसकी वजह से ही उनका स्वास्थ्य ठीक रहा। जब वे जेल से आए तो अईया ने उनसे कहा था कि तुम तो अच्छे हो गए हो, तो उन्होंने कहा था कि यह चने-गुड़ का असर है।"

अजय नंदन सहाय 'मुन्नू बाबू' का जन्म तब हुआ था जब बच्चन बाबू जेल में थे। उम्र के अंतर के बाद भी दोनों भाइयों में काफी निकटता थी। मुन्नू बाबू बताते हैं, "भैया फुटबॉल के बहुत ही अच्छे खिलाड़ी थे और सेंटर फॉरवर्ड से खेलते थे। उनके पास गेंद आने का मतलब गोल होना होता था।

वे अपनी टीम से तो खेलते ही थे बाहर में टूर्मानेंट होने पर दूसरी टीमें भी उन्हें अपनी ओर से खेलने के लिए ले जाती थीं। वे खिलाड़ियों के बीच काफी लोकप्रिय थे। इसका अंदाजा इसी से लगाया जा सकता है कि एक बार उन्हें काफी बुखार होने के बाद भी खेलने उतरना पड़ा था। इसके पीछे उनकी टीम के साथियों का तर्क था कि तुम क्रांतिकारी रहे हो और तुम्हारे रहने मात्र से ही टीम का मनोबल बढ़ जाता है। उनकी और विशेश्वर प्रसाद की जोड़ी काफी मशहूर थी।"

बीकॉम करने के दौरान ही बच्चन बाबू के पिता यदु बाबू का निधन हो गया था। वे महान् साहित्यकार और स्वतंत्रता सेनानी रामवृक्ष बेनीपुरीजी के भी काफी प्रिय थे। इसका अंदाजा यदु बाबू के निधन के बाद भेजे गए बेनीपुरीजी के पत्र से लगाया जा सकता है। पत्र का कुछ हिस्सा इस प्रकार है—

प्यारे बच्चन,

मैं क्या लिखूँ, समझ में नहीं आता। भाईजी जब असेंबली की ओर से स्टेशन की तरफ जा रहे थे, रास्ते में मैं एक पान की दुकान पर खड़ा था। तेजी से जा रहे थे। अलग से ही नमस्कार किया और उन्होंने इशारे से ही बताया कि लौटकर बातें करेंगे! अब भी उनका चेहरा आँखों के सामने नाच रहा है! और दूसरे दिन उस दुर्घटना की खबर मिली! किंतु सोचता था, मन-ही-मन प्रार्थना करता था, भाईजी शीघ्र चंगे होंगे और आकर बातें करेंगे कि यह समाचार! जब हमीं धैर्य खो चुके हैं, तो तुम लोगों को क्या कहकर धैर्य दूँ। देवेंद्र रोता था और बताता था, किस तरह उन्होंने उसे पिता की तरह रखा था! उनका स्नेह मुझे जो जेल में अनायास प्राप्त हुआ, क्या वह भूलने की चीज है? कहाँ तक लिखूँ उनकी यशोगाथा। 'बाढ़े पूत पिता के धरमू'—उनका पुण्य तुम लोगों को दिन-दिन उन्नति की चोटी पर पहुँचावे—यही कामना है! अपने भाइयों को मेरा प्यार कहना और माताजी को—आह! उनकी स्थिति ही कँपा देती है! बच्चन, हम सब धैर्य करें—(देवेंद्र बेनीपुरीजी के बड़े बेटे थे और उनकी पढ़ाई यदु बाबू के संरक्षण में पलामू जिला स्कूल में हुई थी।)

पिता के असमय निधन की वजह से वे काफी परेशान रहने लगे थे। घर की स्थिति ऐसी नहीं थी कि वे आगे पढ़ाई कर पाते। इसके बाद उन्होंने सप्लाई

इंस्पेक्टर की नौकरी शुरू की। इस पद पर उन्होंने डालटनगंज, गढ़वा और लातेहार में काम किया। विभाग में व्याप्त भ्रष्टाचार से उनका मन नहीं लगा तो उन्होंने इस्तीफा दे दिया और सामाजिक कार्य में लग गए। लोगों ने उन्हें राजनीति में जाने और चुनाव लड़ने के लिए भी कहा, पर उनकी रुचि राजनीति में नहीं थी। दूसरी ओर, उन्होंने अपनी पत्नी को पढ़ाना जारी रखा। इसका परिणाम यह हुआ कि वे आईए, बीए, एमए करते हुए कॉलेज में लेक्चरर तक बन गईं। डॉ. शैलजा सिन्हा का तबादला वर्ष 1986 में चाईबासा और 1990 में धनबाद के एसएसएलएनटी महिला कॉलेज में हो गया। धनबाद से ही वे सेवानिवृत्त हुईं। इस दौरान बच्चन बाबू उनके साथ रहे। सेवानिवृत्ति के बाद दोनों पटना में मकान लेकर वहीं रहने लगे। उनके बेटे दीपक कुमार टेल्को में इंजीनियर थे। कुछ साल पटना में रहने के बाद वे बेटे के साथ जमशेदपुर में रहने लगे। यहाँ भी वे सामाजिक कार्यों में शामिल होते थे। स्वतंत्रता सेनानी होने के कारण लोग उन्हें झंडोत्तोलन के लिए बुलाते थे। उम्र बढ़ने के साथ ही उन्हें कैंसर भी हो गया था। इसकी वजह से ही उन्होंने 88 साल की उम्र में आखिरी साँस ली। उनका जन्म वर्तमान के औरंगाबाद जिले के सरडीहा गाँव में 15 अक्तूबर, 1925 को और निधन 29 जुलाई, 2013 को हुआ। उनके बेटे दीपक का निधन भी 2022 में हो गया है। उनकी बड़ी बेटी नीरजा सिन्हा पटना में और छोटी बेटी विभा सिन्हा गुरुग्राम में रहती हैं।

□

14

नंदकिशोर प्रसाद वर्मा

आजादी के दीवानों के गढ़ बेलवाटिका में रहने वाले नंदकिशोर प्रसाद वर्मा (नंदा बाबू) वर्ष 1942 की क्रांति के वक्त 23 साल के युवा थे। अंग्रेजों के खिलाफ उनके मन में काफी गुस्सा था। नंदा बाबू के बड़े भाई गणेश प्रसाद वर्मा पलामू के क्रांतिकारियों के अग्रणी नेता थे। इसका असर यह हुआ कि वे भी आजादी की लड़ाई में शामिल हो गए और जेल भी गए। मजबूत कद-काठी और रोबदार व्यक्तित्व वाले नंदा बाबू लाठी भाँजने यानी गदका में भी निपुण थे। रामनवमी के दौरान जब वे दोनों हाथों से गदका भाँजते थे तो लोग एकटक उनकी इस कला को सम्मोहित होकर देखते थे।

एक ओर अंग्रेजों के खिलाफ क्रांति की आग उनके दिल में धधकती थी, तो दूसरी ओर वे समाज में शांति के भी उतने ही पक्षधर थे। उनकी कद-काठी से अंग्रेज विचलित होते थे तो शहरवासी उनके साथ हो जाते थे। यही कारण

है कि वर्ष 1947 में रामनवमी के दौरान उन्हें डालटनगंज में शांति की कमान सौंपी गई थी। नंदा बाबू के भतीजे सत्यपाल वर्मा (अब स्वर्गीय) के अनुसार, "वर्ष 1947 में जब भारत को आजाद घोषित करने की बस औपचारिकताएँ बची थीं, इस बीच देश के दूसरे हिस्सों में विभाजन को लेकर सांप्रदायिक दंगे भी शुरू हो गए। हालाँकि पलामू इन दंगों से अभी अछूता था। तत्कालीन उपायुक्त एस.जी. जिलानी को गुप्त सूचना मिली थी कि देश में सांप्रदायिक दंगों की आग की लपटें पलामू तक पहुँच सकती हैं। सांप्रदायिक सौहार्द बिगड़ने की आशंका से चिंतित उपायुक्त ने जिले के अग्रणी स्वतंत्रता सेनानियों यदुवंश सहाय, गणेश प्रसाद वर्मा व गौरीशंकर ओझा से सामाजिक सद्भाव को बनाए रखने के उपायों पर चर्चा की। इस क्रम में उन्हें बताया गया कि लाल पगड़ी वाले पुलिसकर्मियों को तैनात करने से भय का वातावरण बन सकता है। इस पर गणेश वर्मा ने सभी स्वतंत्रता सेनानियों की एक पीस ब्रिगेड के गठन करने का सुझाव दिया। इसमें शामिल लोग रामनवमी व मुहर्रम के अवसर पर शहर में शांति व्यवस्था कायम रखने का काम करेंगे।" सत्यपाल वर्मा के अनुसार, "उपायुक्त ने इस सुझाव को स्वीकार करते हुए अगले दिन ही जिले के स्वतंत्रता सेनानियों को अपने आवासीय परिसर में आमंत्रित किया। इसमें पुलिस विभाग के आला अफसर भी बुलाए गए थे। उस समय 30 स्वतंत्रता सेनानियों के साथ 'पीस ब्रिगेड' की स्थापना की गई थी। लंबी और मजबूत कद-काठी के कारण नंद किशोर वर्मा और रोबिन रिचर्ड को ब्रिगेड का प्रभारी बनाया गया। सभी स्वतंत्रता सेनानियों को उपायुक्त स्तर से सफेद शर्ट व सफेद फुलपैंट के साथ एक हंटर दिया गया। इनके सहयोग से पलामू में रामनवमी का त्योहार शांतिपूर्वक संपन्न हुआ। देश की आजादी के 75 वर्षों के बाद भी यह परंपरा अभी भी कायम है, हालाँकि इसका स्वरूप बदलकर शांति समिति हो गया है। लेकिन पीस ब्रिगेड की परिकल्पना को साकार करने में नंदा बाबू की भूमिका अमर हो गई।"

जब मैंने गणेश प्रसाद वर्मा पर लिखने के दौरान सत्यपाल वर्माजी से चर्चा की थी तो उन्होंने कहा था, "यह मेरे लिए गर्व की बात है कि मैं स्वतंत्रता सेनानी का पुत्र, स्वतंत्रता सेनानी का भतीजा और स्वतंत्रता सेनानी

(गोकुल नाथ वर्मा) का भगिना हूँ। बाबूजी की प्रेरणा से नंदा चाचा वर्ष 1942 में 'भारत छोड़ो' आंदोलन में कूद पड़े थे। 17 अगस्त, 1942 को प्रधान डाकघर लूटकांड में शामिल होकर अपने इरादों को स्पष्ट कर दिया था। यहाँ से लूटे गए पैसे को भूमिगत आंदोलन में लगाने की योजना थी। लेकिन दुर्भाग्यपूर्ण रूप से इनको अन्य सहयोगियों के साथ गिरफ्तार कर लिया गया था। डाकघर लूटकांड में कृष्ण नंदन सहाय 'बच्चन बाबू', गंगा प्रसाद वर्मा, बासुदेव प्रसाद, गोकुल नाथ वर्मा, रोबिन रिचर्ड, जमुना प्रसाद, महावीर सिंह, शिव सिंह सहित 15 से 30 युवाओं की अग्रणी भूमिका रही थी। बेलवाटिका में राजेश्वर अग्रवाल, पूरन चंद, महावीर वर्मा, नगुना राम, इंद्रदेव सिंह, महताब सिंह, राम जन्म सिंह, तीरथ प्रकाश भसीन, वेद प्रकाश भसीन सरीखे आजादी के मतवालों का जमावड़ा लगा रहता था। ये सभी भारत माता को बेड़ियों से मुक्त कराने के लिए कटिबद्ध थे।"

नंदा बाबू की पौत्रवधू शर्मिला शुमि अपने दादा ससुर को याद कर काफी भावुक हो जाती हैं। वे खुद तो कभी नंदा बाबू से नहीं मिलीं, पर उन्होंने घर में उनके संघर्ष और जीवटता की चर्चा काफी सुन रखी है। इन्हीं बातों को याद कर वे कहती हैं, "स्वतंत्रता संग्राम के दौरान अंग्रेजों को चकमा देने के लिए नंदा बाबू ने कभी अखबार बेचा तो कभी मुहल्ले की पहरेदारी की। बेलवाटिका के बाकी स्वतंत्रता सेनानियों ने पारी बाँट रखी थी कि एक दिन एक व्यक्ति पहरा देगा तो दूसरे दिन दूसरा व्यक्ति। ऐसा करने का मकसद अंग्रेज पुलिस पर नजर से खुद बचना और दूसरों को बचाना भी था। वे काफी समय भूमिगत भी रहे थे। जब उनके सबसे बड़े पुत्र भगवान् प्रसाद वर्मा गर्भ में थे तब अंग्रेज पुलिस उनकी पत्नी के पेट में डंडे घोंपकर उनके छुपने की जगह पूछती थी। बाद में उन्हें गिरफ्तार कर लिया गया। उन्हें जेल में ही बड़े पुत्र के जन्म की सूचना मिली थी। जेल से जब रिहा होकर आए तो उनकी पत्नी गुलाब देवी अपने मायके में थीं। इसका कारण यह था कि अंग्रेज उन्हें भी क्रांति में शामिल लोगों की सहयोगी मानते थे।"

नंदा बाबू खुद तो क्रांतिकारी थे ही, उन्होंने अपने बड़े बेटे भगवान प्रसाद वर्मा की शादी क्रांतिकारी विश्वनाथ माथुर की बहन मनोरमा वर्मा से की थी।

विश्वनाथ माथुर गया षड्यंत्र में शामिल थे और उन्हें कालापानी की सजा हुई थी और वे अंडमान निकोबार की सेल्यूलर जेल में बंद रहे थे। नंदा बाबू की बहन देवरानी भी डालटनगंज में रहने के दौरान अपने क्रांतिकारी भाइयों का सहयोग करती थीं। उनकी शादी क्रांतिकारी राधमोहन प्रसाद से हुई थी। राधामोहन प्रसाद भी गया षड्यंत्र में सजा पाने के बाद सेल्यूलर जेल भेजे गए थे।

जेल से रिहा होने के बाद बेलवाटिका चौक स्थित आवास छोड़कर कांदु मुहल्ले (गुरुद्वारे के पीछे) में इन्होंने घर खरीदा और सपरिवार रहने लगे। यहीं विश्वनाथ वर्मा, सोमनाथ वर्मा, गीता देवी, रीता सिन्हा, गायत्री देवी और अनिता सिन्हा का जन्म हुआ। नंदा बाबू की कुल सात संतानें थीं, जिनमें अब मात्र तीन ज़ीवित हैं। देश की आजादी के बाद नंदा बाबू ने भारतीय रेलवे में अपनी सेवाएँ दी थीं। वे यहाँ माल बाबू के पद पर कार्यरत थे। वे मुंशी कृपानारायण लाल की तीसरी संतान थे। उनका जन्म 4 जुलाई, 1919 को हुआ था। उन्होंने 13 जुलाई, 1981 को आखिरी साँस ली।

□

15

गोकुल नाथ वर्मा

पलामू के क्रांतिकारियों के अगुआ गणेश प्रसाद वर्मा अंग्रेज पुलिस की आँखों में धूल झोंककर भूमिगत हो चुके थे। उनकी गतिविधियाँ अंग्रेजों को परेशान कर रही थीं। दूसरी ओर, उनके परिवार के समक्ष भी कठिन परिस्थितियाँ उत्पन्न हो गई थीं। ऐसे में उनकी पत्नी विंध्यवासिनी देवी ने अपने 18 वर्षीय भाई गोकुल नाथ वर्मा को अपने पास बुलाने का फैसला किया। उन्होंने अपने भाई को इसलिए बुलाया था कि वह आकर बच्चों पर ध्यान भी देगा और घर की देखभाल भी हो जाएगी। जैसे ही गोकुल बाबू को अपनी बहन का संदेश मिला, वे तुरंत डालटनगंज पहुँच गए। इनके आने से उनके भगिना-भगिनी तो खुश हुए ही, वे भी बहन के साथ मिलकर परिवार की देखभाल में लग गए।

गणेश बाबू का घर क्रांतिकारियों का केंद्र था। उनके भूमिगत रहने के बाद भी लोग उनके घर आते-जाते रहते थे। इस घर पर पुलिस के खुफिया

लोगों की निगाह लगी रहती थी। डालटनगंज आने के बाद गोकुल बाबू भी इन क्रांतिकारियों के संपर्क में आ गए। इनकी गतिविधियों पर भी पुलिस की निगाह रहने लगी। पुलिस जब भी गणेश बाबू के घर पूछताछ के लिए आती और उनके परिजनों को तंग करती तब वहाँ गोकुल बाबू भी रहते थे। पुलिस उनसे भी पूछताछ के साथ-साथ बुरा व्यवहार करती। इसका परिणाम यह हुआ कि उनके मन में भी अंग्रेजों के प्रति गुस्सा तेज होता गया। पुलिस जब गणेश बाबू को नहीं पकड़ पाई तो उसने गोकुल बाबू को गिरफ्तार कर लिया। गिरफ्तारी के बाद उनसे उनके बहनोई के ठिकाने की पूछताछ की गई। गणेश बाबू के बेटे सत्यपाल वर्मा (अब स्वर्गीय) के अनुसार, "पुलिस ने मामा को उस वक्त पकड़ा था जब वे घर पर थे। पुलिस ने पकड़ने के बाद उन्हें खूब यातनाएँ दीं। सरेआम पीटा गया और बार-बार मेरे पिताजी के ठिकाने के बारे में पूछा गया। पुलिस उनसे बार-बार कह रही थी कि तुम अपने बहनोई ही नहीं, उनके अन्य साथियों के बारे में भी जानते हो। अगर तुम उनके बारे में बता दो तो तुम्हें माफ कर दिया जाएगा, नहीं तो और पिटाई करने के बाद जेल में ठूँस दिया जाएगा। मामाजी पुलिस की बर्बरता के आगे नहीं झुके और मुँह नहीं खोला। अंततः पुलिस उन्हें गिरफ्तार कर जेल ले गई। जेल में भी उन्हें काफी प्रताड़ित किया गया। उनकी गिरफ्तारी के कुछ समय बाद मेरे पिताजी भेदिए की सूचना के बाद गिरफ्तार कर लिये गए।"

गणेश बाबू को तो ढाई साल तक जेल में रहना पड़ा, पर गोकुल बाबू एक साल की सजा काटकर रिहा हो गए। जेल से रिहा होने के बाद उन्होंने अपनी पढ़ाई पूरी की और रोहतास जिले के बौलिया के कंपनी स्कूल में शिक्षक की नौकरी करने लगे। देवी दयाल वर्मा उनके पुत्र हैं और वर्तमान में उसी स्कूल में शिक्षक हैं। इस स्कूल का नाम अब राजकीय माध्यमिक विद्यालय हो गया है। वे बताते हैं, "पिताजी के जीवन में अपने बहनोई का गहरा प्रभाव था। जब वे उनके घर बेलवाटिका पहुँचे तो यहाँ रहने के दौरान उनका नजरिया समाज और देश के प्रति बदल गया। शिक्षक की नौकरी के दौरान भी यह जारी रहा। अनुशासनप्रिय होने के साथ वे शांत स्वभाव के थे। पढ़ाने के तरीके और स्वनंत्रता सेनानी होने के कारण वह पूरे इलाके में

लोकप्रिय थे। स्वतंत्रता दिवस के दिन तो उनका उत्साह देखते ही बनता था। जिस दिन देश स्वतंत्र हुआ था, उस दिन वे गणेश बाबू के साथ मौजूद थे। गणेश बाबू ने 15 अगस्त, 1947 को यहाँ के स्कूल में झंडा फहराया था।"

चेतन आनंद सत्यपाल वर्मा के पुत्र हैं। इस रिश्ते से गोकुल बाबू उनके दादा हैं। वे बताते हैं, "बौलिया वाले दादा स्वतंत्रता सेनानी की पेंशन लेने डालटनगंज आते थे। यहाँ आने पर वे अपनी बहन के पोते-पोतियों से घिर जाते। उन्हें कितनी पेंशन मिलती थी, यह तो पता नहीं, पर वे हम सभी को दो-दो रुपए देते थे। इसके बाद जब वे हम लोगों को हमारे दादा के बारे में और अपने जेल जीवन के बारे में बताते थे तो हम सभी रोमांचित होकर उनकी बातें सुनते थे। अगर हम लोग खाने में कोई खराबी निकालते तो वे कहते थे कि यह बहुत अच्छा है। जब हमलोग जेल में थे तो अंग्रेज हमारे खाने में कभी ज्यादा नमक मिला देते थे तो कभी ज्यादा मिर्च। दाल तो ऐसी मिलती थी कि उसमें पानी के सिवा कुछ नहीं होता था। उनके सामने हमलोग काफी शैतानी करते थे, पर वे धैर्य के साथ हमारी गतिविधियों को देखते थे। जब हमलोग पूछते कि आपको गुस्सा क्यों नहीं आता तो वे कहते कि मैंने अपना सारा गुस्सा अंग्रेजों के खिलाफ ही निकाल दिया है। वे मेरे पिता सत्यपाल वर्मा के साथ भी काफी देर तक समाजवाद और मजदूर हित की चर्चा करते थे।"

गोकुल नाथ वर्मा मूल रूप से औरंगाबाद (पहले गया) जिले के निवासी थे। उनके गाँव का नाम सोहनो पोस्ट देवहरा थाना चाँद है। उन्हें आजादी के 25 साल पूरे होने पर तत्कालीन प्रधानमंत्री इंदिरा गांधी द्वारा जारी किए गए ताम्र-पत्र से भी सम्मानित किया गया था। उनके पिता का नाम नागवंश सहाय और माता का नाम देव कुँवर था। उनकी पाँच पुत्रियाँ मायारानी वर्मा, मीना रानी वर्मा, शीला रानी वर्मा, शोभा रानी और अनिता रानी हैं, जबकि एक पुत्र देवीदयाल वर्मा हैं। गोकुल नाथ वर्मा का जन्म वर्ष 1924 में और निधन 3 जनवरी, 1981 को हुआ। जब उनका निधन हुआ तब वे स्कूल में कार्यरत थे। उनकी जगह पर ही उनके पुत्र को इस विद्यालय में नौकरी मिली है।

□

16

हजारीलाल साह

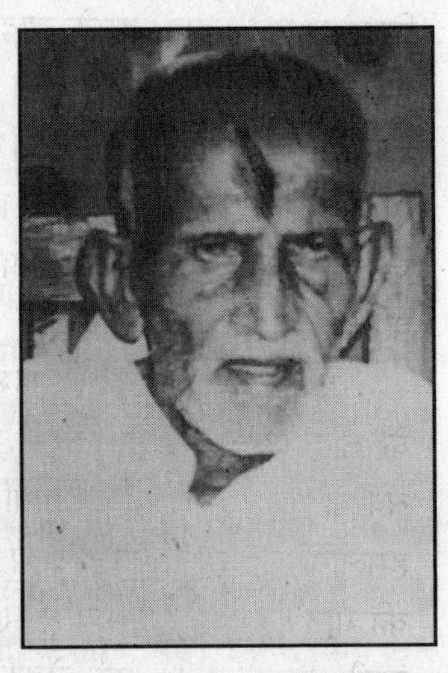

हजारीलाल साह की कठ-काठी भले ही साधारण थी, पर अंग्रेजों से लड़ने का इरादा बहुत ही बुलंद था। भारत माता को फिरंगियों की बेड़ी से मुक्त कराने के लिए वे किसी भी तरह का बलिदान देने के लिए सदैव तैयार रहते थे। जंगे-आजादी में न उन्होंने सिर्फ अपनी संपत्ति गँवाई थी बल्कि सात साल के पुत्र को भी खोया था। इतना होने के बाद भी उनके इरादे टस-से-मस नहीं हुए। उनके सामने बस महात्मा गांधी का 'करो या मरो' का मंत्र था। इसी मंत्र के सहारे वे 9 अगस्त, 1942 को शुरू हुए 'अंग्रेजो भारत छोड़ो' आंदोलन में शामिल हुए थे। जब वे इस आंदोलन में शामिल हुए थे तो उनकी उम्र 41 साल की थी। उनका जन्म 3 अगस्त, 1901 को शाहपुर में हुआ था।

अंग्रेजों के खिलाफ जनमानस तैयार करने के लिए वे चैनपुर, डालटनगंज, रंका, भंडरिया के गाँव-गाँव में घूमने लगे और लोगों से सरकार को मालगुजारी नहीं देने का आह्वान किया। हुकूमत उनसे इतनी घबरा गई कि

उन पर 500 रुपए का इनाम रखा गया। एक बार शाहपुर में अंग्रेज सैनिकों ने उनके घर को घेर लिया। जब वे घर में नहीं मिले तो कुर्की कर ली गई और तोड़फोड़ की गई। देवब्रत पलामू के वरिष्ठ पत्रकार हैं और हजारी बाबू के भतीजे भी। वे बताते हैं, "मेरे चाचा और पिता (नारायण लाल साह) के मन में देश को स्वाधीन कराने और लोगों को अंग्रेजों के जुल्म से मुक्त कराने की भावना कूट-कूटकर भरी थी। दोनों आजादी की लड़ाई के दौरान जेल में बंद थे। जिस दिन चाचा को पकड़ा गया था, उस दिन वे कहीं बाहर से आकर घर में घीकुआर (एलोवेरा) का हलुआ बना रहे थे। घर से धुआँ उठ रहा था। धुआँ देखकर एक मुखबिर ने एसपी को इसकी जानकारी दे दी। पुलिस घर के आसपास घूमती रहती थी। वह तत्काल वहाँ पहुँच गई और चाचा को गिरफ्तार कर लिया। इसके बाद जब उन्हें पुलिस डालटनगंज ले जाने लगी तो मेरी उनसे मुलाकात कोयल नदी में हुई। मिलने पर चाचाजी ने कहा कि पता नहीं हम कब छूटेंगे, घर में हलुआ बनाकर रखा हुआ है तुम खा लेना।" गिरफ्तारी के बाद उन्हें पहले डालटनगंज जेल में और उसके बाद हजारीबाग जेल में रखा गया। यहीं वे जयप्रकाश नारायण से मिले और उनके विचारों से काफी प्रभावित हुए।

हजारी बाबू के बेटे हैं महेश प्रसाद। वे बताते हैं, "बाबूजी की गिरफ्तारी के बाद घर की स्थिति काफी खराब हो गई थी। उस समय मेरी उम्र एक वर्ष के करीब थी। माँ हमलोगों को लेकर मामा के घर महाराजगंज में रही। हमलोगों की स्थिति का अंदाजा इसी से लगाया जा सकता है कि मेरे बड़े भाई की मौत इलाज के अभाव में सात साल की उम्र में हो गई थी।" महेशजी की पत्नी श्रीमती नीलम रानी सेवानिवृत्त शिक्षिका हैं। वे बताती हैं, 'बाबूजी की दृढ़ता का अंदाजा इसी से लगाया जा सकता है कि वे अपने जुड़वाँ बेटे नरेश प्रसाद की मौत से भी विचलित नहीं हुए थे। नरेश रेलवे पुलिस में थे और उनकी हत्या कर दी गई थी। बाबूजी उस वक्त भी नहीं टूटे थे, जब कुर्की में घर का सारा सामान जब्त हो गया था और बच्चे ढक्कन में पानी पीने को मजबूर हुए थे। वे मुझे अपनी बहू नहीं, माँ कहते थे और मानते थे कि मेरी सेवा के कारण ही वे 107 साल तक जिंदा रहे। उनकी एक बेटी संयुक्ता देवी भी थीं।"

हजारी बाबू के पिता महादेव साह एक व्यापारी और माँ भाग्य वाणी देवी एक धार्मिक महिला थीं। उनकी प्रारंभिक शिक्षा शाहपुर के प्राइमरी स्कूल में और हाई स्कूल की पढ़ाई जिला स्कूल में हुई। उनमें देशभक्ति का जज्बा ऐसा था कि 1 अगस्त, 1920 को जब गांधीजी ने असहयोग आंदोलन चलाया तो उन्होंने उनके आह्वान पर पढ़ाई छोड़ दी और आंदोलन में कूद पड़े। घर वालों के समझाए जाने के बावजूद उन्होंने इरादा नहीं बदला। उस समय कांग्रेस का पलामू जिला कार्यालय डालटनगंज के हमीदगंज में रहने वाले गनौरा सिंह के घर में था। कांग्रेस के जिला सचिव चंद्रिका लाल ने इनकी सक्रियता और कर्मठता से प्रभावित होकर उन्हें जिला उपसचिव बना दिया। इसके बाद ये चैनपुर, रंका, भंडरिया और गढ़वा के आदिवासी बहुल गाँव में जंगल, घाटी, पहाड़ों में पैदल ही अंग्रेजी पुलिस से बचते हुए संगठन खड़ा करने में जुट गए।

हजारी बाबू गांधीजी के सच्चे अनुयायी थे। वर्ष 1930 में गांधीजी की 'हरिजन' पत्रिका आने पर वे उसे खुद तो पढ़ते ही थे, उसकी बातों से लोगों को जागृत भी करते थे। उन्होंने डालटनगंज, चैनपुर, गढ़वा और नगर ऊँटारी के गाँव में हरिजन स्कूल खोला और छुआछूत के खिलाफ लड़ाई लड़ी। गांधीजी के नक्शेकदम पर चलते हुए उन्होंने जात-पात के खिलाफ लोगों को एकजुट करना शुरू कर दिया। परिणाम स्वरूप वर्ष 1932 में उनकी बिरादरी ने उन्हें जाति से बाहर कर दिया। बिरादरी के इस फैसले से दृढ़ संकल्प के धनी हजारी बाबू विचलित नहीं हुए और सामाजिक कार्यों में अपनी सहभागिता जारी रखी। वर्ष 1932-33 में इन्हें एक बार चार महीने और दूसरी बार छह महीने के लिए जेल में रखा गया। जेल से निकलने के बाद वे आजादी की लड़ाई में और अधिक सक्रिय हो गए। वर्ष 1937 में वे पलामू डिस्ट्रिक्ट बोर्ड में मेंबर बनने के लिए भंडरिया थाने से चुनाव में खड़े हुए। उस चुनाव में उन्हें भारी मतों से जीत हासिल हुई।

हजारीलाल साह निस्स्वार्थ भाव से जगह-जगह सम्मेलन कर लोगों की समस्याओं को पुरजोर ढंग से उठाते थे और उन्हें दूर करने में दिन-रात एक कर देते थे। वर्ष 1940 में रामगढ़ कांग्रेस के अधिवेशन में उनका साथ देने के लिए उनकी पत्नी देवमती देवी भी महिला स्वयंसेवक बनकर शामिल हुई थीं। पत्नी के अलावा इनके छोटे भाई नारायण लाल साह भी हर कदम पर उनके

साथ रहते थे। वर्ष 1941 में हजारी बाबू ने आदिवासी बहुल भंडरिया थाने में सभा कराई और अपने भाषण से लोगों को बहुत प्रभावित किया। इसका परिणाम यह हुआ कि दूसरे दिन ही उन्हें जेल में डाल दिया गया। साथ ही उनकी दुकान के सामान और घोड़ों की नीलामी भी करवा दी गई।

वे महात्मा गांधी, विनोबा भावे और जयप्रकाश नारायण के सच्चे अनुयायी थे। आजादी के बाद उनका ज्यादा समय सामाजिक कार्यों में बीतता था। वर्ष 1952 में पलामू में भूदान आंदोलन में आचार्य विनोबा भावे यहाँ तीन बार आए थे। साह हमेशा विनोबाजी और उनके भूदान आंदोलन के साथ थे।

रेणु कुमारी जायसवाल शिक्षिका हैं और हजारी बाबू के पोते प्रेमशंकर की पत्नी हैं। वे कहती हैं, "एक स्वतंत्रता सेनानी की पौत्रवधू होना उनके लिए गर्व की बात है। दादाजी का जीवन संघर्ष से भरा था। दादी उनके संघर्ष में सदैव साथ देती थीं। वे बच्चों को पढ़ाकर और तिरंगा बनाकर बेचती थीं। इससे घर का खर्च चलता था। दादाजी नारी स्वतंत्रता के भी मुखर समर्थक थे। वे मेरे परदा करने पर कहते थे कि पुराने जमाने की तरह क्यों रहती हो? वे सादा जीवन जीते थे। धन कमाने और शान-शौकत की जिंदगी जीना उन्हें पसंद नहीं था। भोजन भी काफी सादा करते थे। बहुत इच्छा होती थी तो मुझे मोहनभोग बनाने के लिए कहते थे।"

रेणुजी बताती हैं, "प्रतिदिन चरखा चलाकर सूत कातने और उसी से निर्मित खादी का धोती-कुरता और टोपी पहनने वाले हजारी बाबू जीवन के अंतिम दिनों में वर्तमान व्यवस्था से काफी दुःखी थे। उनका कहना था कि आंदोलन के दौरान जो सपना हमलोगों ने देखा था, वह पूरी तरह टूट गया। पूरे समाज में स्वार्थी और भ्रष्ट लोग भर गए हैं। आज के नेता पूरे देश को नहीं देखकर अपने-अपने परिवार के विकास में लगे रहते हैं। उनके व्यक्तिगत स्वार्थ के आगे देश व समाज का कोई अस्तित्व नहीं रह गया है।' हजारी बाबू के परिवार में पोते सत्यदीप और पोती करुणा कुमारी हैं। परिवार शाहपुर में ही रहता है। उन्होंने 26 फरवरी, 2008 को यहीं 107 वर्ष की उम्र में आखिरी साँस ली।

नोट—इस आलेख के समय महेश प्रसाद जीवित थे।

□

17

नारायण लाल साह

भारतमाता को अंग्रेजी हुकूमत से मुक्त कराने का जैसा जुनून नारायण लाल साह के पास था, वैसा शायद ही कहीं और देखने को मिलता है। जंगे आजादी के दौरान उन्होंने पत्नी को खोया, पर उनके कदम रुके नहीं। जब अगस्त 1942 में 'अंग्रेजो भारत छोड़ो' आंदोलन शुरू हुआ तो वे उसमें शामिल हो गए। उन्हें इस बात की तनिक भी चिंता नहीं थी कि बिना माँ के दो बच्चों का उनके गिरफ्तार होने के बाद क्या होगा? हुआ भी ऐसा ही, जब अंग्रेजों ने उन्हें गिरफ्तार किया तो उनके दोनों बेटे देवब्रत और पृथ्वी लाल बिल्कुल अनाथ की तरह इधर-उधर भटकते रहे थे। संभवत: कोई और होता तो अपने बच्चों के लिए वह किसी भी तरह से बाहर आ जाता, पर नारायण साह तो दूसरी मिट्टी के बने थे। उन्होंने अंग्रेजों के आगे झुकने की जगह डटकर खड़ा रहने का रास्ता अपनाया और काफी समय तक डालटनगंज की जेल में बंद रहे।

नारायण लाल साह का बस एक ही सपना था कि किसी भी तरह से देश को अंग्रेजों के चंगुल से मुक्त कराना है। वे अंग्रेजों के जुल्म से परेशान लोगों को देखते थे तो उनके अंदर का जूनून और बढ़ जाता था। इस संघर्ष में उनके साथ उनकी पत्नी रुक्मिणी देवी की सहभागिता किसी से कम नहीं थी। शाहपुर से लेकर सुदूर भंडरिया तक वे अपने पति के साथ रहती थीं। नारायण लाल साह पर दो लोगों का गहरा प्रभाव था। एक थे उनके बड़े भाई हजारी लाल साह और दूसरे थे महात्मा गांधी। पहले के साथ और दूसरे के आह्वान पर वे आजादी की लड़ाई में शामिल हुए थे।

नारायण लाल साह और उनकी पत्नी भंडरिया क्षेत्र में अंग्रेजों और जमींदारों के जुल्म के खिलाफ संघर्ष में ग्रामीणों को एकजुट करने में लगे थे। उनके हाथ में तिरंगा होता था, जुबान पर 'भारत माता की जय' और 'गांधीजी की जय' का नारा। पति-पत्नी वर्ष 1940 में 18 से 20 मार्च तक रामगढ़ में चले भारतीय राष्ट्रीय कांग्रेस के अधिवेशन में भी शामिल हुए थे। यहाँ से लौटने के बाद उनकी सक्रियता और बढ़ गई। वर्ष 1942 के फरवरी या मार्च के महीने में पति-पत्नी अपने अभियान में लगे थे। वे दोनों जिस गाँव में भी जाते, वहाँ लोगों का काफिला उनके साथ चल पड़ता था। इसी दौरान रुक्मिणी देवी के अँगूठे में चोट लग गई और घाव दिन-प्रतिदिन बढ़ता चला गया। इस चोट के बाद भी उनके कदम रुके नहीं। अंततः घाव ने टिटनस का रूप ले लिया और जानलेवा साबित हुआ। उनकी मृत्यु बड़गढ़ से आगे मुटकी गाँव में हो गई। उस समय उनके दोनों बेटे काफी छोटे थे। देवब्रत की उम्र करीब 12 साल थी तो पृथ्वी लाल की आठ। पत्नी की मौत के बाद भी नारायण साह विचलित नहीं हुए और जिले के अन्य नेताओं के साथ आंदोलन में जुटे रहे।

गांधीजी ने जब 9 अगस्त, 1942 से 'अंग्रेजो भारत छोड़ो' के नारे के साथ आंदोलन की घोषणा की तो नारायण साह भी उसमें शामिल हुए। उन्होंने अपने बड़े भाई के साथ लड़ाई शुरू की। उनकी गिरफ्तारी 11 अगस्त को शाहपुर में हुई थी। गिरफ्तार करने के बाद उन्हें पहले डालटनगंज जेल लाया गया और कुछ महीने तक यहाँ रखा गया। इसके बाद उन्हें हजारीबाग जेल भेज दिया गया। एक बार यहाँ जेल में क्रांतिकारियों ने जब जुल्म के खिलाफ

हंगामा किया तो सिपाहियों ने उन पर लाठीचार्ज कर दिया। इसमें कई कैदी घायल हो गए। इनमें नारायण लाल साह भी थे। लाठी लगने से उनकी कलाई टूट गई और अंत तक उनकी कलाई सीधी नहीं हुई। जब वे पलामू जिला स्कूल के छात्र थे तभी से आंदोलन में कूद पड़े थे और कई बार जेल गए थे। सन् 1944 में हजारीबाग जेल से बाहर आने के बाद वे सेवा कार्य में लगे रहे। बड़े भाई हजारी लाल साह की तरह वे भी कांग्रेस में नहीं गए। बाद में उन्होंने बिहार खादी भंडार में नौकरी की और यहीं मैनेजर भी बने। उन्हें प्रारंभ में 35 रुपए वेतन मिलता था। सन् 1972 में आजादी के 25 साल पूरे होने पर उन्हें ताम्रपत्र से सम्मानित किया गया और स्वतंत्रता सेनानी की पेंशन भी मिली। उन्होंने सन् 1975 में आखिरी साँस ली।

देवब्रत पलामू जिले के वरिष्ठ पत्रकार और अधिवक्ता हैं। पहले माँ की मृत्यु, फिर पिता के जेल में रहने की बात को याद करते हुए वे काफी भावुक हो जाते हैं। वे कहते हैं, "बाबूजी के लिए देश पहले था, परिवार बाद में। यही कारण है कि युवा होने के बावजूद माँ के निधन के बाद उन्होंने दूसरी शादी नहीं की। जब जेल जाने का समय आया तो उन्होंने यह भी नहीं सोचा कि उनके दोनों बेटों का क्या होगा? उनकी तरह धुन का पक्का और जीवट का आदमी होना असंभव है।" वे बताते हैं, "बाबूजी के जेल जाने के बाद हम दोनों भाई हाथ में तिरंगा लेकर जेल तक जाते और गेट के पास बैठ जाते। जब वहाँ तैनात सिपाहियों को यह पता चलता कि हमारे पिताजी अंग्रेजों के खिलाफ आंदोलन करने के कारण जेल में हैं तो वे हमें वहाँ से डाँट-फटकारकर भगा देते थे। जेल के पास ही किशुनपुर (पाटन) निवासी परमेश्वरी दत्त झा का घर था। एक बार उन्होंने हम दोनों भाइयों को रोते हुए देख लिया। इसके बाद वे हमें अपने घर ले गए और अंग्रेज हुक्मरानों की परवाह किए बगैर बहुत ही स्नेह से अपने पास रखा। उन्होंने बाद में हम दोनों भाइयों को अपने गाँव किशुनपुर भेज दिया।" किशुनपुर में बिताए दिन आज भी देवब्रत बाबू को पूरी तरह याद हैं। वे बताते हैं, "परमेश्वरी बाबू ने अपने बराहिल के साथ हम दोनों भाइयों को यहाँ भेज दिया। रहने के लिए हमें घर के पीछे की कोठरी मिली और दोनों समय खाने के साथ नाश्ता दिया जाने लगा। जब अंग्रेजों

के सैनिकों को पता चला कि परमेश्वरी बाबू ने जेल में बंद क्रांतिकारियों के बेटे को आश्रय दे रखा है तो वे खफा हो गए। इसके बाद उन्होंने हमें अपने लोइंगा स्थित भंडार में भेज दिया। यहाँ हम दोनों भाइयों को इतने गुप्त ढंग से रखा गया था कि किसी को कुछ पता नहीं चला। हालाँकि यहाँ रहना काफी कठिन था। बराहिल हमें धान दे देता था और हम दोनों भाई ढेंकी से कूटकर चावल निकालते थे। इसे हम नमक, चकवड़ के साग और गजपरोर के साथ खाते थे। हमारा ओढ़ना-बिछौना पुआल ही होता था। लोइंगा के बाद हम दोनों भाइयों को पांकी थाने के रामसागर भेज दिया गया। हमलोग यहाँ भी कुछ दिन रहे। वहीं रहने के दौरान हमें बाबूजी की रिहाई की खबर मिली तब हमलोग डालटनगंज आए और उनसे मिले। इसके बाद हम दोनों भाइयों की पढ़ाई फिर से शुरू हुई। मुझे हाई स्कूल से लेकर एमए तक की पढ़ाई तक स्कॉलरशिप मिली। मैंने और मेरे भाई ने अपने बाबूजी के त्याग व संघर्ष को अपने जीवन का आधार बनाया। अभी भी उनके बताए रास्ते पर चलने की कोशिश करता हूँ।"

रश्मि गुप्ता नारायण लाल साह की पोती हैं। वे बताती हैं, "मैं घर में अपनी दादी के संघर्ष और देशप्रेम की बात सुनती थी। वे आजादी की लड़ाई के साथ महिला शिक्षा के लिए प्रतिबद्ध थीं। शायद यही कारण रहा कि मेरी माँ स्व. धर्मशिला गुप्ता ने अपना सबकुछ लड़कियों की शिक्षा के लिए झोंक दिया। वे केजी स्कूल की शिक्षिका से लेकर प्रिंसिपल तक रहीं। आज भी जब मैं अपने पापा से दादा-दादी की आजादी की लड़ाई में योगदान के बारे में सुनती हूँ तो गर्व से मेरा सिर ऊँचा हो जाता है।"

□

18

नीलकंठ सहाय, ऋषि कुमार सहाय

11 अगस्त, 1942 और 9 अगस्त, 2012 की चर्चा करते ही जीवन के 99वें वर्ष में प्रवेश कर चुके नीलकंठ सहायजी के चेहरे पर जोश व गर्व के भाव आ जाते हैं। उनसे बात करने पर लगता है कि उत्साह और उमंग से लबरेज किसी नौजवान से बात हो रही है। 11 अगस्त, 1942 वह दिन था जब वे 20 साल की उम्र में 'वंदे मातरम्', 'भारत माता की जय' और 'अंग्रेजो भारत छोड़ो' के नारे लगाते हुए राँची में गिरफ्तार किए गए थे। 9 अगस्त, 2012 को नई दिल्ली में 90 साल की उम्र में राष्ट्रपति भवन में थे। इस दिन अगस्त क्रांति के 70 साल पूरे होने पर तत्कालीन राष्ट्रपति प्रणब मुखर्जी द्वारा उन्हें सम्मानित किया गया था। उस दिन भी इनके दिल और दिमाग में 70 साल पहले लगाए गए दो नारे छाए हुए थे और तीसरे नारे 'अंग्रेजो भारत छोड़ो' की पूर्णता का संतोष उनके चेहरे पर झलक रहा था। देशभक्ति की जो भावना नवयुवक नीलकंठ सहाय में थी, वही भावना और उत्साह उनके अंदर आज भी है। वे संभवत: पलामू के एकमात्र जीवित स्वतंत्रता सेनानी हैं।

नीलकंठ सहायजी बताते हैं, "9 अगस्त को गांधीजी के आह्वान पर देश में 'अंग्रेजो भारत छोड़ो' आंदोलन शुरू हो चुका था। पूरे देश में अंग्रेजों के खिलाफ निर्णायक जंग का माहौल बन चुका था। लाखों नवयुवक इस आंदोलन में कूद पड़े थे। किसी को इस बात की चिंता नहीं थी कि आगे उनका भविष्य क्या होगा? सभी का एक ही लक्ष्य था कि भारत से अंग्रेजों को भगाना है।"

वे राँची कॉलेज से इंटर की पढ़ाई पूरी कर चुके थे और बीए की पढ़ाई के लिए उनका नाम हजारीबाग के सेंट कोलंबस कॉलेज में लिखाया गया था। राँची में उनकी ननिहाल थी और उनके नाना कंत कुमार लाल यहाँ के नामी अधिवक्ता थे। उनका घर 'बलदेव भवन' आजादी के आंदोलन में शामिल लोगों के लिए केंद्र बिंदु था। यहीं रहने के दौरान उनका संपर्क आंदोलनकारियों से हुआ। सहायजी के अनुसार, "राँची में आंदोलन हुआ। हम तो पलामू से अरेस्ट नहीं हुए। पलामू में हमारे दूसरे भाई ऋषि कुमार सहाय, गंगा बाबू सहित सैकड़ों लोग जेल गए थे। 9 अगस्त से शुरू हुआ आंदोलन एक-दो दिन में ही तेज हो गया। उस टाइम हम थर्ड ईयर में थे और राँची में आंदोलन में कूदे। चारों तरफ बाजार, कॉलेज, स्कूल यानी सभी जगह आंदोलन शुरू हो गया था। इसी दौरान मुझे सात-आठ विद्यार्थियों के साथ अंग्रेजों के खिलाफ नारेबाजी करते हुए गिरफ्तार कर लिया गया। गिरफ्तारी के बाद राँची जेल लाया गया। यहाँ सिमडेगा, खूँटी, लोहरदगा आदि जगहों से ढाई-तीन सौ लोग भी थे। राँची जेल में ही एसडीओ की कोर्ट लगी और मुझे 'बी' क्लास कैदी के रूप में सजा सुनाई गई और हजारीबाग सेंट्रल जेल भेज दिया गया।"

नीलकंठ सहाय

नीलकंठ सहाय के पिता जयवंश सहाय डालटनगंज में अधिवक्ता थे। वही उनके आदर्श भी थे। वे कहते हैं, "आजादी की लड़ाई में भाग लेने के पीछे पिताजी की प्रेरणा थी। पिताजी जब वर्ष 1917 में पटना में आईए में पढ़ते थे तो वहाँ बिहार प्रोविंशियल कांग्रेस का अधिवेशन हुआ।

सैयद हसन इमाम उसके अध्यक्ष थे। पिताजी उस सम्मेलन में गए थे और वहीं से उनका राजनीतिक जीवन शुरू हुआ। आजादी की लड़ाई के दौरान उनकी गिरफ्तारी तो नहीं हुई थी, पर उनकी सक्रियता किसी से कम नहीं थी। बाद में पिताजी ने डालटनगंज में वकालत शुरू की और हिंदू महासभा के पलामू जिले के पहले अध्यक्ष भी रहे। स्वतंत्रता संग्राम के दौरान गांधीजी वर्ष 1927 में जब डालटगंज आए थे तो उनके सम्मान में आयोजित कार्यक्रम में वे मौजूद थे।"

नीलकंठ सहाय डेढ़ साल तक हजारीबाग जेल में रहे। यहाँ से रिहा होने के बाद उन्होंने अपनी पढ़ाई पूरी की। इसी दौरान उनका चयन सब रजिस्ट्रार के रूप में हो गया और कटिहार में योगदान देने के लिए कहा गया, पर उन्होंने यह नौकरी स्वीकार नहीं की। वर्ष 1947 में उनकी नौकरी लोक निर्माण विभाग (पीडब्ल्यूडी) में लगी। जिस शहर राँची में उनकी गिरफ्तारी हुई थी, वहीं से उन्होंने अपनी नौकरी शुरू की। यहीं रहते हुए उनकी शादी वर्ष 1953 में पार्वती सहाय से हुई। वर्ष 1956 में जब गढ़वा को सबडिवीजन का दर्जा मिला। यहाँ पीडब्ल्यूडी का ऑफिस स्थापित करने के लिए उनका तबादला यहाँ किया गया। करीब तीन वर्ष यहाँ रहने के बाद उनका स्थानांतरण डालटनगंज ऑफिस में हो गया। यहीं से 31 जनवरी, 1981 को वे प्रधान सहायक पद से सेवानिवृत्त हुए। इसके बाद वे फिर से सार्वजनिक और सामाजिक जीवन में सक्रिय हुए। वे अराजपत्रित कर्मचारी महासंघ के पलामू जिला कमेटी के अध्यक्ष रहे। छहमुहान स्थित मंगला काली मंदिर के ट्रस्टी के रूप में काम किया। जिले में स्वतंत्रता सेनानियों के संगठन बनाने में महत्त्वपूर्ण भूमिका निभाई।

आजादी के 25 साल पूर्ण होने पर 15 अगस्त, 1972 को तत्कालीन प्रधानमंत्री इंदिरा गांधी ने दिल्ली में आयोजित समारोह में उन्हें सम्मानित किया। जब आजादी के 50 साल पूरे हुए तो डालटनगंज के पुलिस स्टेडियम में आयोजित समारोह में 15 अगस्त, 1997 को उन्हें जिले के तत्कालीन उपायुक्त अमिताभ कौशल ने सम्मानित किया। झारखंड गठन के बाद कई मौकों पर राज्य के मंत्री, जनप्रतिनिधि और अधिकारी उन्हें सम्मानित करते रहे हैं।

'अंग्रेजो भारत छोड़ो' आंदोलन, हजारीबाग और जयप्रकाश नारायण की चर्चा होते ही नीलकंठ सहायजी के सामने अगस्त 1942 के तीसरे सप्ताह की सारी घटनाएँ तैरने लगती हैं। ऐसा लगता है कि वे फिर से युवा हो गए हैं और राँची में गिरफ्तारी के बाद हजारीबाग जेल पहुँच रहे हैं। वे कहते हैं, "हमें राँची जेल में सजा सुनाई गई। जब हम यहाँ से चले तो मन में कई भावनाएँ उमड़-घुमड़ रही थीं। पता नहीं वहाँ कौन मिलेगा...वह जेल कैसी होगी...अंग्रेज कब भारत छोड़कर जाएँगे और न जाने क्या-क्या।"

वे बताते हैं, 'हजारीबाग पहुँचते ही जयप्रकाशजी के दर्शन हुए। वे वहाँ पहले से थे। उन्हें देवली कैंप जेल से लाकर यहाँ रखा गया था। देवली जेल से जे.पी. प्रभावतीजी के माध्यम से कुछ कॉन्फिडेंशियल लेटर या पंफलेट बनाकर भेजना चाहते थे। इसी दौरान जेल प्रशासन ने उन्हें पकड़ लिया। परिणामस्वरूप वहाँ से हटाकर जेपी को हजारीबाग भेज दिया गया। इससे पहले जेपी ने 18 फरवरी, 1940 को जमशेदपुर में जबरदस्त भाषण दिया था। उन्होंने, श्रमिकों और छात्रों को खूब ललकारा था। अंग्रेजों के ऊपर सीधा हमला बोला था। इसके बाद उनकी गिरफ्तारी हुई, नौ महीने की सजा सुनाई गई और जेल में रखा गया।"

नीलकंठ बाबू फिर हजारीबाग जेल लौटते हैं। वे बताते हैं, "जेपी को जिस वार्ड में रखा गया था, उसे 'जूवेनाइल वार्ड' या 'छोकड़ा किला' कहा जाता था। ऐसा इसलिए, क्योंकि वहीं सीमांत गांधी खान अब्दुल गफ्फार खान को रखा गया था। उन्हें 'खुदाई खिदमतगार' भी कहा जाता था। उनके साथ रेड शर्ट (लाल कुर्ती) वाले छात्र की तरह लोग रहते थे। उन्हीं छात्रों के वहाँ रहने के कारण उसे 'जूवेनाइल वार्ड' या 'छोकड़ा किला' कहा जाता था। उस वार्ड में जेपी के साथ बहुत सारे क्रांतिकारी रहते थे। उनमें योगेंद्र शुक्ला, गुलाली सोनारी आदि शामिल थे। कई लोगों को अंडमान से यहाँ लाकर रखा गया था, क्योंकि अंडमान जापान के कब्जे में चला गया था। हजारीबाग जेल में हमलोगों को उन क्रांतिकारियों के दर्शन करने, उनके साथ बैठने और बात करने का बहुत अच्छा मौका मिला।"

जेपी से क्या सीखा? यह पूछने पर सहायजी कहते हैं, "क्रांति से लेकर

ज्ञान की न जाने कितनी बातें उनसे सीखीं। जयप्रकाश बाबू हर दिन आठ बजे हमलोगों का क्लास लेते थे। छात्र और सभी सयाने लोग वहाँ जाते थे। बगैर कॉपी-पेंसिल के बैठने नहीं देते थे। जेल में हमें कॉपी-पेंसिल मिलते थे और हम जेपी की बातों को नोट करते थे। इस दौरान जेपी से जो कुछ भी सीखा, वह पूरे जीवन के लिए दिशा देने वाला बन गया।"

जेपी के व्यक्तित्व पर सहायजी कहते हैं, "जयप्रकाशजी का व्यक्तित्व अद्‍भुत था। बिहार में दो ही लोग अद्‍भुत थे—डॉ. राजेंद्र प्रसाद और जयप्रकाश। दोनों में मैं एकरूपता पाता था। उनकी याद्‍दाश्त इतनी तेज थी कि कितने महीने या साल पहले किस फाइल में क्या लिखा है, यह उन्हें याद रहता था। पूछने भर की देर रहती और वे सारी बातें तुरंत बता देते थे। जयप्रकाश नारायण जिस कमरे में रहते थे, उसकी दो खासियतें थीं। पहली यह कि कमरे में एक ओर महात्मा गांधी का समाचार-पत्र 'हरिजन' एक ओर रखा रहता था और उन्हें यह याद रहता था कि किस अंक में गांधीजी ने क्या लिखा है। दूसरी खासियत उनके पलंग का बिल्कुल साफ-सुथरा होना था। उस पर एकदम सफेद चादर बिछी रहती थी। उस पर उनके साथ कोई बैठता नहीं था। लोगों के लिए कमरे में कुरसियाँ लगी रहती थीं। जयप्रकाश बाबू अध्ययन के प्रति सबसे ज्यादा जोर देते थे। उनके पास किताबों का खजाना था। कार्ल मार्क्स की किताब 'दास कैपिटल' पर उनकी जबरदस्त पकड़ थी। उसकी जितनी अच्छी व्याख्या वे करते थे, उतनी अच्छी व्याख्या शायद ही कोई और कर सके।"

8 नवंबर, 1942 को दिवाली थी और उसी दिन रात जयप्रकाश नारायण अपने साथियों से साथ हजारीबाग जेल से भागे थे। उस दिन को याद करते हुए नीलकंठ सहाय बताते हैं, "मेरे जैसे कैदी ही नहीं, जेल में काम करने वाले लोग दिवाली मनाने में लगे थे। जब अगले दिन सुबह लोगों को जेपी के भागने की जानकारी हुई तो जेल में हड़कंप मच गया। हम लोगों पर कड़ी निगरानी तो रखी जाती थी, पर उस घटना के बाद वह और सख्त हो गई। जेपी जब जेल में बंद थे तो उनके पास हाथी दाँत से बना शेविंग सेट (दाढ़ी बनाने का रेजर, ब्रश और साबुनदानी) था। जर्मनी

में बना वह सेट उन्हें बंबई के शेरिफ (मेयर) यूसुफ मेहर अली ने दिया था। उस सेट को मैंने देखा था। पूरा बक्सा और उसका कल-पुर्जा हाथी के दाँत का बना हुआ था। बाद में अंग्रेजों ने हजारीबाग जेल में जेपी के इस शेविंग सेट का क्या किया, कोई नहीं जानता है?'

आज के युवाओं के बारे में बात करते हुए सहायजी कहते हैं, "युवा देश के कर्णधार हैं, लेकिन आज के युवाओं और हमारे समय के युवाओं में अंतर है। आज के युवा अगर अपने को स्वदेशी बना लें तो क्रांति आ जाएगी। देश में क्रांति लाने के लिए ही जेपी ने वर्ष 1974 में 'संपूर्ण क्रांति' का आह्वान किया था। संपूर्ण क्रांति सिर्फ सत्ता बदलने की क्रांति नहीं है। इसमें राजनीतिक क्रांति, आर्थिक क्रांति, सामाजिक क्रांति, आध्यात्मिक क्रांति, किसान क्रांति, मजदूर क्रांति जैसी कई क्रांतियाँ शामिल हैं। इन सभी को मिलाकर जब क्रांति होती है तो जो सरकार बनती है, वह जनता की भलाई के लिए बनती है। जेपी की संपूर्ण क्रांति का भाव भी यही था।"

जेल में डेढ़ साल की सजा पूरी करने के बाद डालटनगंज के माहौल पर नीलकंठजी कहते हैं, "जेल से आए तो सब कुछ शांत हो गया था। अंग्रेजों ने सबको कुचलकर जेल में भर दिया था। उस समय अगर कोई कांग्रेस की टोपी पहनकर जाता तो उसे नजरबंद कर दिया जाता था या गिरफ्तार कर लिया जाता था। 'अंग्रेजो भारत छोड़ो' आंदोलन का असर ब्रितानी हुकूमत पर काफी भीतर तक पड़ा। उसका परिणाम यह हुआ कि देश को 15 अगस्त, 1947 को आजादी मिली। हमें इस आजादी की कीमत समझनी चाहिए। असंख्य लोगों के बलिदान से हमें आजादी मिली है।"

18 मार्च, 1940 को रामगढ़ में कांग्रेस का ऐतिहासिक सम्मेलन शुरू हुआ था। इस सम्मेलन में सवा 17 साल के किशोर नीलकंठ सहाय भी शामिल हुए थे। रामगढ़ कांग्रेस की चर्चा होते ही उन्होंने यादों का पिटारा ही खोल दिया। उनके अनुसार, "बड़े-बड़े नेता आए हुए थे। बहुत बड़ा अधिवेशन था। यह अनोखा अधिवेशन था। अनोखा इसलिए, क्योंकि यहाँ दो अधिवेशन समानांतर साथ चले। एक सुभाष चंद्र बोस के फॉरवर्ड ब्लॉक का और दूसरा कांग्रेस का। दोनों अधिवेशनों में इतनी संख्या में लोग आए

थे कि चारों ओर केवल सिर-ही-सिर दिखाई पड़ते थे। मुझ जैसे कई वालंटियर व्यवस्था में लगे थे। मैं उस अधिवेशन में सेवादल की तरफ से गया था। मेरे साथ पलामू के कई लोग भी गए थे। वर्धा, साबरमती, बंबई, पूना, कानपुर, दिल्ली के सेवादल के कार्यकर्ता भरे हुए थे। वहाँ बहुत बड़ी प्रदर्शनी लगी थी। उसमें ग्रामोद्योग से लेकर आजादी के संघर्ष की दास्तान दिखाई गई थी। यह प्रदर्शनी इतनी बड़ी थी कि सुबह जाइए तो रात तक देखते रहिए।"

जब उनसे गांधीजी के वहाँ आने के बारे में पूछा गया तो उनका जवाब था, "मैंने वहाँ गांधीजी के दर्शन किए थे। वे बहुत ही सुंदर कॉटेज में रुके थे। जवाहर लाल नेहरू, जे.बी. कृपलानी, मौलाना आजाद सभी के अलग-अलग कॉटेज बने थे। सम्मेलन के दौरान जोरदार बारिश हुई थी। कई टेंट गिर गए, पूरा मैदान पानी से भर गया, पर लोगों का उत्साह कम नहीं हुआ। वह अधिवेशन स्वतंत्रता की लड़ाई को निर्णायक गति देने वाला अधिवेशन बना।" नीलकंठ सहायजी उस अधिवेशन की स्मृति मंजूषा धरोहर के रूप में छोड़ गए हैं। डालटनगंज दूरदर्शन से प्रसारित एक कार्यक्रम के दौरान उन्होंने इस किताब के पन्नों को बड़े ही भावुक होकर पलटा था। उस दौरान उनके शब्द थे, "यह तसवीर रवींद्र नाथ टैगोर की है। उन्होंने अपना संदेश कविता के रूप में उस अधिवेशन के लिए भेजा था। यह गांधीजी की तसवीर उनकी कुटिया के बाहर की है। ये नेहरूजी अपनी बहन और बेटी के साथ हैं। यह सुभाष चंद्र बोस की तसवीर है।"

नीलकंठ बाबू रामगढ़ से नई ऊर्जा लेकर लौटे थे। भारत माँ को गुलामी से मुक्त कराने के लिए देशभक्तों और क्रांतिकारियों की टोली में शामिल होने की प्रेरणा लेकर लौटे थे। नीलकंठ सहायजी के पिता का नाम जयवंश सहाय और माँ का नाम दमयंती सहाय था। उनका जन्म 22 दिसंबर, 1922 को डालटनगंज के अमलाटोली मुहल्ले में हुआ था। उनके तीन भाई स्वतंत्रता सेनानी—ऋषि कुमार सहाय, उमेश चंद्र सिन्हा और रमेश चंद्र सिन्हा थे। बहन का नाम रेणु सहाय था। 12 मार्च, 1921 को नीलकंठ सहाय ने आखिरी साँस ली। वर्तमान में उनकी पत्नी पार्वती सहाय और बेटे अमित

सहाय के साथ थाने के सामने स्थित अपने आवास में रहती हैं। निभा और निमा इनकी दो बेटियाँ हैं।

ऋषि कुमार सहाय

ऋषि कुमार सहाय अपने बड़े भाई के साथ मार्च 1940 में रामगढ़ कांग्रेस में गए थे। उन्होंने नेताजी सुभाष चंद्र बोस का भाषण डालटनगंज में सुना था। इसके बाद वे उनके अनुयायी हो गए। उनकी नजदीकी गंगा प्रसाद से थी तो वे उनके साथ गणेश प्रसाद वर्मा के पास जाने लगे और क्रांतिकारी गतिविधियों में शामिल हो गए। उन्होंने गंगा प्रसाद, काजी साद सैयद और वासुदेव नारायण के साथ भूमिगत होकर काम करना शुरू किया। इन्हीं साथियों के साथ 19 अक्तूबर की सुबह इन्हें गिरफ्तार कर लिया गया था। उन्हें पहले डालटनगंज और बाद में हजारीबाग जेल में रखा गया।

जेल से निकलने के बाद सहायजी ने पढ़ाई पूरी की और कुछ दिन गढ़वा में ठेकेदारी का काम किया। बाद में उनकी नौकरी सीसीएल में लग गई और वे बोकारो चले आए। इसी दौरान उनकी शादी लोहरदगा की मालती देवी से हुई। सीसीएल बोकारो से जनवरी 1986 में वे सेंट्रल इंस्पेक्टर के पद से सेवानिवृत्त हुए। यहीं वे मजदूर नेता और बिहार के पूर्व मुख्यमंत्री विंदेश्वरी दूबे के नजदीक आए और मजदूर यूनियन के सचिव भी रहे। नौकरी के दौरान ही उन्हें एक बड़ा झटका तब लगा, जब उनके बड़े बेटे गिरिराज सहाय की डूबने से मौत हो गई। उनके बेटे अनल सहाय राँची में रहते हैं और उनकी पाँच बेटियाँ ममता देवी, नमिता देवी, इति देवी,

संगीता सहाय और अनामिका देवी हैं। उनका जन्म 23 सितंबर, 1923 को डालटनगंज में और निधन 25 फरवरी, 2012 को राँची में हुआ था।

नोट—जब यह आलेख लिखा गया था, तब नीलकंठ सहाय जीवित थे। वे एकमात्र स्वतंत्रता सेनानी थे, जिनसे बात करने के बाद उनके बारे में लिखा गया था। इसी वजह से इसे संपादित नहीं किया गया है।

□

19

वेद प्रकाश भसीन, तीरथ प्रकाश भसीन

डालटनगंज के क्रांतिकारियों की एक टोली जोगियाही के रेलवे पुल को उड़ाने की योजना में लगी थी। सारी तैयारी पूरी हो गई थी। गोला-बारूद इकट्ठा कर लिया गया था। बस तय दिन का इंतजार था। यह वक्त था वर्ष 1942 में 'अग्रेजो भारत छोड़ो' क्रांति के 9 अगस्त को शुरू होने के बाद का और महीना था अक्तूबर का। उस टोली में दो भाई तीरथ प्रकाश भसीन और वेद प्रकाश भसीन शामिल थे। एक ओर इन क्रांतिकारियों का जोश चरम पर था तो दूसरी ओर फिरंगी हुकूमत के भेदिए हर ओर खासकर बेलवाटिका मुहल्ले में किसी भी तरह की जानकारी पाने के लिए टोह में लगे हुए थे।

बेलवाटिका के ही एक भेदिए ने पुलिस को सूचना दी कि वेद प्रकाश भसीन क्रांतिकारियों के साथ कसाई मुहल्ले में छुपे हैं। बस फिर क्या था? पुलिस अधीक्षक रामनारायण सिंह उन सभी को गिरफ्तार करने की तैयारी में लग गए। सिपाहियों ने तीरथ प्रकाशजी को रास्ते में ही पकड़ लिया। उसके बाद पूरी पलटन कसाई मुहल्ले के अमीन मजीद के घर पहुँची। घर को चारों तरफ से घेर लिया गया। 20 अक्तूबर, 1942 की शाम वेद प्रकाश भसीन, उनके साथी राजेश्वर अग्रवाल और कुछ अन्य क्रांतिकारी पुलिस की पकड़ में आ गए। पुलिस को देखते ही उन सभी ने 'भारत माता की जय', 'वंदे मातरम्', 'अंग्रेजो भारत छोड़ो' के नारे लगाने शुरू कर दिए। उनका खौफ

इतना था कि उन्हें कड़ी सुरक्षा में डालटनगंज जेल लाया गया। वहाँ उन्हें सजा हुई और हजारीबाग जेल भेज दिया गया।

वेद प्रकाश भसीन का जन्म 31 मार्च, 1921 को हुआ था। उनके पिता का नाम बैसाखी राम भसीन और माँ का नाम माया देवी भसीन था। उनकी पढ़ाई डालटनगंज में ही हुई। जब वे पाँच साल के थे तभी उनके पिता का निधन हो गया था। माँ के आदर्शों ने उन्हें काफी मजबूत बनाया और युवा होते ही वे क्रांतिकारी गतिविधियों में शामिल हो गए। वेद प्रकाश भसीन जब गिरफ्तार किए गए तब उनकी पत्नी शांति भसीन गर्भवती थीं। हजारीबाग जेल में एक दिन उन्हें एक टेलीग्राम मिला। उसमें लिखा था 'Shanti is blessed with a son'। 9 मार्च, 1943 को उनके बेटे प्रेम भसीन का जन्म हुआ था। जैसे ही यह सूचना मिली, जेल में बंद कैदियों, खासकर पलामू के कैदियों, में खुशी का माहौल छा गया। जो भी मिठाई उपलब्ध थी, वही बाँटी गई। प्रेम भसीन के लिए पिताजी का जीवन प्रेरणा का सबब है। वे बताते हैं कि मेरी दादी संघर्ष और जीवट की मिसाल थीं। अंग्रेजों के सिपाही बार-बार घर पर दबिश ही नहीं देते थे बल्कि वहाँ मौजूद लोगों से दुर्व्यवहार और प्रताड़ित भी करते थे। एक बार सिपाहियों ने दादी से पूछा, "बुढ़िया! तुम्हारा बेटा कहाँ है?" इस पर दादी का जवाब था, "मुझे नहीं पता है। यदि पता भी होता तो तुम गद्दारों को नहीं बताती।"

वेदप्रकाश भसीन

प्रेम भसीन बताते हैं, "पिताजी शुरू में क्रांतिकारियों की मदद करते थे। धीरे-धीरे नारेबाजी और पर्चेबाजी करते हुए वे खुद अग्रिम पंक्ति में आ गए। गोला-बारूद लाने और बम बनाना सीखने के लिए वे बसावन

सिंह और राजेंद्र सिंह के साथ अफगानिस्तान तक गए थे। उन्हें उस टीम में इसलिए रखा गया था कि वे पंजाबी भाषी थे और उनकी बहन लीला साहनी की शादी अफगानिस्तान सीमा से सटे क्वेटा (अब पाकिस्तान में) में हुई थी। पंजाबीभाषी होने के कारण उन सभी को भाषा की समस्या नहीं आई। बहन के क्वेटा में रहने के कारण ठहरने की व्यवस्था हो गई। बाद में वहाँ से वे सभी लोग काफी सामान और जानकारी लेकर लौटे थे।"

जब उन्होंने वहाँ से लौटकर इन जानकारियों को अपने नेता गणेश प्रसाद वर्मा से साझा किया तो वे बहुत खुश हुए। इसके बाद अपने साथ के क्रांतिकारियों को भी गोला-बारूद के इस्तेमाल से लेकर बम बनाने की कला सिखाई। यह इन क्रांतिकारियों का दुर्भाग्य ही था कि जब वे इसका इस्तेमाल करते, उससे पहले ही उन्हें पकड़ लिया गया। गिरफ्तारी के बाद उन्हें पहले डालटनगंज जेल में रखा गया और सजा सुनाने के बाद हजारीबाग भेज दिया गया। जेल में रहने के दौरान ही वे जयप्रकाश नारायण सरीखे बड़े नेता के संसर्ग में आए और उनकी क्लास में बैठक क्रांति व सामाजिक जीवन के बारे में बहुत कुछ सीखा।

झारखंड विधानसभा के प्रथम अध्यक्ष और पूर्व सांसद इंदर सिंह नामधारी वेद प्रकाश भसीन को याद करते हुए कहते हैं, "जब मेरा परिवार बँटवारे के बाद डालटनगंज आया तो भसीनजी के ही मकान में किराए पर रहा। वे बड़े क्रांतिकारी थे, स्वतंत्रता की लड़ाई में उनके योगदान को नहीं भुलाया जा सकता। उनके शांत स्वभाव ने मुझे काफी प्रभावित किया है।"

चेतन आनंद जिले के क्रांतिकारियों के अगुआ गणेश प्रसाद वर्मा के पोते हैं। वे बताते हैं, "मुझे दादाजी (वेद प्रकाश भसीन) के साथ काफी समय बिताने का मौका मिला है। एक बार वर्ष 1990 में मैं उनके साथ वैष्णो देवी की यात्रा पर गया। वे कटरा से लेकर भवन तक कपड़े के जूते पहनकर चढ़ गए थे। उनमें मेरे जैसे नौजवानों से भी ज्यादा उत्साह था। इसी दौरान मेरे दादाजी के बारे में उन्होंने कहा था कि गणेश वर्मा तो शेर आदमी थे। हमलोगों ने उन्हीं के नेतृत्व में देशसेवा का मंत्र लिया था। उन्हीं के निर्देश पर हमलोग काम करते थे।"

प्रेम भसीन के अनुसार, "उनके चाचा तीरथ प्रकाश भसीन रेलवे में असिस्टेंट फोरमैन थे। उनकी तैनाती बिहार के जमालपुर में थी। वे घर आए हुए थे। यहाँ का माहौल देखकर उन्होंने क्रांतिकारियों की मदद करना शुरू कर दिया और बाद में अंग्रेजों की गिरफ्त में आ गए। इसका नतीजा यह हुआ कि उनकी नौकरी चली गई। उनकी गिरफ्तारी 13 अक्तूबर को भी हुई थी। उनके साथ मोतीलाल सेठ भी पकड़े गए थे।" 1945 में दोनों भाइयों को जेल से रिहा किया गया। उसके बाद वे आजादी की लड़ाई में शामिल रहे। 15 अगस्त, 1947 को जब देश ने आजादी पाई तो वे दोनों भाई समाज सेवा में सक्रिय रहे। वेद प्रकाश भसीन डालटनगंज नगरपालिका के वार्ड नंबर एक से छह बार, तीरथ प्रकाश भसीन वार्ड नंबर दो से दो बार पार्षद भी चुने गए। तीरथ राम भसीनजी का निधन 6 जून, 1995 और वेद प्रकाश भसीन का निधन 5 अगस्त, 2007 को हुआ। डालटनगंज में जिस शिला पर उन दोनों भाइयों का नाम खुदा है, उसमें थोड़ी गलती है, तीरथ प्रकाशजी का नाम 'रिछ प्रकाश' लिखा हुआ है। इसे भी सुधारने की जरूरत है।

तीरथ प्रकाश भसीन

थोड़ी जानकारी उनके परिवार के बारे में भी देनी जरूरी है। बैसाखी राम भसीन मैकडोनाल्ड कंस्ट्रक्शन नाम की कंपनी में काम करते थे। उस कंपनी को वर्ष 1913 में गाड़ी गाँव के पास दुर्गावती नदी पर रेलवे का पुल बनाने का ठेका मिला था। उसी का काम देखने के लिए बैसाखी रामजी को यहाँ भेजा गया था। बाद में उस कंपनी ने रेल बिछाने का काम किया। वह भी उनकी ही देखरेख में हुआ। बाद में जब अंग्रेजों ने सदर अस्पताल में

ओपीडी का निर्माण कराया तो उसे भी बनवाने का जिम्मा बैसाखी रामजी को ही मिला। उन्होंने वर्ष 1915–16 में अपना काम शुरू किया और वर्ष 1918 में डालटनगंज के बेलवाटिका मुहल्ले में जमीन लेकर वहीं मकान बनवाय। उनकी ठेकेदारी जमने लगी, पर वर्ष 1936 में उनका देहांत हो गया। परिवार की सारी जिम्मेदारी माया देवी पर आ गई। उस विकट घड़ी में न सिर्फ उन्होंने बच्चों को सँभाला बल्कि पति के छोड़े हुए कामों को पूरा किया। उन्होंने कई सरकारी ठेके लिए और गढ़वा से नगर के बीच बने 17 में से नौ ब्रिज व कल्वर्ट उन्हीं के बनवाए हुए हैं। बाद में वे डालटनगंज में म्युनिसिपल कमिश्नर बनीं। इस जिम्मेदारी के बाद उन्होंने ठेकेदारी का काम छोड़ दिया। उन्होंने 16 अप्रैल, 1992 को आखिरी साँस ली।

□

20

लक्ष्मी प्रसाद, गौरीशंकर गुप्ता

वर्ष 1942 की क्रांति में गढ़वा के दो भाइयों ने अंग्रेजों की नाक में दम करके रख दिया था। वे भाई थे लक्ष्मी प्रसाद और गौरीशंकर गुप्ता। यूँ तो दोनों की उम्र में दस साल का अंतर था, पर उनके विचार काफी मेल खाते थे। अंग्रेजों के खिलाफ कब और कहाँ आंदोलन करना है, उसकी जानकारी मिलते ही दोनों भाई लोगों को एकत्र करने के लिए निकल पड़ते थे। गढ़वा और आसपास के इलाकों में कांग्रेस की सभाओं में दोनों भाई साथ ही जाते थे। लोगों के मन में आजादी के आंदोलन के प्रति अलख जगाने में भी उनकी महत्त्वपूर्ण भूमिका रहती थी। गिरफ्तार करने के बाद अंग्रेजों ने पहले तो उन्हें काफी यातनाएँ दीं और बाद में जेल भेज दिया। उनके माता-पिता मूल रूप से डुमराँव के निवासी थे और जब लक्ष्मी प्रसाद की उम्र एक साल थी तब वे वर्ष 1911 में गढ़वा आकर बस गए थे।

लक्ष्मी प्रसाद की प्रारंभिक शिक्षा पंडित रामदयाल शर्मा के यहाँ रहकर हुई थी। उनकी देखरेख में ही उन्होंने हायरसेकेंड्री की परीक्षा पास की थी। वे अंग्रेजों द्वारा भारतीय लोगों को सार्वजनिक रूप से अपमानित होते देखकर काफी व्यथित होते थे। उनके साथ नकछेदी राम, रामनाथ वर्मा, मार्कंडेय पांडेय जैसे मित्रों की टोली थी। वे लोग जब किसी अंग्रेज को अत्याचार करते हुए देखते थे तो हंगामा शुरू कर देते थे। अंग्रेज के अकेले होने पर उसे धमकी देकर भगा भी देते थे। इसकी वजह से वे अंग्रेजों की निगाह में चढ़े

लक्ष्मी प्रसाद गुप्ता

हुए थे। उन्हें चिह्नित कर अंग्रेजों ने गिरफ्तार किया था। जब उन्हें डालटनगंज जेल भेजा गया तो उन्होंने जेलकर्मियों को तंग करना शुरू कर दिया। उनके व्यवहार से जेलर सहित सभी लोग काफी खफा हो गए। पहले तो उन्हें सुधरने की चेतावनी दी गई, पर ऐसा नहीं करने की वजह से उन्हें हजारीबाग जेल भेज दिया गया।

दूसरी ओर, लक्ष्मी प्रसाद के छोटे भाई गौरीशंकर गुप्ता को 13 अगस्त को गिरफ्तार किया गया था। उस दिन गढ़वा में गौरीशंकर गुप्ता, गोपाल प्रसाद, विश्वनाथ साव और रामकिशोर तेली के नेतृत्व में स्कूली छात्रों का उग्र प्रदर्शन हुआ था। शराब की भट्ठियाँ तोड़ दी गई थीं और सरकारी इमारतों को भी क्षति पहुँचाने की कोशिश की गई थी। पुलिस ने इन सभी को गिरफ्तार कर लिया और डालटनगंज जेल भेज दिया।

विनय केशरी के लिए लक्ष्मी प्रसाद और गौरीशंकर गुप्ता का पोता होना गर्व का विषय है। वे कहते हैं, "वे दोनों भाई आपसी प्यार की मिसाल थे। जितना प्यार वे अपनी माता से करते थे, उतना ही भारत माता से भी करते थे। बड़े भाई लक्ष्मी प्रसाद यानी मेरे दादाजी ने जेल से रिहा होने के बाद राजनीति में सक्रियता बनाए रखी जबकि छोटे दादा ने व्यवसाय के साथ सामाजिक कार्यों में रुचि दिखाई। दादाजी गढ़वा में हाई स्कूलों की कमी की वजह से चिंतित रहते थे। इस बात पर उन्होंने अपने मित्र नकछेदी राम से चर्चा की। उसके बाद दोनों ने तय किया कि वे अपने पिता के नाम पर यहाँ स्कूल खोलेंगे। यह अद्भुत संयोग था कि दोनों के पिता का नाम एक ही था। लक्ष्मी

प्रसाद के पिता का नाम रामा प्रसाद तो नकछेदी राम के पिता का नाम रामा राम था। उसके बाद यहाँ रामा साहू स्कूल की स्थापना मथुराबाँध के पास की गई।'

बाद में लक्ष्मी प्रसाद की राजनीतिक सक्रियता बढ़ती चली गई और वे कांग्रेस के पलामू जिला अध्यक्ष भी चुने गए। तत्कालीन प्रधानमंत्री पं. जवाहरलाल नेहरू जब वर्ष 1962 में डालटनगंज आए थे तब वे ही जिला अध्यक्ष थे और सभा की अध्यक्षता भी उन्होंने ही की थी। वर्ष 1967 में उन्होंने कांग्रेस के टिकट पर विधानसभा का चुनाव भी लड़ा और विजय हासिल कर विधायक भी बने। उन्होंने रेहला में कोयल नदी पर बनने वाले पुल के लिए भी काफी संघर्ष किया था। इसकी वजह से ही इस नदी पर रेलवे और रोड के पुल बने। इन पुलों का उद्घाटन तत्कालीन मुख्यमंत्री श्रीकृष्ण सिंह ने किया था। एक बार जब डालटनगंज से औरंगाबाद जाने वाली सड़क पर सिर्फ सरकारी बसों को चलाने का फैसला हुआ तो गढ़वा से जाने वाली बसें पड़वा मोड़ पर रोक दी जाने लगीं। तब वे आरटीए के सदस्य थे। उनके कहने पर पहले तो बसों को डालटनगंज जाने की अनुमति दी गई और बाद में फैसले को भी बदला गया। गढ़वा में डीएवी स्कूल की स्थापना और उसे सरकारी मान्यता दिलाने में भी उनका महत्त्वपूर्ण योगदान था। लक्ष्मी प्रसाद का जन्म 10 मार्च, 1910 को और निधन 7 नवंबर, 1996 को हुआ था।

गौरीशंकर गुप्ता

दूसरी ओर, जेल से छूटने के बाद गौरीशंकर गुप्ता अपने व्यवसाय में लग गए। जब आजादी की लड़ाई में शामिल लोगों को पेंशन देने की घोषणा की गई तो उन्होंने उसे लेने से इनकार कर दिया। उनका तर्क था कि वे पेंशन या किसी अन्य सुविधा के लिए स्वतंत्रता आंदोलन में नहीं कूदे थे। उनका मकसद देश को आजाद

कराना था और इस मकसद को पूरा करने में वे सफल रहे। व्यवसाय के साथ ही शहर में होने वाले सामाजिक कार्यक्रमों में वे सक्रिय भूमिका निभाते रहे। उन दोनों भाइयों को वर्ष 1972 में प्रधानमंत्री के ताम्र-पत्र से सम्मानित भी किया गया था। उनके नाम प्रखंड कार्यालय पर लगे शिलालेख पर भी खुदे हुए हैं। गौरीशंकर गुप्ता का जन्म गढ़वा में 9 जून, 1920 को और निधन 19 अक्तूबर, 2002 को हुआ था।

लक्ष्मी प्रसाद के दो बेटों के नाम राजेंद्र प्रसाद केशरी, विजय कुमार केशरी और तीन बेटियों के नाम सत्यवती देवी, कुसुम देवी व मीरा देवी हैं। गौरीशंकर गुप्ता के बेटों के नाम बसंत कुमार केशरी, अरुण प्रसाद, विनोद कुमार केशरी, बेटियों के नाम माधुरी देवी और वीणा देवी हैं। दोनों भाइयों के पिता का नाम रामा प्रसाद और माता का नाम रघुवंशी देवी था।

□

21
गंगा प्रसाद

डालटनगंज के शिवाजी मैदान में नेताजी सुभाष चंद्र बोस का क्रांतिकारी भाषण चल रहा था। तारीख थी 10 फरवरी और साल था 1940, यानी कि आजादी की जंग के लिए दीवाना होने का साल। इधर, भाषण चल रहा था और उधर मैदान में मौजूद 17 साल के किशोर के दिल में उनके हर शब्द अपनी जगह बनाते जा रहे थे। नेताजी के 'वंदे मातरम्' के नारे ने तो सबसे ज्यादा असर दिखाया। फिर क्या था, अगले दिन इस मैदान के बगल में स्थित गिरिवर स्कूल में नौवीं के एक छात्र ने अपने साथियों के साथ मिलकर तय किया कि सरस्वती वंदना से पहले वंदे मातरम् का गान किया जाएगा। और, यह हुआ भी। ये छात्र और कोई नहीं गंगा प्रसादजी थे, जिन्हें लोग 'गंगा बाबू' के नाम से जानते हैं।

गंगा बाबू और उनके मित्रों ने जैसे ही 'वंदे मातरम्' का गान किया, स्कूल में हंगामा मच गया। हेडमास्टर साहब घबरा गए। तब तक 'वंदे मातरम्' का गान पूरा हो चुका था और भारत माता की जय के नारे गूँजने लगे थे। हेडमास्टर साहब ने सभी छात्रों से कहा कि ऐसा करने पर उन्हें पुलिस पकड़ सकती है, पर नेताजी का भाषण सुन चुके इन किशोरों के दिल और दिमाग से डर नाम का शब्द गायब हो चुका था। हालाँकि, पुलिस ने इन सभी को थाने में बुलाया, पर चेतावनी देकर घर भेज दिया।

इस घटना के बाद गंगा बाबू के मन में देशप्रेम, क्रांति, आजादी की भावना तो घर कर ही गई, पुलिस का भय भी खत्म हो गया। उन्होंने वर्ष 1942 में मैट्रिक किया और आगे की पढ़ाई के लिए बनारस हिंदू विश्वविद्यालय में नाम लिखाया। देश में जब 'अंग्रेजो भारत छोड़ो' का आंदोलन शुरू हुआ तो गंगा बाबू के लिए कहीं रुकना मुश्किल था। क्रांति की मशाल थामे वे डालटनगंज आ गए और फिर शुरू हुआ उनका संघर्ष। उनकी सोच अंग्रेजों से सीधे संघर्ष की थी। यही कारण था कि उस समय के बड़े कांग्रेसी नेता यदुवंश सहाय समेत आठ लोगों पर भारतीय रक्षा कानून की धारा 26 के तहत बिना मुकदमा चलाए नजरबंदी का आदेश हुआ, उनमें गंगा बाबू जैसे कम उम्र के नौजवान भी थे। यदु बाबू गिरफ्तार हुए, पर उनके काफी नजदीकी रहे गंगा बाबू अपने साथियों के साथ मिलकर आंदोलन चलाते रहे। रेल की पटरी उखाड़ना, पुल उड़ाना, शराब की भट्ठियाँ जलाना, लोगों को संगठित कर सरकार की पाबंदियों को तोड़ते हुए जिले में जुलूस निकालना, अनशन करना इनका काम था। इस बीच, कई प्रमुख नेता गिरफ्तार होते चले गए और आंदोलन धीमा होने लगा। शहर में पुलिस की गश्त बढ़ा दी गई और अंग्रेजों का दमन काफी तेज हो गया। गंगा बाबू और उनके साथियों ने इस दौरान पुलिस पर हमले तक किए। उन लोगों के ठिकाने काफी गुप्त होते थे, पर 16 अक्तूबर को पुलिस को उनके ठिकाने की जानकारी मिल गई और उन्हें घेर लिया गया। अंग्रेजों के कमांडर फिशर ने घर गिराने की धमकी दी। यह घर काजी सैयद का था और घर में उनकी माँ, भाभी और एक बीमार भाई थे। उन लोगों ने पहले उन्हें घर से निकाला और बगल के बँगले में नौकर के रूप में

काम करने वाले अपने साथी के पास भेज दिया, फिर रात में दस्तावेज आदि जलाकर नष्ट कर दिए।

19 अक्तूबर को दशहरा था। उसी दिन सुबह गंगा बाबू अपने तीन साथियों काजी सैयद, वासुदेव नारायण और ऋषि कुमार सहाय के साथ गिरफ्तार कर लिये गए। उन्हें क्रमशः तीन और दो-दो साल की सजा हुई। गंगा बाबू को पाँच साल की सजा हुई और तीन हजार रुपए का जुरमाना भी लगा। उन पर चार मुकदमे लाद दिए गए। पहले उन्हें डालटनगंज की जेल में रखा गया। एक मुकदमे के सिलसिले में उन्हें गिरीडीह भेजा गया, पर पहचान नहीं होने के कारण वापस डालटनगंज भेज दिया गया। उसके बाद दो केस में सजा होने के बाद उन्हें हजारीबाग जेल भेज दिया गया। तीसरे केस के लिए फिर डालटनगंज लाया गया, जब सजा सुनाई गई तो गया सेंट्रल जेल भेज दिया गया। यहाँ आए दो दिन ही हुए थे कि चौथे मुकदमे के लिए फिर डालटनगंज लाया गया। जब उसमें भी सजा सुना दी गई तो फिर गया पहुँचा दिया गया।

अब तक अंग्रेजों ने गंगा बाबू को गिरफ्तार कर सजा ही दी थी, पर उनके असली रूप से उनका पाला नहीं पड़ा था। गया जेल में आंदोलनकारियों के साथ काफी बुरा व्यवहार होता था। छह महीने रहने के बाद उनका आक्रोश फूट पड़ा और वे अपने 11 साथियों के साथ अनशन पर ही नहीं बैठे बल्कि अंग्रेजों के खिलाफ जेल में ही आंदोलन छेड़ दिया। अनशन के बीच में ही गया के अंग्रेज डिप्टी कलेक्टर बालज ने गंगा बाबू सहित 11 लोगों की बेंत से काफी पिटाई की। कहा तो यहाँ तक जाता है कि गंगा बाबू पलामू के चंद क्रांतिकारियों में से एक थे, जिनके साथ जेल में 'कैनिंग' (बेंत या डंडे से पिटाई) की गई। बाद में जेल प्रशासन को झुकना पड़ा और उनकी माँगें मानी गईं। गंगा बाबू के इस रूप से अंग्रेज काफी सहम गए और उन्हें पटना भेज दिया। यहाँ की जेल में 14 महीने रहे और अंग्रेजों के अन्याय के खिलाफ 20 साथियों के साथ 19 दिनों तक अनशन किया। इस दौरान उनका शारीरिक स्वास्थ्य गिरा तो अंग्रेजों का मानसिक स्वास्थ्य। उन्हें अस्वस्थ रहते हुए ही भागलपुर भेज दिया गया।

गंगा बाबू के दूसरे पुत्र प्रिय रंजन 'सुधीर' अपने पापा के बारे में बताते

हुए कई बार भावुक हुए तो कई बार उनकी तीक्ष्ण बुद्धि की चर्चा करते हुए गर्वान्वित। वे बताते हैं, "एक बार पुलिस पापा को पकड़ने के लिए जेलहाता के मथुरा निवास पहुँची। वहाँ वे किराए पर रहते थे। जब अफसर के आने की जानकारी उन्हें मिली तो वे बरतन माँजने बैठ गए। अफसर ने जब पापा का नाम लेकर पूछा तो उन्होंने कहा कि हम तो नौकर हैं, साहब! गंगा बाबू के बारे में कुछ पता नहीं है। कई दिन से गायब हैं। इसी तरह की एक घटना उनके गाँव पाटन थाना के लामीपतरा में हुई। पुलिस उन्हें पकड़ने पहुँची तो उनके छोटे भाई ने बताया कि भैया उधर पेड़ के नीचे बैठे हैं। पुलिस वहाँ पहुँची तो गंगा बाबू ने उन्हें यह कहते हुए टहला दिया कि हाँ, अभी तो यहीं थे, पर न जाने किधर चले गए। गंगा बाबू के बड़े भाई राजेंद्र प्रसाद डालटनगंज में ही ताइद थे। अपनी भाभी को वे बढ़की भऊजी कहते थे। रात में आने के बाद वे पक्षियों और जानवरों की आवाज निकालते थे, जिससे वे समझ जाएँ कि दरवाजा खोलना है। भाभी भी जैसे इंतजार में रहती थीं, आवाज सुनते ही दरवाजा खुल जाता था।

गंगा बाबू का जन्म 23 नवंबर, 1923 को हुआ था और 3 अगस्त, 2006 को उन्होंने आखिरी साँस ली। उनके पिताजी का नाम देवनाथ सहाय और माँ का नाम सुंदरवास देवी था। पिताजी जमींदार थे और वे नहीं चाहते थे कि उनका बेटा क्रांतिकारी बने। माँ वैद्य थीं और आसपास के गाँवों में नालकी से उपचार करने के लिए जाती थीं। घर में बड़ी बहन का स्वभाव क्रांतिकारियों वाला था और वही अपने छोटे भाई को उत्साहित करती थीं। मई, 1947 में जब वे जेल से छूटकर आए तो अपने गाँव पहुँचे। यहाँ उन्हें अपना कमरा व्यवस्थित और साफ नहीं लगा तो वे सफाई में जुट गए। आजादी मिलने के बाद भी गंगा बाबू का संघर्ष और समाज के प्रति सहयोग का रवैया जारी रहा। उनका कद भले ही पाँच फीट चार इंच था, पर वह 'कद' इतना बड़ा था कि हम आज भी उनके प्रति श्रद्धा के साथ गर्व कर सकते हैं।

गंगा बाबू जब हजारीबाग जेल में बंद थे तब वे जयप्रकाश नारायण के करीब आए। पलामू में जब वर्ष 1966-67 में अकाल पड़ा और यहाँ के लोगों के दर्द की जानकारी जेपी तक पहुँची तो उनके दिल और दिमाग में यहाँ राहत

कार्य चलाने की योजना बनने लगी। उस समय वे बिहार रिलीफ कमेटी के बैनर तले राज्य में पड़े अकाल से पीड़ित लोगों के लिए काम कर रहे थे।

गंगा प्रसादजी स्वतंत्रता सेनानी थे। कांग्रेस में तो वे थे ही, पर समाज-सेवा की भावना उनके रग-रग में भरी थी। लोगों की मदद के लिए वे गाँव-गाँव तक चले जाते थे। किसान परिवार से थे, इसलिए किसानों का दर्द भीतर तक महसूस करते थे। जेपी और उनकी पत्नी प्रभावतीजी से उनके अत्यंत ही निकट के रिश्ते थे। वे दोनों उन्हें पुत्र की तरह मानते थे। पलामू की स्थिति जानने के बाद उनके सामने सिर्फ एक ही चेहरा उभरा। और वह चेहरा था गंगा बाबू का। उन्होंने गंगा बाबू को तत्काल पटना बुलाया और बिहार रिलीफ कमेटी के क्षेत्र प्रभारी का जिम्मा सौंपा। वहाँ से लौटने के बाद गंगा बाबू बिना रुके रिलीफ के काम में लग गए। इस काम में वे ऐसे जुटे कि 10-10, 12-12 दिन तक घर नहीं लौटते थे। जिले के कई गाँवों में कुएँ खोदे गए, रहट लगाए गए और तालाब खुदवाए गए। बड़ी संख्या में भोजन वितरण केंद्र खोले गए, जहाँ रोटी, खिचड़ी और घाठा (मकई से बना) का मुफ्त वितरण किया जाता था। वहाँ 24 घंटे चूल्हा जलता रहता था। इन कार्यों की जानकारी लेने के लिए जेपी तो खुद पलामू आते ही थे, साथ में प्रभावतीजी भी आती थीं। वे सभी साथ-साथ कई गाँवों में जाते थे। वहाँ के लोगों की दशा देख प्रभावतीजी कभी-कभी बहुत भावुक हो जाती थीं। उनके लिए अपनी भावनाओं को रोकना काफी कठिन हो जाता था।

एक बार गंगा बाबू किसी काम से पटना गए थे और कहीं रुके हुए थे। जब इसकी जानकारी प्रभावतीजी को हुई तो उन्हें अपना आदमी भेजकर गंगा बाबू को सामान सहित घर पर बुला लिया और प्यार भरी झिड़की भी लगाई। गंगा बाबू के बेटे प्रियरंजन सुधीर बताते हैं कि एक बार वे नेहरू युवा केंद्र के कार्यक्रम में भंडार नाम के गाँव में गए थे। वहाँ एक बुजुर्ग आए और परिचय जानने के बाद पैर छूने को कहा। मेरे ऐसा करने पर उन्होंने मुझे गले लगा लिया और बोले, "गंगा बाबू मेरे मित्र थे। उन्होंने मेरी बहुत मदद की थी। उन्होंने मेरी तरह न जाने कितने लोगों की मदद की, इसकी गिनती संभव नहीं है।"

गंगा बाबू के रिश्ते जेपी के अलावा बिहार के प्रथम मुख्यमंत्री श्री कृष्ण सिंह जी से भी काफी नजदीकी रहे थे। आजादी के बाद गंगा बाबू ने गया कॉलेज से स्नातक और पटना से स्नातकोत्तर की पढ़ाई पूरी की। इसके बाद उनकी नौकरी श्रम विभाग में अधिकारी के रूप में लग रही थी, पर श्री बाबू ने उन्हें बुलाकर कहा कि वे नौकरी करने के लिए नहीं बने हैं। उन्हीं के कहने के बाद गंगा बाबू डालटनगंज लौट आए और कांग्रेस का काम शुरू किया। भूदान आंदोलन के दौरान वे विनोबा भावे के विचारों से प्रभावित हुए और उनके साथ भी काम किया। इतना ही नहीं, बरवाडीह के पाटन हिसरा में अपनी जमीन भी दान में दे दी।

गंगा बाबू का जीवन सदैव तड़क-भड़क से दूर रहा। वे बहुत ही कठिन और संयम वाला जीवन जीते थे। उनके कपड़े सदैव साफ-सुथरे रहते थे। इसके पीछे कारण यह था कि वे जीवनपर्यंत उन्हें खुद धोते थे। बागवानी से उनका विशेष लगाव था। उन्होंने अपने हमीदगंज स्थित घर में फूल और फल देने वाले सैकड़ों पेड़-पौधे लगा रखे थे। कांग्रेस के प्रदेश स्तरीय नेता तो थे ही, राष्ट्रीय परिषद् के सदस्य भी थे। इतना होने के बाद उन्होंने कभी अंगरक्षक नहीं लिया। इसका कारण था कि वे खुद को जनता का आदमी मानते थे और जनता पर आँख मूँदकर विश्वास करते थे। क्रांतिकारी थे, इसकी वजह से 'डर' शब्द उनके शब्दकोश में था ही नहीं। सदैव रिक्शा पर चलते थे। फक्कड़ और दानी इतने थे कि कई बार रिक्शावाले की तो कई बार राह चलते लोगों की न सिर्फ मदद करते थे बल्कि मौसम के अनुसार उन्हें कपड़े भी दे देते थे।

किसी के प्रति कोई लाग-लपेट नहीं रखते थे। किसी की मदद के लिए सदैव उपलब्ध गंगा बाबू साफगोई में विश्वास रखते थे। यदि काम होने वाला होता था तो वे एड़ी-चोटी का जोर लगा देते थे और अगर नहीं होने वाला होता तो वे साफ बोल देते थे। झारखंड आंदोलन में भी उनकी भागीदारी रही। इसके लिए उन्होंने जयपाल सिंह मुंडा, सुशील कुमार बागे, टी. मुचिराय मुंडा से लेकर ज्ञानरंजन सरीखे नेताओं के साथ काम किया।

जयप्रकाश नारायण के साथ उनके रिश्तों को लेकर उनके बेटे सुधीर

कहते हैं, "आपातकाल के समय जेपी का डालटनगंज आना हुआ था। जैसे ही पापा को इसकी जानकारी मिली, वे उनके स्वागत की तैयारी में लग गए। उनके लिए बैनर लगा 'बिहार रिलीफ कमेटी की ओर से लोकनायक का स्वागत है।' जब जेपी कमेटी के दफ्तर के पास पहुँचे तो लोगों ने उनका स्वागत ही नहीं किया बल्कि आपस में चंदा कर सहयोग राशि भी दी।" चूँकि गंगा बाबू ने कांग्रेस में रहते ऐसा किया था, इसकी वजह से उन्हें कई मौकों पर इसकी कीमत भी चुकानी पड़ी। लेकिन गंगा बाबू ऐसी मिट्टी के बने थे, जिनके लिए निजी रिश्ते काफी महत्त्व रखते थे।

गंगा बाबू के बड़े बेटे विनय रंजन बैंक की नौकरी से रिटायर होकर बंगलुरु में रहते हैं। दूसरे बेटे प्रिय रंजन अंग्रेजी के प्राध्यापक के रूप में रिटायर होकर डालटनगंज में हैं। तीन बेटियाँ नीरा सिन्हा, जया सिन्हा और प्रीति सिन्हा अपने ससुराल में रहती हैं। उन्हें जीवन में दो बार पुत्र शोक का सामना करना पड़ा। बड़े बेटे का निधन तो पाँच-छह माह की उम्र में ही हो गया था, पर छोटे बेटे राजीव रंजन सड़क हादसे में काल के शिकार हुए थे। राजीव क्रिकेट के काफी अच्छे खिलाड़ी थे और जिले की टीम का प्रतिनिधित्व करते थे।

गंगा बाबू के पास विलासिता का कोई सामान नहीं था। एक रेडियो था, जिसका इस्तेमाल वे समाचार सुनने के लिए करते थे। हाथ में छाता और उस दिन का अखबार उनकी पहचान थी। उन्होंने कभी संचय करना सीखा ही नहीं। उनका जो भी था, वह समाज का था। इसका उदाहरण उनका बैंक अकाउंट था, जिसमें उनके निधन के समय मात्र 12 सौ रुपए थे।

□

22

सुकोमल दत्ता

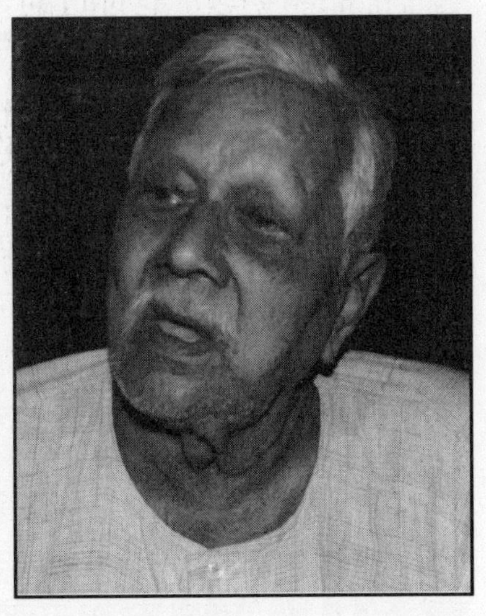

सुकोमल दत्ता जब पलामू आए थे तो उनकी उम्र करीब 19-20 साल थी। वर्ष 1930 में उनके पिता राधाकांत दत्ता डालटनगंज में डिस्ट्रिक्ट ऑफिस पुरुलिया से तबादला होकर आए थे। इसी के कुछ दिनों बाद वे अपनी माता भवानी बाल दत्ता के साथ यहाँ पहुँचे थे। पुरुलिया में ही वे नेताजी सुभाष चंद्र बोस के विचारों से प्रभावित हो गए थे और उनका संपर्क क्रांतिकारियों से हो गया था। डालटनगंज में जहाँ वे रहते थे वहाँ से ठीक सामने शिवाजी मैदान है। आजादी की लड़ाई के दौरान सभी बड़े और स्थानीय नेताओं की सभा यहीं होती थी। इसी मैदान के इर्द-गिर्द कई क्रांतिकारियों का निवास भी था। सुकोमल दत्ता का जुड़ाव यहाँ आने वाले क्रांतिकारियों से हो गया और वे यहाँ भी सक्रिय हो गए।

10 फरवरी, 1940 को जब नेताजी सुभाष चंद्र बोस डालटनगंज में

आए थे तब वे शिवाजी मैदान में आयोजित उनकी सभा में युवा क्रांतिकारी अनुशीलन पार्टी के कमांडो के रूप में सक्रिय थे। उन्होंने रात्रि में अमिय कुमार घोष के नावाहाता स्थित आवास पर नेताजी के रात्रि विश्राम के दौरान उनके साथ काफी समय बिताया था। इस मुलाकात के बाद उनकी निकटता नेताजी के साथ इतनी बढ़ गई कि वे उनके साथ 18 मार्च से रामगढ़ में शुरू हुए कांग्रेस के सम्मेलन तक साथ रहे। यहीं नेताजी ने कांग्रेस के अधिवेशन से अलग फॉरवर्ड ब्लॉक का सम्मेलन किया था। सुकोमल दत्ता नेताजी के कितने नजदीक थे, इसका अंदाजा पलामू के वरिष्ठ पत्रकार सतीश सुमन को दिए उनके साक्षात्कार से लगता है। इस साक्षात्कार में सुकोमल दत्ता ने कहा था, "16 जनवरी, 1941 को जब नेताजी भेष बदलकर गोमो से पेशावर के लिए निकले थे तो वे उसके गवाह थे। फॉरवर्ड ब्लॉक के सेनानी के रूप में मैंने भी अन्य साथियों के साथ हाथ के नाखून से अपने सीने को नोचकर खून निकाला था और कसम खाई थी कि किसी भी परिस्थिति में सुभाष बाबू के देश से निकल भागने की जानकारी किसी से साझा नहीं करेंगे और यह राज अंत तक मैंने किसी से साझा नहीं किया।"

गोमो से लौटने के बाद सुकोमल दत्ता डालटनगंज की क्रांतिकारी गतिविधियों में सक्रिय हो गए। जब वर्ष 1942 की क्रांति शुरू हुई तो वे भी इस आंदोलन में कूद पड़े। अंग्रेजों ने उन्हें प्रदर्शन करते समय गिरफ्तार कर लिया। उन्हें पहले डालटनगंज जेल में रखा और उसके बाद हजारीबाग जेल भेज दिया। हजारीबाग जेल में उनका संपर्क जयप्रकाश नारायण से हुआ। जेपी रोज यहाँ युवाओं से देश और दुनिया की राजनीतिक व सामाजिक स्थिति पर चर्चा करते थे। इन चर्चाओं का उन पर काफी प्रभाव पड़ा और वे लोकनायक के मुरीद हो गए। जेल से छूटने के बाद वे अपने शहर में लौटे और सामाजिक कार्यों में सक्रिय हो गए। देश की आजादी के बाद लोग सुदूर गाँवों से उनके पास अपनी समस्या लेकर आते थे तो वे पूरी तत्परता से उसका समाधान कराते थे। उम्र के आखिरी दौर तक उनकी सामाजिक सक्रियता बनी रही। सुकोमल दत्ता के साथ आखिरी समय तक साथ रहने वाले दिव्येंदु गुप्ता के लिए तो वे आदर्श पुरुष की तरह थे। उनके शब्दों में, "सुकुमोल दादू के साथ

बिताया गया एक-एक पल शिक्षा और संस्कार देने वाला था। वे आजादी की लड़ाई से लेकर देश की वर्तमान स्थिति तक के बारे में बहुत ही आसान शब्दों में अपने पास आने वाले बच्चों से लेकर युवाओं तक को समझाते थे। वे शांत, सौम्य और एक अद्भुत गंभीरता लिये हुए व्यक्तित्व के इनसान थे। मेरे दादाजी एवं उनके समकक्ष मित्रों की एक कीर्तन मंडली 'हरि कीर्तन सभा' हुआ करती थी। उन लोगों की टोली प्रत्येक रविवार को किसी-न-किसी घर में संध्या के समय हरि कीर्तन का आयोजन करती थी। दादाजी के साथ मैं और मेरे बड़े भैया उन आयोजनों में शामिल होते रहते थे। उसी कड़ी में सुकोमल दादू के घर भी आना-जाना हुआ करता था। उनके घर पर होली के समय कीर्तन का आयोजन हुआ करता था। उनकी पत्नी मृदुला दत्ता, जिन्हें हम लोग 'माम्मा' कहते थे, सभी बड़े प्यार से मालपुआ खिलाती थीं। मुलाकात के दौरान मुझ जैसे अनेक लोग दादू से नेताजी के साथ बिताए गए क्षणों की जानकारी लेना चाहते थे। वे नेताजी के व्यक्तित्व और कृतित्व की जानकारी तो देते थे, पर नेताजी के गोमो से ट्रेन से जाने की घटना पर कुछ नहीं बताते थे। वे नेताजी की गोमो से रवानगी को घटना को 'महा पथगमन' कहते थे, पर साथ-ही-साथ अपनी कसम की बात कहकर चुप्पी साध लेते थे। हाँ, वे यह बताते थे कि कितनी कठिनाइयों, लेकिन एक जिद एवं प्रण के साथ कई-कई दिन-रात जंगलों, पहाड़ों में बचते-बचाते वे लोग अपने कामों को अंजाम देते थे। उनकी बातों से ही हमें लगता था कि भारतीय स्वतंत्रता संग्राम के कालजयी मिशन को किस गोपनीयता एवं प्रण के साथ अंजाम दिया गया होगा।"

सुकोमल दत्ता के साथ रहने वाले उनके भतीजे विश्वजीत दत्ता के पास भी अपने चाचा से जुड़ी काफी यादें हैं। वे बताते हैं, "शहर में रहने के दौरान प्राय: सभी राजनीतिक दलों और सामाजिक कार्यों से जुड़े लोग उनसे मिलने और सलाह लेने के लिए आते थे। उन्हें लोग अपने कार्यक्रमों में बुलाते थे। यहाँ उनका भाषण सुनकर लोग चमत्कृत रह जाते थे। उनसे लोगों ने चुनाव लड़ने का भी आग्रह किया, पर उन्होंने उस प्रस्ताव को यह कहते हुए ठुकरा दिया कि वे किसी एक दल या विचारधारा से जुड़कर नहीं रहना चाहते हैं। वे बिना जनप्रतिनिधि बने ही लोगों की समस्याओं को सुलझाने का काम करते

रहेंगे। वे अखिल भारतीय स्वतंत्रता सेनानी संगठन से भी जुड़े थे और इसकी बैठकों में भाग लेने के लिए संगठन के दिल्ली स्थित 7, जंतर-मंतर रोड स्थित कार्यालय में भी जाते थे। 9 अगस्त, 2003 को राष्ट्रपति भवन में आयोजित स्वागत समारोह में तत्कालीन राष्ट्रपति डॉ. ए.पी.जे. अब्दुल कलाम ने उन्हें सम्मानित भी किया था।"

दिव्येंदु गुप्ता आखिरी क्षण तक सुकोमल दत्ता के साथ रहे थे। 6 जून, 2012 की तारीख को याद करते हुए वे कहते हैं, "जब मुझे उनकी तबीयत खराब होने की सूचना मिली तो मैं तपती गरमी में अपने पड़ोसी डॉ. अभय कुमार को लेकर उनके घर पहुँचा। डॉक्टर के अथक प्रयास के बाद भी उन्हें नहीं बचाया जा सका। उसी दिन भारत माता के इस वीर सपूत ने 101 साल की उम्र में अपनी आँखें मूँद लीं।" सुकोमल दत्ता के दो पुत्र सुभाष दत्ता और प्रभाष दत्ता थे। इन दोनों में से प्रभाष दत्ता का निधन हो गया है और सुभाष दत्ता मेदिनीनगर से बाहर रहते हैं।

□

23
रामजन्म सिंह

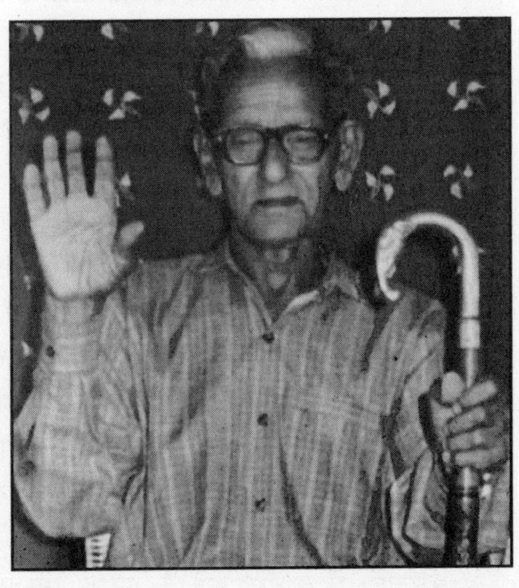

19 अक्तूबर, 1942 को अंग्रेजों के सैनिक आजादी के एक मतवाले को कैद करके ले जा रहे थे। लोग कैदी के गले में लटकी तख्ती को देखकर मन-ही-मन न सिर्फ फिरंगी शासन को कोस रहे थे, बल्कि इस कैदी की निडरता के कायल भी हो रहे थे। इस कैदी का नाम था रामजन्म सिंह और इनके गले में लटक रही तख्ती पर लिखा था, 'डेंजरस टेररिस्ट टू बी वाच्ड प्रॉपरली।' गले में तख्ती चाहे जो भी लगी हो, पर उनके गले से 'वंदे मातरम्', 'भारत माता की जय', 'अंग्रेजो भारत छोड़ो' के ही नारे निकल रहे थे। रामजन्म बाबू डालटनगंज के बेलवाटिका मुहल्ले में रहते थे। शहर के क्रांतिकारियों का नेतृत्व इसी मुहल्ले में रहने वाले गणेश प्रसाद वर्मा कर रहे

थे। एक मुहल्ले के होने के कारण इनमें गहरा लगाव तो था ही, दोनों एक-दूसरे को भाई की तरह मानते थे। यह भी एक संयोग ही है कि गणेश बाबू की गिरफ्तारी के अगले दिन ही रामजन्म बाबू की गिरफ्तारी हो जाती है।

अक्तूबर महीने में अंग्रेजों ने डालटनगंज में क्रांतिकारियों पर शिकंजा कसना शुरू कर दिया था। इसी क्रम में कई जगह छापामारी का अभियान चलाया गया। रामजन्म बाबू की नौकरी वर्ष 1937 में ट्यूबरकुलोसिस हेल्थ विजिटर के रूप में हुई थी और वे डालटनगंज अस्पताल में कार्यरत थे।

वे बेलवाटिका में लादीगढ़ के ठकुराई साहब के मकान में रहते थे। यहाँ पर भी छापा पड़ा, पर वे अपने गाँव नेउरा में रहने के कारण पकड़े नहीं जा सके। इसी दौरान क्रांतिकारियों के लिए धन जुटाने के लिए चैनपुर में पॉलिटिकल डकैती की तैयारी थी। चैनपुर राज में नृत्य का कार्यक्रम था और जिले के एसपी उसमें रहने वाले थे। गया के राम सिंह की टीम राजहरा में उतरकर पैदल ही डालटनगंज पहुँच चुकी थी। इस टीम में नथुनी पासी भी शामिल थे। वे अपने सिर पर माउजर और अन्य सामान की पोटली लेकर रामजन्म बाबू के आवास पर पहुँचे। उन्हें पता नहीं था कि यहाँ छापा पड़ चुका है और पुलिस भी मौजूद है। उन्होंने जैसे ही अपने आने का इशारा किया, पुलिस ने उन्हें पकड़ लिया। इसके बाद पुलिस ने उन्हें काफी प्रताड़ना दी, पर उन्होंने यह नहीं बताया कि वह माउजर वे किसके लिए लेकर आए थे। रामजन्म बाबू चैनपुर पहुँच गए, पर जिस काम की तैयारी थी, वह पूरी नहीं हो सकी। इसके बाद जब वे लौटने लगे तो एक महिला ने उन्हें डालटनगंज के आवास पर छापा पड़ने की जानकारी दी। इसी छापे में पुलिसवाले उनकी माउजर पिस्तौल भी लेते चले गए।

अस्पताल में कार्यरत होने के कारण रामजन्म बाबू को उनके साथी 'डॉक्टर साहब' के नाम से पुकारते थे। नौकरी के साथ-साथ वे क्रांतिकारी गतिविधियों में भी लगे रहते थे। 19 अक्तूबर को वे अस्पताल में काम कर रहे थे तभी पुलिस अधीक्षक रामनारायण सिंह सिपाहियों के साथ पहुँचे और जिस भवन में वे काम कर रहे थे, उसे चारों ओर से घेर लिया। सिपाहियों के मन में 'डॉक्टर साहब' का खौफ इतना था कि वे फूँक-फूँककर कदम बढ़ा

रहे थे। जब सिपाहियों को लगा कि सामने वाले व्यक्ति के पास कोई हथियार नहीं है, तभी वे गिरफ्तारी की हिम्मत जुटा सके। जिस दिन रामजन्म बाबू को गिरफ्तार किया गया, उसी दिन तीरथ प्रकाश भसीन और वेदप्रकाश भसीन को भी पकड़ा गया था।

गिरफ्तारी के बाद उन्हें डालटनगंज जेल में रखा गया। यहीं उन्हें डेढ़ साल की सजा हुई और हजारीबाग सेंट्रल जेल भेज दिया गया। जेल में रहने के दौरान उन्होंने जयप्रकाश नारायण को न सिर्फ देखा, बल्कि 8 नवंबर की रात को उनके जेल से भागने की घटना के बाद जेलकर्मियों के उत्पीड़न के शिकार भी हुए। जेल में रहते हुए उनके लिए वह घड़ी भी आई, जो किसी भी पिता को तोड़कर रख सकती है। उनके बेटे विजय कुमार सिंह का निधन पाँच साल की उम्र में हो गया। इस सूचना के बाद वे टूटे नहीं, बल्कि भारतमाता की सेवा के लिए उनका निश्चय और दृढ़ ही हुआ।

रामजन्म बाबू के बेटे और नीलांबर-पीतांबर विश्वविद्यालय में अंग्रेजी के प्राध्यापक नरेंद्र कुमार सिंह कहते हैं, "पिताजी जब जेल में थे तो मेरे नाना और कोट गाँव निवासी रामबिगन सिंह एसपी रामनारायण सिंह से मिलने गए। इस मुलाकात में एसपी ने उनसे कहा कि यदि 'डॉक्टर साहब' अपने साथियों के बारे में बता दें और क्रांतिकारियों की दूसरी सूचनाएँ दें तो वह उन्हें दरोगा बना देंगे। जब पिताजी को इसकी जानकारी हुई तो उन्होंने कहा कि दरोगाई रखिए अपने पास। हम अलग मिट्टी के बने हैं।' जेल में रहने के दौरान उनकी नौकरी भी चली गई।

हजारीबाग जेल से निकलने के बाद रामजन्म सिंह पहले पलामू आए, फिर गुजराँवाला चले गए। साल-डेढ़ साल वहाँ रहे, पर जब देश बँटवारे के बाद खून-खराबे की आशंका होने लगी तो वे वहाँ से डालटनगंज लौट आए। उन्होंने वर्ष 1948 में सैनेटरी इंस्पेक्टर की परीक्षा पास की। इसी पद पर रहते हुए वे वर्ष 1975 में रिटायर हुए। क्रांतिकारी 'डॉक्टर साहब' को यहाँ रहते हुए नया नाम मिला 'इंस्पेक्टर साहब।' इसी नाम से वे अंत तक जाने जाते रहे।

उन्होंने गुजराँवाला में गेहूँ के बड़े-बड़े टाल देखे थे। ऐसे टाल, जिनमें कई हजार टन गेहूँ एक साथ रखा गया था। जब देश का बँटवारा हुआ तो आजादी

की लड़ाई में जेल जाने वाले इस क्रांतिकारी का दिल भर आया। वे घर-परिवार ही नहीं बल्कि कई मौकों पर कहते थे, "देश का जो हिस्सा 'गेहूँ का कटोरा' था, वह पश्चिमी पाकिस्तान और 'धान का कटोरा' पूर्वी पाकिस्तान हो गया।" गुजराँवाला के इलाके में सिंचाई की व्यवस्था से भी रामजन्म बाबू काफी प्रभावित थे। उन्हें लगता था कि पलामू में भी सिंचाई की अच्छी व्यवस्था हो। डालटनगंज में सिंचाई विभाग में चटर्जी साहब चीफ इंजीनियर थे और रामजन्म बाबू से उनकी अच्छी बनती थी। यह घटना वर्ष 1956 की है। रामजन्म बाबू ने चटर्जी साहब को सतबरवा के पास मइला नदी चलने की सलाह दी। वहाँ पहुँचने के बाद चटर्जी साहब से वहाँ डैम बनाने का आग्रह किया। जिसे चटर्जी साहब ने स्वीकार कर लिया। नदी का नाम कुछ अटपटा-सा है, इसलिए उन्होंने यहाँ बनने वाले डैम का नाम 'मलय जलाशय योजना' सुझाया। यह नाम स्वीकार भी कर लिया गया। आज यह डैम आसपास के कई गाँवों की जमीन को तो सिंचित कर ही रहा है, साथ में एक सुंदर पर्यटन स्थल के रूप में भी विकसित हो रहा है। इस इलाके ने रामजन्म बाबू को काफी प्रभावित किया था। यही कारण है कि उन्होंने यहाँ के कुसी गाँव में जमीन खरीदी थी। अपने जीवन के अंतिम समय तक वे यहीं खेती करते थे। इसी गाँव में 90 साल पूरे करने पर उनका सम्मान भी किया गया था।

इसी गाँव के पास एक गाँव है बरेवा। यहाँ के निवासी और सेवानिवृत्त शिक्षक रामचंद्र पांडेय रामजन्म सिंह को याद करते हुए कहते हैं, "वे ज्ञान के सागर थे, व्यावहारिक बात करते थे, पारखी नजर रखने के साथ विनोदी स्वभाव के भी थे। उनका से हमरो बहुत भारी घनिष्ठता रहे। कहिओ हम उनका ही चल जइती तो कहिओ उ हमरा हीं आ जइतन। जेकरा से हृदय मिले ओही असली हितैषी होखला। हमीन के हृदय मिलत रहे। दूनो एक-दूसर के असली हितैषी रही। जब उनका से पहिला बार भेंट होइल रहे तब First impression is the last impression जइसन हमीन एक-दूसरा के मुरीद हो गइल रही। हमीन के रिश्ता उनकर आखिरी समय तक बनल रहल।"

रामजन्म बाबू के बेटे नरेंद्र कुमार सिंह बताते हैं कि जब पिताजी डालटनगंज से हजारीबाग भेजे गए तो वहाँ पलामू के अग्रणी स्वतंत्रता सेनानी

यदुवंश सहाय पहले से मौजूद थे। उन्होंने पिताजी और अन्य लोगों का स्वागत 'पलामू के नौजवान आए हैं', कहते हुए किया। जेल में रहते हुए ही उनकी निकटता नीलकंठ सहाय से हुई। यह निकटता जीवन के अंत तक बनी रही।

नरेंद्रजी उन दिनों गढ़वा के सद्गुरु जगजीत सिंह नामधारी कॉलेज में अंग्रेजी विभाग में कार्यरत थे और पीएच.डी. करने के लिए सोच रहे थे। एक दिन रामजन्म बाबू ने अपने बेटे से पूछा, 'का हो, पीएच.डी. होत बा⋯ रिसर्च कहाँ तक पहुँचल⋯।' नरेंद्रजी के पास जवाब नहीं था, फिर उन्होंने कहा, 'का बाउजी, रउवा का पूछथी⋯पइसा मिलते नइखे⋯पीएच.डी. कइसे होखी⋯।' इतना सुनना था कि रामजन्म बाबू पलमूआ छोड़कर खड़ी बोली में आ गए, 'पीएच.डी. करना है तो संकल्प से उसे पूरा करो⋯ दुनिया में जितना भी बड़ा काम हुआ है, मुसीबत में ही हुआ है⋯सृजन तो दुःख में ही होता है⋯सुख में तो आराम होता है।' बस राह मिल गई और नरेंद्र कुमार सिंह ने पीएच.डी. पूरी की और डॉ. एन.के. सिंह हो गए।

यूँ तो रामजन्म बाबू की पढ़ाई मैट्रिक तक ही हुई थी, पर उनका अंग्रेजी ज्ञान गजब का था। एक बार वे अपने बेटे के साथ राँची गए थे। उसी दौरान उनकी मुलाकात राँची विश्वविद्यालय के अंग्रेजी के हेड डॉ. डी.डी. बस्कियार से हुई। दरअसल, नरेंद्र जी पीएच.डी. करने के दौरान डॉ. बस्कियार से मिलने गए थे। रामजन्म बाबू ने डॉ. बस्कियार से कहा, 'मैं मैट्रिक पास हूँ, पर अंग्रेजी के अच्छे जानकारों से ज्यादा बढ़िया अंग्रेजी लिख सकता हूँ।' जब डॉ. बस्कियार ने पूछा कि आप कब के मैट्रिक हैं तो उनका जवाब था, 'वर्ष 1934।' डॉ. बस्कियार का इसके बाद जवाब था, 'उस दौर का कोई जवाब नहीं है।'

एक घटना को याद करते हुए नरेंद्रजी भावुक हो जाते हैं। वे कहते हैं, "बाउजी रिटायर हो चुके थे। एक दिन रिक्शे से दिन के दो-ढाई बजे घर आए और रोने लगे। जब मैंने कारण जानना चाहा तो उनका जवाब था, "देखो, नंदजी! यह लड़का दिन में रिक्शा चलाता है और रात में पढ़ाई करता है। इसे कपड़ा दो, पैसा दो, इसकी मदद करो। यह लड़का जरूर कुछ करेगा। इसके बाद बाउजी के कहने पर उस लड़के की मदद की गई।"

9 अगस्त, 2006 को तत्कालीन राष्ट्रपति ए.पी.जे. अब्दुल कलाम ने राष्ट्रपति भवन में देश के अग्रणी स्वतत्रंता सेनानियों के साथ उन्हें सम्मानित किया। स्वतंत्रता आंदोलन में उल्लेखनीय योगदान के लिए 26 जनवरी, 1973 को तत्कालीन प्रधानमंत्री इंदिरा गांधी द्वारा प्रदत्त ताम्र–पत्र उन्हें उपायुक्त पलामू द्वारा दिया गया। 11 फरवरी, 2004 को झारखंड विधानसभा के तत्कालीन अध्यक्ष इंदर सिंह नामधारी द्वारा दुबियाखाड़ के आदिवासी मेले में सम्मानित किया गया।

रामजन्म सिंह का जन्म चैनपुर प्रखंड में नेउरा गाँव में 8 फरवरी, 1917 को हुआ था। पिता का नाम गोपाल शंकर सिंह और माता का नाम भगवानी कुँवर था। उनका परिवार उनके जन्म से काफी पहले गया (अब औरंगाबाद) जिले के माली स्टेट से यहाँ आकर बसा था। उनकी शादी वर्ष 1934 में लेस्लीगंज के पास स्थित कोट गाँव की सूरत कुमारी देवी से हुई। इसी साल उन्होंने मैट्रिक की परीक्षा भी पास की थी। उनके छोटे बेटे वीरेंद्र कुमार सिंह गाँव में ही रहते हैं। उनकी तीन बेटियाँ मनोरमा सिंह, मधु सिंह और अंजु सिंह हैं। रामजन्म बाबू 'महादेव' के महाभक्त थे। वही उन्हें हर परिस्थिति में संघर्ष की ताकत देते थे। मरते वक्त (22 मई, 2011) भी वे सिर्फ अपने आराध्य 'महादेव' को ही याद कर रहे थे।

□

24

भुवनेश्वर प्रसाद वाजपेयी

ननिहाल सबसे प्रिय जगह होती है। बचपन और किशोरावस्था में तो यहाँ आने की खुशी और उत्साह का अंदाजा आसानी से लगाया जा सकता है। इसी तरह की मस्ती में अगस्त 1942 में भुवनेश्वर प्रसाद वाजपेयी अपने गाँव मुड़िलाराजा, बाँसी (वर्तमान में सिद्धार्थनगर, उत्तर प्रदेश) से अपने ननिहाल पटना सिटी आए थे। इरादा था कि मामा, मौसी आदि रिश्तेदारों के साथ खूब धमाल करेंगे। उन्होंने धमाल किया भी, पर मामा के घर पर नहीं बल्कि पटना सिटी थाने में। पूरे देश में अंग्रेजों के खिलाफ गुस्सा चरम पर था। वाजपेयीजी सीधे थाने में जा घुसे और 'अंग्रेजो भारत छोड़ो' का नारा लगाने लगे। उनके हाथ में ब्रितानी हुकूमत के खिलाफ पर्चे थे। उन्हीं पर्चों को बाँटते हुए वे थाने में घुसे और वहाँ मौजूद पुलिसकर्मियों से बिना किसी भय

के उन्हें भी पर्चे देने लगे। 15 साल के किशोर के हाथ की तेजी और दिल से निकलती बुलंद आवाज ने तो कुछ देर के लिए थाने में मौजूद लोगों को हक्का-बक्का कर दिया। बाद में उन्हें गिरफ्तार कर लिया गया और एक साल की सजा हुई।

यह सजा कोई साधारण नहीं, बल्कि सश्रम कारावास की थी। उन्हें बाँकीपुर जेल में रखा गया। जेल के अंदर ही वे कम्युनिस्ट विचारधारा के लोगों के संपर्क में आए और डालटनगंज आने के बाद इस विचारधारा को मजबूत करने में लगे रहे। वर्ष 1943 में जेल से छूटने के बाद आगे क्या होगा, यह प्रश्न उनके सामने था। अंग्रेजों के खिलाफ गुस्सा तो और बढ़ चुका था। साथ ही आंदोलन में भी सक्रिय रहना था। उन्होंने रास्ता निकाला और एक कपड़े की दुकान में पहचान छुपाकर काम करने लगे। दुकानदार का व्यवहार काफी रूखा था। इसकी वजह से उन्होंने वहाँ की नौकरी छोड़ दी। आगे का रास्ता तय करने के लिए उन्होंने घर से भागने का फैसला किया। इसकी भनक उनके मित्र अमरनाथ राय (बाद में पटना से प्रकाशित हिंदी दैनिक 'जनशक्ति' के पत्रकार) को लग गई। उन्होंने यह बात वाजपेयीजी के पिता विद्याचरण वाजपेयी को दे दी। रात को जैसे ही उन्होंने भागने के लिए घर का दरवाजा खोला तो पिताजी की आवाज आई, "कहाँ, जा रहे हो भुन्नू?" वे बिना कोई जवाब दिए वहाँ से निकल जाते हैं तो फिर पीछे से आवाज आती है, 'चले जाओ, लेकिन जान लो, हम भी नहीं रहेंगे...गंगाजी में डुबकी लगा लेंगे।"

वाजपेयीजी वापस लौटते हैं। पिताजी पूछते हैं कि ऐसा कदम क्यों उठा रहे हो? उनका जवाब होता है कि वे पढ़ना चाहते हैं। इसके बाद पटना से बाँसी लौटते हैं। सजायाफ्ता होने की सूचना यहाँ तक पहुँच चुकी थी। जिस स्कूल में थे, वहाँ फिर से नाम लिखाना संभव नहीं था। कुछ समय बाद जन्मतिथि बदलकर (22 नवंबर, 1928) उनका नाम लिखवाया जाता है। हाई स्कूल और इंटर की पढ़ाई यहीं से पूरी होती है। इंटर में पढ़ने के दौरान ही वे बनारस जाते हैं और पंडित मदन मोहन मालवीय से मिलते हैं। जब उन्होंने मालवीयजी के पैर छुए तो उन्होंने नाम जानने के बाद आगे की पढ़ाई के लिए बीएचयू आने को कहा। वे बीएचयू आते हैं और यहीं से बीए, फिर

एलएलबी की पढ़ाई करते हैं। बाँसी लौटकर कुछ दिन वकालत भी करते हैं पर गरीबों से पैसा लेना उन्हें कचोटता है। इसके बाद एक बार फिर बीएचयू आते हैं और राजनीति शास्त्र में एमए करते हैं। हालाँकि, पढ़ाई के दौरान उन्हें काफी संघर्ष करना पड़ा। शुरुआत में रिश्तेदार के यहाँ रहे तो बाद में ट्यूशन पढ़ाकर हॉस्टल में रहने लगे।

इस बीच, उनके बड़े भाई बागेश्वरी प्रसाद वाजपेयी डालटनगंज पहुँच चुके थे। वे यहाँ के बिहार बैंक में मैनेजर थे और उनके रिश्ते शहर के बड़े व्यवसायी गणेश लाल अग्रवाल से थे। इस समय तक गणेश बाबू अपने नाम पर जीएलए कॉलेज शुरू कर चुके थे। वाजपेयीजी अपने बड़े भाई के पास आए और फिर यहाँ के कॉलेज के राजनीति शास्त्र विभाग में व्याख्याता के रूप में काम करने लगे। पढ़ाने के साथ-साथ उनकी सक्रियता भारतीय कम्युनिस्ट पार्टी में बढ़ने लगी। शिक्षकों के आंदोलन के दौरान भी वे कई बार जेल गए। 1972 में उन्होंने भारतीय कम्युनिस्ट पार्टी के उम्मीदवार के रूप में डालटनगंज विधानसभा से चुनाव लड़ा और दूसरे स्थान पर रहे। उस चुनाव में समाजवादी नेता पूरन चंद की जीत हुई थी।

वैचारिक मतभिन्नताओं के बाद भी उनके रिश्ते दूसरी विचारधारा वाले लोगों के साथ भी काफी घनिष्ठ रहे। गंगा प्रसाद पलामू में कांग्रेस के नेता और स्वतंत्रता सेनानी थे। उनके साथ में वे सामाजिक आयोजनों में कई बार साथ होते थे। वाजपेयीजी के बड़े पुत्र शंशाक शेखर वाजपेयी बताते हैं, "पापा कई बार गंगा बाबू के रोक देने पर रुक जाया करते थे। ऐसा इसलिए होता था, क्योंकि वे उन्हें बड़े भाई की तरह मानते थे। उनके इसी तरह के रिश्ते कृष्णनंदन सहाय 'बच्चन बाबू' के साथ थे। उनके साथ तो पापा की लंबी बैठकी हुआ करती थी। उनके इसी तरह के संबंध कांग्रेस के बड़े नेता जगनारायण पाठक के साथ थे। इसका कारण यह था कि वे सभी 42 की क्रांति के दौरान किशोरावस्था में जेल गए थे।"

वाजपेयीजी के सबसे अच्छे मित्रों में प्रो. शारदा प्रसाद थे। शारदा बाबू भी जीएलए कॉलेज में भौतिक शास्त्र पढ़ाते थे और गोरखपुर के ही रहने वाले थे। ये राष्ट्रीय स्वयंसेवक संघ से जुड़े थे। दोनों का घर अगल-बगल था।

एक के घर वामपंथियों का ताँता लगा रहता था तो दूसरे के घर संघियों का, पर दोनों की दोस्ती अटूट थी। वर्ष 1990 में अवकाश ग्रहण करने के बाद वे कई साल तक डालटनगंज में ही रहे, पर बाद में उम्रजनित समस्याओं और दोनों बेटों की नौकरी के कारण उन्हें लखनऊ आना पड़ा। यहीं 3 नवंबर, 2020 को उनका निधन हो गया। बड़े बेटे शशांक शेखर वाजपेयी लखनऊ में कारागार मुख्यालय में सीनियर ऑडिटर हैं तो छोटे बेटे डॉ. मेजर चंद्रशेखर वाजपेयी (सेना से अवकाश प्राप्त और वर्तमान में एसजीपीजीआई, लखनऊ में इमरजेंसी मेडिकल अफसर) हैं। परिवार में पत्नी शशिप्रभा वाजपेयी, पुत्रवधू मोनिका वाजपेयी, अल्का वाजपेयी, पौत्र मिहिर, मुदित, रक्षित व पौत्री अनुष्का हैं।

□

25

भुवनेश्वर प्रसाद सिंह

भुवनेश्वर प्रसाद सिंह लातेहार के प्रमुख क्रांतिकारियों में से एक थे। उनका जन्म गया जिले के ग्राम डीहा में हुआ था। उनके पिता शिवपति सिंह लाह का व्यवसाय करने पलामू आए थे। उन्होंने अपना ठिकाना डालटनगंज के सामने कोयल नदी के पार शाहपुर में बनाया था। उस समय डालटनगंज और शाहपुर क्रांतिकारी गतिविधियों के केंद्र थे। यहीं भुवनेश्वर प्रसाह सिंह का संपर्क क्रांतिकारियों से हुआ। जब उनके पिता लातेहार चले गए तो वे भी वहाँ आ गए। वहाँ भी उन्होंने अपनी क्रांतिकारी गतिविधियाँ शुरू कर दीं। अंग्रेजों ने उन्हें वहाँ कई बार पकड़ा। एक बार उन्हें पकड़कर काफी प्रताड़ित करने के बाद हजारीबाग के जंगल में ले जाकर छोड़ दिया गया। वहाँ वे कई दिनों तक भूखे-प्यासे भटकने के बाद वे वापस किसी तरह से लातेहार पहुँचे। अंग्रेजों की प्रताड़ना भी उन्हें रोक नहीं सकी और दिन-

प्रतिदिन उनकी गतिविधियाँ तेज होती चली गईं।

9 अगस्त को शुरू हुए 'अंग्रेजो भारत छोड़ो' आंदोलन के तहत लातेहार में भी प्रदर्शन और हड़ताल शुरू हो गए थे। 18 अगस्त को यहाँ हड़ताल का आह्वान किया गया था। हड़ताल पूरी तरह सफल रही और बाजार बंद रहे। स्थानीय स्कूल के छात्र भी उसमें शामिल थे। उन्हीं छात्रों के जुलूस की अगुआई करते हुए भुवनेश्वर प्रसाद सिंह को गिरफ्तार किया गया था। गिरफ्तारी के बाद उन्हें पहले छात्रों को भड़काने के आरोप में काफी प्रताड़ित किया गया। उसके बाद जिला मुख्यालय डालटनगंज स्थित जेल भेज दिया गया। जेल में ही उन्हें एक साल की सजा सुनाई गई और सौ रुपए का जुरमाना लगाया गया। उन्होंने जुरमाना नहीं चुकाया तो उनकी सजा बढ़ा दी गई। इसकी वजह से उन्हें जेल में ढाई साल रहना पड़ा। सजा काटने के लिए उन्हें डालटनगंज जेल से हजारीबाग जेल भेज दिया गया।

भुवनेश्वर बाबू जब हजारीबाग जेल में बंद थे तब उनकी बड़ी बेटी प्रेम देवी की शादी सोनपुर में तय हो गई। अंग्रेजों ने उनके सामने माफी माँगकर बेटी की शादी में शामिल होने की शर्त रखी। उन्होंने अंग्रेजों की शर्त ठुकरा दी और उनकी बेटी की शादी उनकी मौजूदगी के बगैर ही संपन्न हुई। हजारीबाग जेल में रहने के दौरान वे कांग्रेस के कई बड़े नेताओं के संपर्क में भी आए। गिरफ्तारी के ढाई साल बाद जेल से छूटने के पश्चात् वे लातेहार लौटे और लाह के व्यवसाय के साथ सामाजिक और राजनीतिक कार्यों में सक्रिय रहे। अब उनकी पहचान पूरे जिले में होने लगी थी। वे वर्षों तक पलामू जिला कांग्रेस कमिटी के पदाधिकारी भी रहे। इसी बीच उन्होंने डालटनगंज के जेलहाता में भी अपना घर बना लिया और वहाँ की राजनीतिक गतिविधियों में भी शामिल होने लगे। वे जिला कांग्रेस कमिटी में भी विभिन्न पदों पर रहे। वर्ष 1962 में उन्होंने कांग्रेस प्रत्याशी के रूप में पांकी विधानसभा क्षेत्र से चुनाव भी लड़ा था। उस साल हुए चुनाव में रामगढ़ के राजा कामाख्या प्रसाद सिंह की स्वराज पार्टी की लहर थी। उसकी वजह से भुवनेश्वर बाबू को सफलता नहीं मिली। वे बरसों तक पलामू जिला परिषद् के सदस्य भी रहे थे। लातेहार के एक अन्य प्रमुख स्वतंत्रता सेनानी गिरिजानंदन सिंह भी थे। उन्हें 31 अगस्त,

1942 को लातेहार के टिप्पू में कई टाना भगतों के साथ गिरफ्तार किया गया। उसके बाद उन्हें एक साल कारावास और 100 रुपए जुरमाने की सजा सुनाई गई। वे वर्ष 1952 में लातेहार के विधायक भी रहे।

शलभ कुमार मेदिनीनगर में वकालत करते हैं और भुवनेश्वर बाबू के पोते हैं। उनका बचपन अपने दादाजी के साथ बीता है। वे कहते हैं, "दादाजी पर गांधीजी का काफी प्रभाव था। जब उन्होंने विदेशी वस्तुओं को त्यागकर स्वदेशी वस्तु अपनाने की अपील की तो दादाजी ने तत्काल उसे मान लिया। इसका परिणाम यह हुआ कि मेरी दादी और दादा जीवन के अंत तक खादी के कपड़े ही पहनते रहे। वे खुद आठवीं या नौवीं तक पढ़े थे, पर उनके अंदर शिक्षा की काफी ललक थी। उसका परिणाम यह हुआ कि उन्होंने न सिर्फ अपनी सभी संतानों को उच्च शिक्षा दी, बल्कि शिक्षा के क्षेत्र में भी काफी काम किया। वे पलामू के वरिष्ठ कांग्रेसी नेता और पूर्व विधायक राजकिशोर सिंह से काफी प्रभावित थे और उनसे मिलने उनके शिवाजी मैदान स्थित आवास पर हरदम जाते थे। दादाजी जात-पात में भी विश्वास नहीं करते थे। उनके पास जमींदारी थी, पर स्वभाव काफी शांत था। वे अपने यहाँ काम करने वाले लोगों पर कभी गुस्सा नहीं करते थे। इन लोगों को जब भी सहायता की जरूरत पड़ती थी, वे सदैव तैयार रहते थे। लातेहार के एक अन्य स्वतंत्रता सेनानी और वर्ष 1952 के विधायक गिरिजानंदन से भी उनके काफी मित्रवत् संबंध थे। दोनों क्षेत्र के विकास के लिए साथ-साथ जिला मुख्यालय डालटनगंज आते रहते थे।"

लातेहार निवासी और गणेश लाल अग्रवाल कॉलेज, मेदिनीनगर के सेवानिवृत्त प्राध्यापक प्रो. कृष्ण कुमार मिश्र के अनुसार, "भुवनेश्वर बाबू ने आजादी की लड़ाई के दौरान अंग्रेजों की मुक्ति के बाद विकास और सौहार्द का जो सपना देखा था, उसे उन्होंने अपने साधनों और समाज के लोगों के सहयोग से पूरा करने का प्रयास किया। लड़कियों की पढ़ाई ठीक से हो, इसके लिए उन्होंने बालिका विद्यालय खोलने के लिए जमीन दी थी। यहाँ जिस जगह पर बरसों से रामचरितमानस का पाठ होता है, वह जमीन भी उन्हीं की दी हुई है। शहर का दुर्गा बाड़ी भी उन्हीं की जमीन पर है। इसे उनके चाचा के नाम

पर 'राजा दुर्गा बाड़ी' के नाम पर जाना जाता है। यहाँ की मसजिद भी उन्हीं की दी हुई जमीन पर बनी हुई है। लातेहार हाई स्कूल के निर्माण में भी उनकी महत्त्वपूर्ण भूमिका थी। जब तक वे सक्रिय रहे, क्षेत्र के लोगों की मदद के लिए सदैव तैयार रहते थे।"

भुवनेश्वर प्रसाद सिंह का विवाह डेहरी ऑन सोन के पास स्थित माणिकपुर गाँव की कैलाश देवी से हुआ था। वे सात पुत्र और पाँच पुत्रियों के पिता थे। उनके पुत्रों के नाम महेंद्र प्रसाद सिंह, मदन प्रसाद सिंह, प्रमोद प्रसाद सिंह, विनोद प्रसाद सिंह, सुबोध प्रसाद सिंह, माधव प्रसाद राठौर, डॉ. अभय प्रसाद सिंह और पुत्रियों के नाम प्रेम देवी, उर्मिला देवी, शशिबाला देवी, चिंता देवी और जगमिला देवी हैं। उनके एक चचेरे भाई गंगेश्वर प्रसाद सिंह पलामू के प्रतिष्ठित अधिवक्ता थे। वे वर्ष 1932 से वकालत में आए जबकि दूसरे भाई यमुना प्रसाद सिंह वर्ष 1942 में न्यायिक सेवा से जुड़े थे।

भुवनेश्वर प्रसाद सिंह का जन्म 6 अक्तूबर, 1909 को हुआ था। किशोरावस्था में ही उनके पिता शिवपति सिंह का निधन हो गया था। उसकी वजह से उन पर चाचा राजा सिंह का प्रभाव था। प्रख्यात साहित्यकार और औरंगाबाद के भवानीपुर निवासी कामता प्रसाद सिंह 'काम' उनके मामा व साहित्यकार तथा सांसद रहे शंकरदयाल सिंह ममेरे भाई थे। उनका निधन 4 दिसंबर, 1985 को हुआ था।

□

26

धर्मजीत पांडेय, रामविलास पांडेय

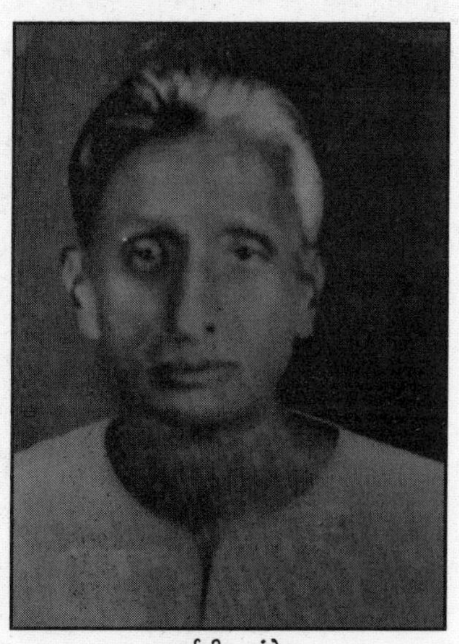

धर्मजीत पांडेय

धर्मजीत पांडेय जब अपने मित्रों या इलाके के लोगों के साथ होते तो उनका स्वभाव काफी मिलनसार होता था। अपनी व्यवहारकुशलता से वे लोगों का दिल जीत लेते थे। अंग्रेजों की बात आते ही उनके अंदर क्रोध की ज्वाला भड़क उठती थी। इसका परिणाम था कि वर्ष 1942 की क्रांति के दौरान उन्होंने नगर थाने में आग लगाने वाले क्रांतिकारियों का नेतृत्व किया था। उनके साथ इस अभियान में अघौरा गाँव के रामविलास पांडेय भी काफी सक्रिय थे। धर्मजीत पांडेय के छोटे भाई शरदचंद पांडेय जब इसका जिक्र करते हैं तो ऐसा लगता है कि सारी घटना आँखों के सामने घट रही है। वे बताते हैं, "भैया के साथ आसपास के गाँव के कई युवक थे। उनमें बड़ी संख्या में बनिया जाति के लोग भी थे। उनके हाथ में लुकवारी (मशाल) और मिट्टी का तेल था। इन सभी ने 'अंग्रेजो भारत छोड़ो', 'अंग्रेजी शासन

का नाश हो' नारे लगाते हुए थाने में आग लगा दी थी। इस घटना के समय उनके साथ हमारे रिश्तेदार रामविलास पांडेय भी मौजूद थे।"

आज के श्री बंशीधर नगर अनुमंडल के मंगरदह गाँव में धर्मजीत पांडेय का जन्म वर्ष 1919 में हुआ था। आजादी के उस दीवाने ने महात्मा गांधी से चंपारण जा कर मुलाकात की थी। पलामू जिले के बड़े स्वतंत्रता सेनानी और संविधान सभा के सदस्य रहे यदुवंश सहाय 'यदु बाबू' के साथ मिलकर उन्होंने पलामू के पश्चिमी क्षेत्र में आंदोलन को गति दी थी। संविधान सभा के एक अन्य सदस्य अमिय कुमार घोष 'गोपा बाबू' से तो इनका जुड़ाव था ही, वे उनके पिता और डालटनगंज के उस दौर के नामी वकील शिशिर कुमार घोष से भी काफी प्रभावित थे। जब उनकी उम्र 13-14 साल थी, पिता लालधारी पांडेय से उन्हें अंग्रेजों के अत्याचार की जानकारी मिलती थी। किशोरावस्था से ही वे क्रांतिकारी सोच वाले हो गए। यदु बाबू और गोपा बाबू के निकट आने के बाद उनके विचारों में परिपक्वता आई और उनकी सक्रियता बढ़ती गई। परिणाम यह हुआ कि उन्हें कई बार जेल जाना पड़ा। पांडेयजी के पौत्र संतोष पांडेय ने अपने बाबा से आजादी की लड़ाई की कई कहानियाँ सुनी हैं। वे बताते हैं, "बाबा का जनता में कोई दुश्मन नहीं था। उनका व्यवहार और विचार ऐसा था कि जब वे आंदोलन के दौरान किसी भी गाँव में जाते तो लोग उन्हें न सिर्फ अपने घर में रखते थे, बल्कि उनके आने की बात गुप्त भी रखते थे। वे जंगल से लेकर पहाड़ तक क्रांति की अलख जगाते हुए घूमते रहते थे। महीने में दो-चार दिन के लिए ही घर आते थे। नगर के सरयू पांडेय और रामविलास पांडेय, साधु शरण साव, सुलताना हलवाई, भुवनेश्वर आजाद, डाढ़ु महतो उनके सबसे करीबी लोगों में से थे और आंदोलन के दौरान सदैव उनके साथ रहते थे। इस दौरान उन्हें किसी और चीज से मतलब नहीं था। बस क्रांति की अलख जगाने के लिए वे गाँव-गाँव घूमते थे। देश के जिस हिस्से में भी कांग्रेस अधिवेशन होता था, वहाँ उनकी भागीदारी सुनिश्चित रहती थी।"

शरदचंद पांडेय बताते हैं, "वर्ष 1939 में होली का समय था। भैया ने क्रांतिकारियों के साथ मिलकर नगर से विंढमगंज जानेवाले मुख्य मार्ग पर स्थित गोंसाईबाग पुल को उड़ा दिया था। यहीं से अंग्रेज अफसर विंढम साहब

गुजर रहे थे। उन्हें देखते ही सभी का गुस्सा चरम पर पहुँच गया और उनकी जोरदार पिटाई कर दी गई।' वर्ष 1942 में नगर थाना में आग लगाने के बाद जासा गरदा के जंगल में रहकर उन्होंने आंदोलन को गति दी। उस वक्त वह जंगल काफी घना था। वे और उनके साथी यहाँ के हर रास्ते से परिचित थे। यहाँ रहने के दौरान वे आसपास के इलाकों में चले जाते और लोगों के बीच 'अंग्रेजो भारत छोड़ो' और 'करो या मरो' का संदेश देते। अंग्रेज सिपाहियों को उनके यहाँ छुपे होने की सूचना मिलती थी, पर उनके मन में पांडेयजी के प्रति इतना खौफ था कि वे अंदर जाने की हिम्मत नहीं जुटा पाते थे। उन्हें 20 अगस्त को गिरफ्तार कर लिया जाता है। उसी दिन साधु शरण साव, रामविलास पांडेय, गुलाब सिंह, लक्ष्मण प्रसाद आदि भी पकड़े जाते हैं।

बाद में उन्हें गिरफ्तार कर लिया गया और पहले डालटनगंज जेल फिर देवघर व हजारीबाग की जेल में रखा गया। करीब दो साल की सजा काटने के बाद उनकी रिहाई हुई। जेल में ही पांडेयजी की नजदीकी श्रीकृष्ण सिंह, अनुग्रह नारायण सिन्हा, महमाया प्रसाद, विनोदानंद झा, बसावन सिंह जैसे बड़े नेताओं से हुई। जेल में अंग्रेजों का अत्याचार उन्होंने हँसते हुए काटा था। यहाँ रहने के दौरान वे खूब गाना-बजाना करते थे। यही कारण था कि जेल में बंद स्वतंत्रता सेनानियों के बीच भी वह काफी लोकप्रिय थे। डालटनगंज में भुवनेश्वर चौबे, पन्ना बाबू, सूर्यानंद अखौरी, राजकिशोर सिंह जैसे स्वतंत्रता सेनानियों के साथ मिलकर उन्होंने जिले में आंदोलन को गति देने का काम किया था।

वरिष्ठ पत्रकार धीरेंद्र चौबे 'विद्रोही' बताते हैं, "धर्मजीत पांडेय का जीवन युवाओं के लिए प्रेरणा स्रोत है। मात्र 20-21 साल की उम्र में उन्होंने जिस तरह से इलाके के लोगों को अंग्रेजों के खिलाफ संगठित किया, वह उनके सफल नेतृत्व का परिचायक है। एक बार उन्हें विधानसभा का टिकट भी दिया जा रहा था, पर उन्होंने चुनाव लड़ने की जगह सामाजिक कार्यों में समय बिताना ज्यादा उचित समझा।" जिस दिन देश आजाद हुआ यानी 15 अगस्त, 1947 के दिन पांडेयजी पटना में थे। जब वे वहाँ से गाँव लौटे तो लोगों ने उनका जोरदार स्वागत किया। उन्हें मालाएँ पहनाई गईं, जुलूस निकाला गया

और 'भारत माता की जय' के नारे लगाए गए। इस मौके पर उन्होंने कहा था, "अब अपना शासन हुआ, अब नई कहानी लिखी जाएगी।" आजादी के बाद वे अरसे तक राजनीतिक और सामाजिक कार्यों में सक्रिय रहे।

वर्ष 1919 में जन्मे धर्मजीत पांडेय के पिता का नाम लालधारी पांडेय और माता का नाम जयमती देवी था। वे पाँच भाई और एक बहन में सबसे बड़े थे। बहन का नाम रामस्वारी देवी, भाइयों के नाम यमुना पांडेय, लक्ष्मण पांडेय, परशुराम पांडेय और शरद चंद्र पांडेय हैं। धर्मजीत पांडेय के चार बेटे उपेंद्र नाथ पांडेय, विनोद बिहारी पांडेय, अशोक पांडेय, ओमप्रकाश पांडेय और चार बेटियाँ प्रभा देवी, चित्र लेखा देवी, माया देवी व नागवंती देवी हैं। भारत माता के इस वीर सपूत ने मात्र 60 साल की उम्र में वर्ष 1979 में आखिरी साँस ली। उनके पुत्र उपेंद्र नाथ पांडेय के बेटे संतोष पांडेय को अपने दादाजी के त्याग पर गर्व होता है। देश के लिए धर्मजीत पांडेय का त्याग और बलिदान पूरे पलामूवासियों के लिए गर्व की बात है।

धर्मजीत पांडेय के साथ आजादी की जंग में शामिल रामविलास पांडेय की कहानी भी कम रोमांचक नहीं है। वर्ष 1932 में उनके गाँव अघौरा के आसपास के खरवारों पर सरकार ने काफी जुल्म किए थे और उन्हें अमानवीय यातनाएँ दी थीं। पांडेयजी ने खरवारों को समर्थन किया और सरकार के खिलाफ संघर्ष छेड़ दिया। इस घटना के बाद वे अपने सहयोगियों के साथ कांग्रेस में शामिल हो गए और आजादी की लड़ाई में कूद पड़े। इस दौरान उन्हें पहली बार गिरफ्तार भी किया गया था। रामविलास पांडेय के बड़े पुत्र कमलेश्वर पांडेय शिक्षक रहे हैं। वे बताते हैं, "एक बार किसानों की सभा में बाबूजी ने अंग्रेज अफसर के खिलाफ काफी कड़े शब्दों का इस्तेमाल किया था। वे उस अफसर पर हमला करना चाहते थे। इसी सभा में कांग्रेस के वरिष्ठ नेता अनुग्रह नारायण सिन्हा भी मौजूद थे। अनुग्रह बाबू ने बाबूजी के गुस्से को देखते हुए उन्हें 'पलामू का परशुराम' कहा था। आजादी की लड़ाई में बाबूजी कभी घर पर नहीं रहे। वे बराबर बाहर रहते थे और उनके ठिकाने की जानकारी किसी को नहीं रहती थी। जब उनकी माँ का देहांत हुआ था तब भी वे जेल में ही थे। गिरफ्तारी के बाद उन्हें पटना की फुलवारी शरीफ

जेल में रखा गया था। यहीं उनकी निकटता केदार पांडेय, हरिनाथ मिश्र, रामलखन सिंह यादव सरीखे बड़े नेताओं से हुई। आजादी के बाद तत्कालीन उपमुख्यमंत्री अनुग्रह बाबू ने उन्हें सरकारी नौकरी का भी प्रस्ताव किया था, पर उन्होंने उसे यह कहते हुए ठुकरा दिया कि वे सरकार में नौकर नहीं बनेंगे बल्कि देश की जनता की सेवा करेंगे।"

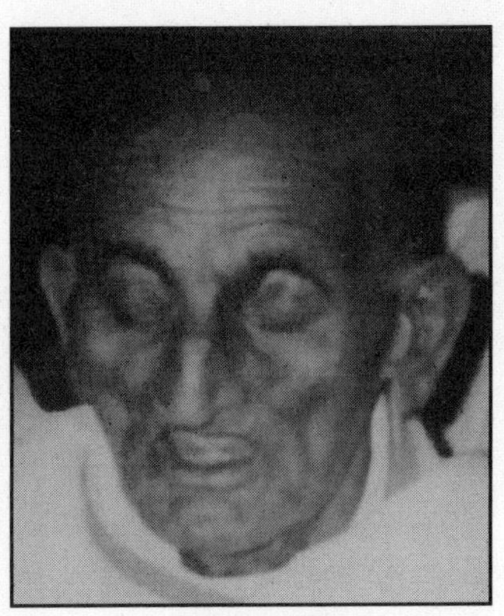

रामविलास पांडेय

सौरभ पांडेय रामविलास पांडेय के पोते हैं। वे कहते हैं, "मेरे बाबा मात्र पाँचवीं तक पढ़े थे। इसके बाद भी उन्हें शिक्षा की अहमियत पता थी। उन्होंने अपने सभी बच्चों को उच्च शिक्षा दी। वे अपने विचारों के प्रति हद से ज्यादा कट्टर थे। जब अंग्रेज उन्हें जेल में बंद कर यातना देकर झुकने के लिए कहते थे तो वे इसके लिए कभी तैयार नहीं हुए। इसका परिणाम यह हुआ कि उनकी आँखों की रोशनी कम पड़ गई। अंत में उन्हें दिखना बिल्कुल बंद हो गया और वे पोते-पोतियों को देखकर नहीं बल्कि छूकर पहचानते थे।" आजादी के 25 वर्ष पूरे होने पर उन्हें तत्कालीन प्रधानमंत्री इंदिरा गांधी द्वारा दिए गए ताम्र-पत्र से भी सम्मानित किया गया था। रामविलास पांडेय की शादी दुद्धी (उत्तर प्रदेश) की विमला देवी से हुई थी। उनके पिता का नाम वासुदेव पांडेय और माता का नाम जीरा देवी था। उनके तीन बेटे कमलेश्वर पांडेय, मुक्तेश्वर पांडेय और तारकेश्वर पांडेय हैं, जबकि बेटियों का नाम शकुंतला देवी और द्रौपदी देवी है। पांडेयजी का निधन नवंबर, 2004 में सौ साल की उम्र में हुआ था।

□

27

गुलाब किशोर 'आजाद', प्रेमशंकर मिश्रा

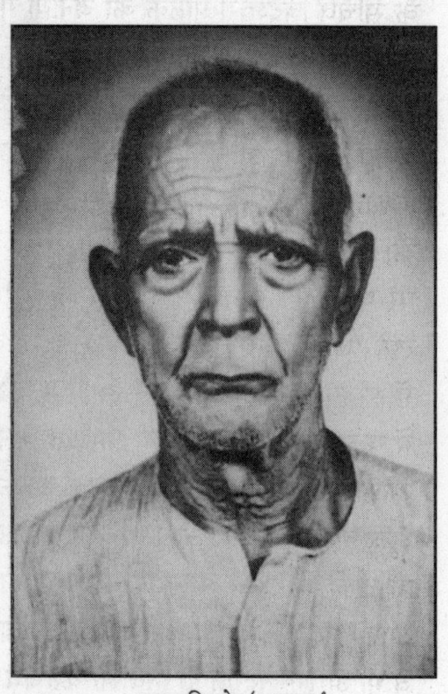

गुलाबकिशोर 'आजाद'

गुलाब किशोर 'आजाद' और प्रेमशंकर मिश्रा आजादी के पहले से ही मजदूर यूनियन के नेता थे। उनका संघर्ष अंग्रेजों के शोषण के खिलाफ मजदूरों के बीच रहकर होता था। उनका केंद्र जपला सीमेंट फैक्टरी था। यहीं रहकर वे दोनों क्रांतिकारी गतिविधि में सक्रिय रहते थे। गुलाबजी तो अंत तक यहीं रहे, पर प्रेमशंकरजी ने बरवाडीह में हुटार कोलियरी खुलने के बाद अपना केंद्र बरवाडीह को बना लिया था। गुलाबजी का नाम जपला के, तो प्रेमशंकरजी का नाम बरवाडीह के स्वतंत्रता सेनानियों के शिलापट्ट पर लगा है।

गुलाब किशोर 'आजाद' का नाम लेते ही उनके नाम के तीनों अक्षरों से अलग-अलग भाव निकलते हैं। उनका व्यक्तित्व गुलाब की तरह खिला था

तो चेहरे पर सदैव किशोर जैसे भाव रहते थे। 'आजाद' उपनाम उनके त्याग और संघर्ष की कहानी कहता था। गुलाबजी जब बच्चे थे तभी उनके सिर से पिता का साया उठ गया था। उनकी माँ औरंगाबाद का गाँव छोड़कर अपने मायके डालटनगंज आ गई थीं। यहाँ रहकर वह बच्चों के लालन-पालन के लिए लोगों के घरों में काम करने लगीं। उनके पास कठिनाइयों का अंबार था, पर बच्चों को शिक्षित करने का प्रण भी। इसी समय 1921 में डालटनगंज में राष्ट्रीय विद्यालय की स्थापना हो चुकी थी। यह विद्यालय कोशियारा के जमींदार और पलामू कांग्रेस के तत्कालीन सभापति शेख मोहम्मद हसन के खपरैल घर में चलता था। इस विद्यालय का प्रधानाध्यापक पलामू जिला कांग्रेस के सचिव बिंदेश्वरी पाठक को बनाया गया था। कांग्रेस के अन्य नेता चंद्रिका प्रसाद वर्मा, देवनारायण मेहता एवं महावीर प्रसाद बतौर अवैतनिक शिक्षक विद्यालय में कार्यरत थे। बालक गुलाब की माँ ने इस विद्यालय में अपने दस वर्षीय बेटे का नामांकन करा दिया। राष्ट्रवादी विचारधारा से ओत-प्रोत इस विद्यालय में पढ़ाने वाले शिक्षक बच्चों को न सिर्फ पढ़ाते थे बल्कि अंग्रेजों की दमनकारी नीतियों की जानकारी भी देते थे। इसका प्रभाव बालक गुलाब पर भी पड़ा। उनके मन में अंग्रेजों के खिलाफ विरोध के भाव अंकुरित होने लगे। जैसे-जैसे उनकी उम्र बढ़ने लगी वे अपने शिक्षकों के साथ-साथ जिले में सक्रिय क्रांतिकारियों के संपर्क में आने लगे। वर्ष 1930 के आखिरी दिनों में पलामू में यदुवंश सहाय का आगमन हो चुका था। इसी समय गौरीशंकर ओझा भी यहाँ आ चुके थे। उन दोनों की गतिविधियाँ भी यहाँ के आंदोलन में शुरू हो चुकी थीं। गुलाब किशोर की उम्र भी इस वक्त तक करीब 18 साल हो चुकी थी। इसी समय वे यदुवंश सहाय और गौरीशंकर ओझा के संपर्क में आए। यदुवंश सहाय से उनकी निकटता बढ़ने का एक कारण यह भी था कि वे भी औरंगाबाद के ही निवासी थे। जब गुलाब किशोर के आंदोलन में सक्रिय होने की जानकारी कामेश्वर सहाय नाम के दरोगा को लगी तो उन्होंने उन्हें प्रलोभन देना शुरू किया। कामेश्वर सहाय ही यदुवंश सहाय को भी औरंगाबाद से डालटनगंज लाए थे। उन्होंने गुलाब किशोर से आंदोलन से अलग होने के लिए कहा। अंग्रेज सरकार से नहीं टकराने की नसीहत दी और ऐसा करने पर

बरबाद होने की धमकी भी दी। जब गुलाब किशोर नहीं माने तो उन्हें नौकरी का भी प्रलोभन दिया। यह प्रलोभन भी उन्हें रोक नहीं सका।

जपला निवासी अंगद किशोर शिक्षक होने के साथ सोनघाटी पुरातत्त्व परिषद् के अध्यक्ष भी हैं। उनका काफी समय गुलाब किशोरजी के साथ गुजरा है। वे कहते हैं, 'सिर पर गांधी टोपी डाले, कुरता-पाजामा और बंडी पहने, मध्यम कद और चेहरे पर गर्व का भाव···यही थी गुलाब किशोर आजाद से पहली मुलाकात की तसवीर। अत्यंत साधारण-सा दिखने वाला शख्स आजादी की लड़ाई में तीन-तीन बार जेल गया हो, सहसा विश्वास नहीं हुआ था। उनके पास खोने के लिए कुछ नहीं था, मगर आँखों में पाने की जो चाहत थी, वह आजाद भारत की थी। उनका सपना था कि स्वतंत्र भारत में सोने की चिड़िया चहकेगी, अमीर-गरीब की खाई समाप्त होगी और सम्मान से जीने का हक सबको मिलेगा। मगर उनका सपना कभी अपना नहीं हुआ। स्वर्णिम स्वप्न पूरा नहीं होने का गम उनकी आँखों से सदैव परिलक्षित होता था।"

आजादी के दीवाने और आजाद विचार के धनी गुलाब किशोर ने अमर स्वतंत्रता सेनानी चंद्रशेखर आजाद से प्रेरणा लेकर अपने नाम में बतौर उपनाम 'आजाद' लगाया था। युवा होने के कारण वे सदैव युवा-जोश का समर्थन करते रहते थे। 23 मार्च, 1931 को सरदार भगत सिंह, सुखदेव और राजगुरु को फाँसी दिए जाने के विरोध में देशभर के युवा आक्रोशित थे। औरंगाबाद में इस घटना के प्रतिरोध में क्रांतिकारियों ने जुलूस-प्रदर्शन करने का आयोजन सुनिश्चित किया था। इसलिए वे अपने कुछ साथियों को लेकर डालटनगंज से औरंगाबाद चले गए। फाँसी के विरोध में सरकार के खिलाफ सड़कों पर जमकर तोड़-फोड़ और नारेबाजी हुई। मौके पर मौजूद पुलिस ने अन्य क्रांतिकारियों के साथ ही गुलाब किशोर को भी गिरफ्तार कर लिया और गया सेंट्रल जेल में भेज दिया। जेल में रहने के दौरान उनका संपर्क कई क्रांतिकारियों से हुआ। वे तीन महीने बाद जेल से छूटे और फिर से डालटनगंज में आकर सक्रिय हो गए। जेल से छूटने के बाद पुलिस की उन पर पैनी नजर रहने लगी। गढ़वा में गौरीशंकर ओझा स्वतंत्रता आंदोलन की रीढ़ थे। वे गाँव-गाँव लोगों में अलख जगाने के लिए घूमते थे। एक दिन वे पुलिस की

पकड़ में आ गए और उन्हें गिरफ्तार कर डालटनगंज जेल में डाल दिया गया। गढ़वा में आंदोलन की गति धीमी न पड़ जाए, इसलिए तत्कालीन कांग्रेसी नेता धनुषधारी सिंह ने वहाँ की कमान गुलाब किशोर को सौंप दी। उस समय गुलाब किशोर भूमिगत थे। पुलिस उनके पीछे पड़ी हुई थी। उन्होंने गढ़वा जाने के लिए कोयल नदी पार कर जाने का फैसला किया। एक रात वे किसान के खलिहान में सोए। दूसरे दिन उन्होंने गढ़वा की यात्रा आरंभ की। उनके पीछे पुलिस शायद डालटनगंज से ही लगी हुई थी। गढ़वा पहुँचते ही वे गिरफ्तार कर लिये गए और डालटनगंज जेल भेज दिए गए। उन पर लोगों को सरकार के खिलाफ भड़काने तथा सरकारी संपत्ति को नुकसान पहुँचाने का आरोप था। जेल में पहले से बंद गौरीशंकर ओझा ने गुलाब किशोर का गले से लगाकर स्वागत किया। छह माह की सजा काटने के बाद वे बाहर निकले। अपने मित्रों की सलाह और जपला सीमेंट फैक्टरी के मजदूर यूनियन के नेता गणेश प्रसाद वर्मा एवं उनके साथियों के सहयोग से वे सुनियोजित तरीके से 22 जून, 1934 को जपला सीमेंट फैक्टरी में बतौर कामगार बहाल हो गए। गणेश वर्मा जिले के अग्रणी स्वतंत्रता सेनानी थे। उन्हें जपला में एक अत्यंत ही विश्वस्त व्यक्ति की जरूरत थी। गुलाब किशोर इसमें खरे उतरे। यहाँ आकर वे मजदूर यूनियन में सक्रिय हो गए तथा आंदोलनकारियों के लिए कोष-व्यवस्थापक के रूप में काम करने लगे।

गुलाब किशोर 'आजाद' को धन जुटाने की जिम्मेदारी गुप्त रूप से दी गई थी। वे देश की आजादी के नाम पर कामगारों से चंदा तथा प्रबंधन के कई अधिकारियों से गुप्त सहयोग लिया करते थे। चंदे की वसूली में सहयोग करने के लिए उन्होंने और पाँच कामगारों को अपनी गुप्त टीम में रख लिया था। उन्हीं कामगारों की मदद से क्रांतिकारियों के पास चंदे की राशि भेजी जाती थी। 1936 में इस घटना की जानकारी प्रबंधन को हो गई। प्रबंधन ने अनियमितता का आरोप लगाकर पाँचों कामगारों को सेवा से बर्खास्त कर दिया। गुलाब किशोर 'आजाद' ने प्रबंधन की इस कारखाई का पुरजोर विरोध किया। अंत में जब बात नहीं बनी तो उन्होंने यह मामला जिले के कांग्रेस के बड़े नेताओं के समक्ष रखा। डालटनगंज से गणेश प्रसाद

वर्मा, यदुवंश सहाय और गौरीशंकर ओझा फौरन जपला पहुँचे। नेताओं ने कामगारों को लामबंद कर फैक्टरी में हड़ताल का ऐलान कर दिया। 36 घंटे तक अनवरत हड़ताल जारी रही। इस कारखाने में कामगारों द्वारा आहूत यह पहली हड़ताल थी। कामगारों की एकजुटता की वजह से प्रबंधन को झुकना पड़ा और पाँचों कामगारों को पुनः काम पर रखना पड़ा। इस घटना का परिणाम यह हुआ कि जपला सीमेंट फैक्टरी के प्रबंधन की नजर में गुलाब किशोर की अहमियत और बढ़ गई।

गुलाब किशोर 'आजाद' ने मृत्यु से दो साल पहले अंगद किशोर को बताया था कि सोन नदी होने की वजह से जपला सीमेंट फैक्टरी क्रांतिकारियों के लिए एक सुरक्षित ठिकाना था। सोन नदी के उस पार इतिहास प्रसिद्ध रोहतास किला है, जो वर्ष 1857 की क्रांति में क्रांतिकारियों के लिए सर्वाधिक महफूज स्थल था। आजाद ने बताया था कि सुभाष चंद्र बोस वर्ष 1940 में जपला सीमेंट फैक्टरी में आए थे। उन्होंने एक आमसभा को भी संबोधित किया था। यहाँ आने वालों में किसान नेता श्रद्धानंद सरस्वती, लोकनायक जयप्रकाश नारायण, आचार्य विनोबा भावे, फरीद अंसारी (दिल्ली), महावीर प्रसाद सिन्हा (लखनऊ), रामकृष्ण खत्री एवं जननायक कर्पूरी ठाकुर उल्लेखनीय थे। वर्ष 1940 ई में सोशलिस्ट नेता बसावन सिंह ने यहाँ पहली बार राष्ट्रीय ध्वज फहराया था। वर्ष 1942 की अगस्त क्रांति के दौरान गुलाब किशोर सहित कई कामगारों पर सरकार के मुखबिरों की कड़ी निगाह रहती थी। उस समय गुलाब किशोर को अंग्रेज सरकार की पुलिस द्वारा नजरबंद किया गया था।

देश की आजादी के बाद उन्होंने अपनी पूरी जिंदगी फैक्टरी द्वारा उपलब्ध कराए गए क्वार्टर में गुजार दी। वहाँ वे अपनी एकमात्र पुत्री के साथ रहते थे। स्वतंत्रता से पूर्व तक अपनी कमाई देशहित को समर्पित करते रहे। आजादी के बाद देश की दुर्दशा देखकर वे काफी दु:खित थे। वे कहा करते थे कि देश के लाड़ले अपने देश की ऐसी दुर्गति करेंगे, सपने में भी नहीं सोचा था। आजादजी ने 10 मई, 2002 को 90 साल की उम्र में आखिरी साँस ली। उनका त्याग और बलिदान किस कोटि का था, इसका अंदाजा हुसैनाबाद प्रखंड कार्यालय

परिसर में लगे स्वतंत्रता सेनानी स्तंभ को देखकर लगाया जा सकता है। इस पर उनका नाम सबसे ऊपर अंकित है।

प्रेमशंकर मिश्रा का नाम भी बरवाडीह के स्वतंत्रता सेनानियों के शिलापट्ट पर अंकित है। वे रहने वाले तो उत्तर प्रदेश के रायबरेली जिले के दौलतपुर के थे, पर स्वतंत्रता संग्राम के समय उनका कार्यक्षेत्र जपला, बौलिया और डालमियानगर था। वर्ष 1942 में इनकी गिरफ्तारी भी डालमियानगर में ही हुई थी। इन्हें सासाराम और हजारीबाग जेल में रखा गया था। जेल से रिहा होने के बाद वे मजदूरों के हित में संघर्ष करते रहे, पहले वे जपला के मजदूर यूनियन में थे, पर जब बरवाडीह में हुटार कोलियरी खुला तो वे वर्ष 1964-65 में यहाँ आ गए। मजदूर यूनियन के साथ वे यहाँ के सामाजिक कार्यों में भी सक्रिय रहे। पहले वे यहाँ किराए के मकान में रहे, बाद में अपना घर भी बना लिया। उनके पिता का नाम सुकंठ मिश्रा और माता का नाम चिरंजीवी देवी था। पुत्रों के नाम सुशील कुमार मिश्रा, सुरेश कुमार मिश्रा, राजेश कुमार मिश्रा, राजेंद्र कुमार मिश्रा और बेटियों के नाम सुनीता पांडेय, शीला तिवारी, दमयंती तिवारी और नीलू तिवारी हैं। प्रेमशंकर मिश्रा का निधन 13 जून, 2015 को करीब सौ साल की उम्र में हुआ था।

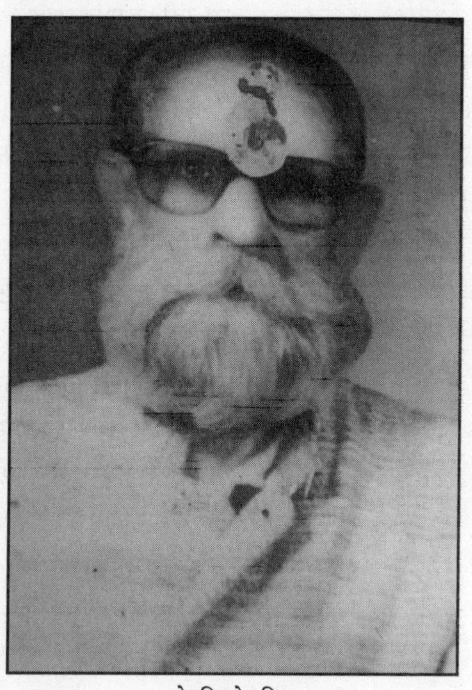
प्रेमकिशोर मिश्रा

□

28
नंदलाल प्रसाद

देश में जब वर्ष 1942 की क्रांति शुरू हुई थी तब नंदलाल प्रसाद कोऑपरेटिव बैंक में नौकरी करते थे। अंग्रेजी राज में देश की जिस तरह से दुर्दशा हो रही थी, वह उन्हें बर्दाश्त नहीं हो रही थी। इसका परिणाम यह हुआ कि वे नौकरी छोड़कर आजादी की लड़ाई में कूद पड़े। उन्होंने गिरिवर स्कूल में शिक्षक का काम भी किया था, इसकी वजह से लोग उन्हें 'मास्टरजी' के नाम से भी जानते थे। उन्हें 13 अगस्त को गिरफ्तार किया गया था। उनकी गिरफ्तारी तत्कालीन पुलिस अधीक्षक रामनारायण सिंह ने की थी। आश्चर्यजनक बात यह थी कि वे रामनारायण सिंह के बच्चों को ट्यूशन पढ़ाते थे। उस दिन गिरफ्तार होने वाले लोगों में महावीर प्रसाद, गजेंद्र प्रसाद सिन्हा (पन्ना बाबू), महावीर प्रसाद, दशरथ राम, रामअवतार राम और रघुनाथ अग्रवाल शामिल थे।

धनेंद्र प्रवाही हिंदी और नगपुरिया के नामी साहित्यकार हैं। वे पलामू में सरकारी सेवा में भी रहे हैं। उनकी नंदलाल प्रसाद से काफी नजदीकी थी। वर्ष 1973 में उन्होंने नंदलालजी से आजादी के आंदोलन को लेकर काफी लंबी बातचीत की थी। यह बातचीत साप्ताहिक 'पलामू दर्पण' के 2 फरवरी, 1973 के अंक में छपी थी। प्रवाहीजी को वह बातचीत आज भी याद है। वे बताते हैं कि जब मैंने मास्टरजी से आंदोलन और जेल जीवन को लेकर सवाल किया तो उनका जवाब बहुत ही रोमांचित करने वाला था। उन्होंने बताया था कि डालटनगंज में यदुवंश सहाय, गौरीशंकर ओझा, गणेश प्रसाद वर्मा जैसे नेताओं की ओजपूर्ण वाणी से क्रांति की पृष्ठभूमि तैयार हो गई थी। 12 अगस्त को डालटनगंज में प्रदर्शन की योजना बनी। अगले दिन यानी 13 अगस्त को प्रदर्शन से पहले महावीर प्रसाद बंदी बनाए लिये गए। इस गिरफ्तारी ने जलती आग में घी का काम किया। उत्तेजित प्रदर्शनकारी थाने में आ डटे। लाठीचार्ज की तैयारी होने लगी और भीड़ छँट गई। कुछ ही मिनटों के बाद भीड़ फिर इकट्ठी हो गई और इस बार नेतृत्व मैंने अपने हाथों में ले लिया। उस समय मैं एसपी के बच्चों को पढ़ाया करता था। उन्होंने लाठीचार्ज से पहले ही मुझे गिरफ्तार कर लिया। मुझे पहले एक महीने तक डालटनगंज जेल में रखा गया। उसके बाद आठ दिनों के लिए हजारीबाग भेज दिया गया। वहाँ रहने के दौरान जयप्रकाश बाबू से मिलने और उनका मार्गदर्शन प्राप्त करने का सौभाग्य प्राप्त हुआ। बाद में उन्हें पटना की फुलवारी शरीफ जेल में भेज दिया गया।

जेल जीवन की एक महत्त्वपूर्ण घटना को याद करते हुए उन्होंने कहा था कि एक बार जेल में बड़े भैया मुझसे मिलने के लिए आए थे। जेल में आने वाले अभिभावक माफी माँगकर रिहा होने के लिए कहते थे। मैंने यह सोचकर भैया से मिलने से इनकार कर दिया कि कहीं मैं परिवार का हाल भैया की जुबानी सुनकर विचलित न हो जाऊँ। कैंप जेल में पलामू के क्रांतिकारियों के नेता गणेश प्रसाद वर्मा भी बंद थे। उनसे मिलना अलग महत्त्व रखता था। वे बड़े कर्मठ और देशभक्त योद्धा थे। उन्होंने जेल में रहने के दौरान हमारा उत्साह बढ़ाया। हम अकसर जेल के अंदर मीटिंग और सांस्कृतिक कार्यक्रम

करते रहते थे। खाने-पीने के मामले में काफी तकलीफ होती थी। किसी-न-किसी कारण से हफ्ते में दो-तीन बार लाठीचार्ज हो ही जाता था और हममें से कई साथी घायल हो जाते थे। एक बार जेल में ही 26 जनवरी को शपथ लेने और तिरंगा फहराने की तैयारी की गई। इसके लिए हमलोगों ने अपनी पोशाक फाड़कर रातोरात झंडे तैयार किए। कपड़े को रँगने के लिए घास से हरा और ईंटों का चूरा कर केसरिया रंग तैयार किया गया। जेलकर्मियों के लाख रोकने के बाद भी बैरकों में सुबह तिरंगा फहरा दिया गया। उसके बाद लाठीचार्ज में कई लोग घायल हुए और दिन-रात बैरकों में बंद कर दिए गए। मार्च 1943 में जेल से छूटने के बाद उनके अंदर राष्ट्रीयता का रंग और गहरा हो गया था। रिहा होने के बाद मैं अपने गाँव (खैरा, रफीगंज) पहुँचा और युवकों को परेड कराने से लेकर उनमें राष्ट्रीयता का भाव भरने में लग गया। डालटनगंज आने के बाद सदर थाना कमेटी का सचिव भी रहा, पर वर्षों तक मलेरिया और कालाजार से पीड़ित रहने के कारण मैं ज्यादा सक्रिय नहीं रह सका। 14 अगस्त, 1947 को पलामू जिला स्कूल के मैदान में खचाखच भरी भीड़ में पूर्ण स्वतंत्रता की घोषणा सुनकर खुशी से पागल हो जाने वालों में मैं भी एक था।

नंदलाल वर्मा के बेटे दिनेश कुमार अपने पिता के त्याग और संघर्ष की गाथा सुनाते समय काफी भावुक हो जाते हैं। वे कहते हैं, "जेल से छूटने के बाद पिताजी का स्वास्थ्य काफी खराब रहने लगा था। परिवार चलाने के लिए उन्होंने पकौड़ी और जलेबी बेचना शुरू किया। इसी दौरान उनके बड़े भाई उमाचरण लाल ने उन्हें टाइपराइटर खरीदकर दिया। उसे लेकर वे कोर्ट जाने लगे और लोगों की अर्जियाँ टाइप करते थे। टाइप करने के समय लगा कि इस व्यवसाय में और लोगों को आना चाहिए तथा इसके लिए प्रशिक्षण की भी व्यवस्था होनी चाहिए। उन्होंने एक और टाइपराइटर खरीदकर वर्ष 1948 में नंदलाल इंस्टीट्यूट शुरू करने का फैसला किया। संस्थान शुरू होते के साथ ही यहाँ नामांकन कराने वालों की भीड़ बढ़ने लगी। कई टाइपराइटर खरीदे गए और यहाँ टाइपिंग के साथ शॉर्टहैंड, टेलीग्राफी भी सिखाई जाने लगी। इस संस्थान से प्रशिक्षण लेने वाले हजारों छात्र विभिन्न सरकारी और

गैर-सरकारी संस्थानों में नौकरी करने लगे। उन्होंने वर्ष 1978 तक यह संस्थान चलाया और उसके बाद इसका भार मुझे सौंप दिया। वर्तमान में मैं ही इस संस्थान को चला रहा हूँ।"

नंदलाल प्रसाद का जन्म वर्ष 1914 में और निधन 31 अक्तूबर, 1995 को हुआ। उनके सात बेटे हुए, जिनके नाम इस प्रकार हैं—तपेश्वर प्रसाद, सुरेंद्र प्रसाद, सुधीर कुमार सिन्हा, धीरेंद्र कुमार सिन्हा, रवींद्र कुमार सिन्हा, दिनेश कुमार सिन्हा और मनोज कुमार सिन्हा। इनके अलावा उनकी दो बेटियाँ आशा दास और कंचन कुमारी भी हैं। उनकी पत्नी सुमित्रा देवी काफी वृद्ध हो गई हैं और वर्तमान में अपने बेटों के साथ रहती हैं।

□

29
मथुरा प्रसाद

जब देश में वर्ष 1942 की क्रांति हुई थी तब मथुरा प्रसाद पलामू जिला स्कूल में नौवीं कक्षा के छात्र थे। सातवीं कक्षा में पढ़ने के दौरान उन्होंने 10 फरवरी, 1940 को नेताजी सुभाष चंद्र बोस का भाषण शिवाजी मैदान में सुना था। उस भाषण का परिणाम यह हुआ कि उनके किशोर मन में अंग्रेजों के प्रति हद से ज्यादा आक्रोश भर गया। उसके बाद वे मौका मिलते ही नेताजी, वीर सावरकर, डॉ. केशव बलिराम हेडगेवार से जुड़ी खबरें और साहित्य पढ़ने लगे। भगत सिंह, राजगुरु, सुखदेव, चंद्रशेखर आजाद के क्रांतिकारी विचार भी उन्हें काफी प्रभावित करते थे। उनके पिता तीन कौड़ी साव जिले के समृद्ध व्यवसायियों में से एक थे और शहर में किराने की दुकान चलाते थे। मथुरा बाबू को यह पता था कि आजादी की जंग में कूदने का अर्थ है जेल जाना। जिस तरह की सुविधाओं के वे आदी हैं, वे भी

उन्हें जेल में नहीं मिलेंगी। जेल में होने वाले कष्टों का आभास होने के बाद भी वे स्वतंत्रता संग्राम के दौरान होने वाली गतिविधियों में भाग लेने लगे। अगस्त महीने में शहर में हुए हर प्रदर्शन, तोड़-फोड़, स्कूल का बहिष्कार जैसे कार्यक्रमों में वे बढ़-चढ़कर शामिल होते थे।

21 अगस्त को जब उन्हें पता चला कि कांग्रेस के वरिष्ठ नेता और वर्ष 1937 में विधायक रहे राजकिशोर सिंह के नेतृत्व में विरोध प्रदर्शन निकाला जा रहा है, तो उन्होंने उसमें शामिल होने का मन बना लिया। घर से निकलकर पहले वह स्कूल पहुँचे और उसके बाद शिवाजी मैदान के पास से निकल रहे जुलूस में शामिल हो गए। यह प्रदर्शन दोपहर के ढाई बजे निकला था और इसी दौरान राजकिशोर सिंह के साथ उनकी गिरफ्तारी हो गई। उस दिन कुल 10 लोगों को गिरफ्तार किया गया था। जब उनकी गिरफ्तारी की खबर घर पर पहुँची तो उनके माता-पिता सन्न रह गए। उन्हें लगा कि इतनी छोटी उम्र में उनका पुत्र अंग्रेजों की यातना को कैसे सहन कर पाएगा? जब वे अपने बेटे से मिले तो उसके साहस को देखकर दंग रह गए और गर्व-मिश्रित आँसुओं के साथ बेटे को जेल में छोड़कर घर आ गए। बाद में मथुरा प्रसाद और अन्य सभी लोगों को छह माह की सजा और 25 रुपए का जुरमाना लगाया गया। जुरमाना नहीं भरने के कारण उन्हें करीब एक साल तक जेल में रहना पड़ा। वे 17 अगस्त को डालटनगंज पोस्ट ऑफिस हमले में भी शामिल थे, पर उस दिन उन्हें गिरफ्तार नहीं किया गया था। जेल से बाहर आने के बाद उन्होंने जिला स्कूल से मैट्रिक पास किया और स्नातक की पढ़ाई कलकत्ता से पूरी की। कलकत्ता में रहने के दौरान ही डॉ. श्यामा प्रसाद मुखर्जी के विचारों से प्रभावित हुए और जनसंघ पार्टी के नजदीक चले गए।

इंद्रजीत गुप्ता पेशे से इंजीनियर और मथुरा प्रसाद के छोटे बेटे हैं। अपने पिता के त्याग और जेल जीवन की कहानी बताते हुए वे कहते हैं कि मेरी दादी पापा के बारे में कहती थीं, 'तोर बपवा त जन्मे से क्रांतिकारी हलऊ। लड़ाई में अपन माई के छोड़ के 'भारत माता' के आजाद करावे जेल चल गईल रहऊ। पढ़ाई करके लौटला के बाद भी ओकरा खाली समाज-सेवा में मन लागत रहऊ। एने-ओने खाली नेतागिरी में रहत रहऊ।' (तुम्हारे पिता तो जन्म

से ही क्रांतिकारी थे। लड़ाई के समय अपनी माँ को छोड़कर 'भारत माता' को आजाद कराने जेल चला गया था। पढ़ाई करके लौटने के बाद भी उसका सिर्फ समाज-सेवा में मन लगता था। इधर-उधर खाली नेतागीरी में रहता था।)

मथुरा प्रसाद जब जेल गए थे तब उनकी उम्र मात्र 14 साल थी। इसकी वजह से डालटनगंज जेल में बंद स्वतंत्रता सेनानी उन्हें काफी स्नेह देते थे। जेल में रहते हुए ही वे स्थानीय क्रांतिकारियों यदुवंश सहाय, गणेश प्रसाद वर्मा, अमिय कुमार घोष और राजकिशोर सिंह के काफी नजदीक आए। उनके अलावा जेल में बंद जगनारायण पाठक से भी उनकी काफी निकटता हुई, जो अंत तक बनी रही। किशोर होने के कारण ही उन्हें जेल में रहने के दौरान ज्यादा यातना नहीं दी गई। स्नातक करने के बाद उनकी शादी वर्ष 1956 में शीला गुप्ता से हुई। उसके बाद उन्होंने अपना व्यवसाय शुरू किया। वे जंगल का काम करते थे और वन विभाग से मंजूरी के बाद जंगल से कत्था खरीदते थे। उस कत्थे को वे वाराणसी के बाजार में बेचते थे। व्यवसाय के साथ वे राजनीति और समाज-सेवा में भी सक्रिय रहे। जब उन्होंने डालटनगंज के वार्ड नंबर सात से वार्ड कमिश्नर का चुनाव लड़ा था तो एक वोट से उस समय के वरिष्ठ नेता जगदीश सिंह से हार गए थे। जीत के बाद जगदीश सिंह ने उन्हें गले लगाते हुए कहा था कि यह मेरी नहीं बल्कि तुम्हारी जीत है। इस हार से भी वे निराश नहीं हुए और लोगों की समस्याओं को हल करने के लिए सक्रिय रहे। इसका परिणाम यह हुआ कि वे अगली बार उस वार्ड से वार्ड कमिश्नर भी चुने गए।

मथुरा प्रसाद को उनकी सक्रियता और सामाजिक कार्यों में रुचि को देखते हुए रेल उपभोक्ता सलाहकार समिति (डीआरयूसीसी) का सदस्य नामित किया गया। उनके प्रयास से ही डालटनगंज रेलवे स्टेशन पर फुट ओवरब्रिज का निर्माण किया गया। जब मूरी एक्सप्रेस ट्रेन का परिचालन शुरू हुआ तो उन्होंने डालटनगंज स्टेशन पर आने के बाद उसे हरी झंडी दिखाकर रवाना किया था। विश्वजीत गुप्ता बताते हैं कि उनके पिता सिद्धांतों के काफी पक्के थे। उन्होंने आजादी की लड़ाई के समय ही खादी पहनने का व्रत ले लिया था और आजीवन उसे ही पहनते रहे। वे हमेशा सफेद कुरता-पाजामा

पहनते थे। रात में वे अपने बच्चों से बात करते समय देश–दुनिया की बात करते थे। जब देश की वर्तमान व्यवस्था से उन्हें दु:ख होता था तो वे कहते थे कि देश को आजादी बहुत आसानी से मिल गई है, इसकी वजह से नेता और अफसर भ्रष्टाचार में डूब गए हैं। मथुरा प्रसाद का जन्म 6 अक्तूबर, 1928 को हुआ था और निधन 30 जनवरी, 2009 को हुआ। उनके पिता का नाम तीनकौड़ी साव, माता का नाम राजमती साहुन, बड़े बेटे का नाम डॉ. सत्यजीत गुप्ता और बेटी का नाम सत्या गुप्ता है।

□

30

महावीर वर्मा

महावीर वर्मा की गिनती पलामू के अग्रणी स्वतंत्रता सेनानियों में होती है। उनकी सोच जितनी क्रांतिकारी थी, उतनी ही धारदार उनकी कलम भी थी। आजादी की लड़ाई के दौरान वर्ष 1942 की क्रांति में तो वे जेल गए ही थे, उसके बाद भी मजदूर और किसानों के लिए संघर्ष करते हुए कई बार जेल गए। वे डालटनगंज के नावाटोली मुहल्ले में रहते थे। इस मुहल्ले के साथ बेलवाटिका मुहल्ला था। वहाँ क्रांतिकारियों के अगुआ गणेश प्रसाद वर्मा रहते थे। महावीर बाबू उनके साथ क्रांतिकारी गतिविधियों में शामिल रहते थे। उन पर गणेश बाबू का कितना असर था, इसका अंदाजा इसी से लगाया जा सकता है कि उन्होंने अपना उपनाम 'राम' से बदलकर 'वर्मा' कर लिया था। दरअसल गणेश बाबू ने आखिरी साँस लेने से पहले उनका हाथ पकड़कर कहा था, "एक वर्मा मर रहा है तो दूसरा वर्मा जिंदा है।"

देश में जब 'अंग्रेजो भारत छोड़ो' आंदोलन शुरू हुआ तो वे गणेश बाबू के संपर्क में तो थे ही, दूसरे अन्य बड़े आंदोलनकारियों के पास भी उनका आना-जाना लगा रहता था। शहर में जब-जब विरोध प्रदर्शन होता तो उसमें वे सक्रियता से भाग लेते थे। 21 अगस्त को कांग्रेस के वरिष्ठ नेता और 1937 में विधायक रहे राजकिशोर सिंह का नेतृत्व जुलूस निकाला गया था। इस जुलूस पर अंग्रेजों का जुल्म शुरू हो गया और महावीर वर्मा की भी गिरफ्तारी हो गई। गिरफ्तारी के बाद उन्हें डालटनगंज जेल ले जाया गया। उन पर और अन्य सभी लोगों पर छह माह की सजा और 25 रुपए का जुरमाना लगाया गया। जुरमाना नहीं भरने के कारण उन्हें करीब एक साल तक जेल में रहना पड़ा। सजा काटने के बाद जब वे जेल से बाहर आए तो समाज-सेवा और राजनीति में सक्रिय हो गए। गणेश बाबू के साथ वे मजदूर हित में भी काम करने लगे और राजहरा व जपला के श्रमिकों के बीच उनकी पैठ काफी मजबूत हो गई।

वर्ष 1951 से 1973 तक वे वार्ड कमिश्नर रहे। एक बार उन्होंने डालटनगंज विधानसभा क्षेत्र से प्रजा सोशलिस्ट पार्टी के उम्मीदवार के तौर पर चुनाव भी लड़ा था। राजनीति में रहते हुए वे वर्ष 1970 में साहित्य के क्षेत्र में विधिवत् सक्रिय हुए। पलामू को उन्होंने काफी नजदीक से देखा था। इसी का परिणाम 'कोयल के किनारे-किनारे' पुस्तक के रूप में हुआ। यह उनकी पहली पुस्तक थी और इसका प्रकाशन वर्ष 1979 में हुआ था। इस पुस्तक के पुरोवाक् में इतिहासकार डॉ. बालमुकुंद वीरोत्तम ने लिखा है, "यह रचना प्रधानतः मौलिक स्रोतों पर आधारित है। स्थानीय परंपराओं, लोक-विश्वास, अभिलेखों एवं पुरातत्त्व का भी व्यापक उपयोग किया गया है। अंग्रेजों के विरुद्ध विभिन्न जन आंदोलनों की विशद चर्चा हुई है। बारीकी से जाँचने के बाद इस पुस्तक की कुछ बातों में शायद संशोधन की आवश्यकता दिखाई दे, किंतु, क्षेत्रीय रचनाओं में ऐसी आवश्यकता तो बनी रहती है।"

महावीर वर्माजी पलामू में स्वतंत्रता संग्राम के अग्रणी नेताओं में से एक गणेश प्रसाद वर्मा के पुत्र सत्यपाल वर्मा के अनन्य मित्रों में से थे। इनके एक और मित्र थे राम प्रसाद 'आजाद'। ये तीनों डॉ. राममनोहर लोहिया की विचारधारा के प्रबल समर्थक थे। उन तीनों को डॉ. लोहिया, मधु लिमये

और नारायण गणेश गोरे के आह्वान पर वर्ष 1955 में गोवा की आजादी के लिए चले अभियान में शामिल होने के लिए वहाँ जाना था। किसी कारणवश सत्यपाल वर्मा और महावीर वर्मा वहाँ नहीं जा सके, पर राम प्रसाद 'आजाद' उसमें शामिल हुए थे। कुछ समय पहले मेदिनीनगर के वरिष्ठ समाजवादी नेता कामेश्वर प्रसाद से मुलाकात के दौरान मैंने जब इन लोगों के गोवा क्रांति में जाने के बारे में बताया तो उन्होंने मुझे अपने घर पर बुलाया। उन्होंने मुझे महावीर वर्मा की लिखी पुस्तक 'कोयल के किनारे-किनारे' दी। वह पुस्तक पलामू के बारे में जानकारियों से भरी है। कामेश्वरजी के शब्दों में, "महावीर बाबू शरीर से तो काफी दुबले-पतले थे, पर उनके विचार अत्यंत ही दृढ़ थे। वे हरदम मोटा कपड़ा पहनते थे और साथ में किताबों से भरा बैग लेकर चलते थे। स्वतंत्रता संग्राम के दौरान ही वे कर्पूरी ठाकुर जैसे बड़े समाजवादी नेताओं से जुड़े। कर्पूरीजी जब डालटनगंज आते थे तो उन्हीं के घर में रुकते थे। मैंने उनके घर कर्पूरीजी को खुद अपने हाथ से कपड़े धोते देखा है। कर्पूरीजी की इसी सादगी को महावीरजी में भी देखा जाता था। वे आम समाजवादियों के विपरीत वे कम बोलते और सुनते ज्यादा थे। लोगों की बात सुनने के बाद वे अपने स्तर पर या तो उनकी समस्याओं का हल निकालते या निकालने का प्रयास करते थे।" महावीर बाबू कर्पूरी ठाकुर के अलावा बसावन सिंह, सुकोमल दत्ता, पूरन चंद सरीखे लोगों से भी काफी प्रभावित थे।

महावीर वर्मा जंगल, मोटर, डाक, रेलवे, कोयला खदान के मजदूर संगठनों में भी सक्रिय रहे और कई दायित्वों का निर्वहन किया। बकास्त आंदोलन और खरौंधी आंदोलन में भी वे शामिल रहे और जेल भी गए। उनकी प्रारंभिक शिक्षा नावाटोली मिडिल स्कूल और हाई स्कूल की शिक्षा गिरिवर स्कूल में हुई। वे आजादी की जंग में अपनी पढ़ाई छोड़कर कूद पड़े थे। राजन वर्मा उनके छोटे पुत्र हैं। उनके अनुसार, "मेरे पिता संघर्ष की प्रतिमूर्ति थे। उनका पूरा जीवन देश और समाज के लिए समर्पित था। उन्होंने समाज-सेवा तो की, पर धनोपार्जन की ओर उनका ज्यादा ध्यान नहीं गया। इसका परिणाम यह निकला कि उन्हें जीवन के अंतिम दिनों में आर्थिक संकट का सामना करना पड़ा। निधन से पहले जब वे काफी बीमार पड़े थे तो इलाज

में काफी मुश्किलें आई थीं। उनका लेखन ऐसा था कि उसकी वजह से उन्हें प्रख्यात साहित्यकार रामवृक्ष बेनीपुरी भी काफी स्नेह देते थे। जब बेनीपुरीजी डालटनगंज आए थे तो उन्होंने यदुवंश सहाय के आवास पर जाकर उनसे मुलाकात की थी। उनके अलावा वे स्व. रामदयाल पांडेय, स्व. राधाकृष्ण, गणेश लाल अग्रवाल महाविद्यालय के प्राचार्य रहे स्व. जगदीश नारायण दीक्षित, डॉ. विशेश्वर प्रसाद केसरी आदि के भी काफी प्रिय थे।"

हिंदी प्रगति समिति, बिहार के अध्यक्ष, बिहार राष्ट्रभाषा परिषद् के उपाध्यक्ष-सह-निदेशक और बिहार हिंदी साहित्य सम्मेलन के अध्यक्ष रहे डॉ. रामदयाल पांडेय के वे कितने प्रिय थे, इसका अंदाजा 'कोयल के किनारे-किनारे' के लिए शुभ शब्द से लगाया जा सकता है। वे लिखते हैं, "मैं पलामू जिले का विशेष प्रेमी हूँ। पलामू की कोयल नदी मुझे अभिभूत कर देती है। उससे मुझे त्रिविधा सुषमा प्राप्त होती है—(1) नदी के कलकल गान की सुषमा, (2) तटवर्ती पर्वतों की सुषमा और (3) तटवर्ती पर्वतों पर स्थित वनों की सुषमा। इस सुरम्य नदी में एक मादक आकर्षण है। इससे पलामू जिले का भूगोल तो संबद्ध है ही, जिले का इतिहास भी इसके किनारे पर ही बहुत कुछ निर्मित एवं विकसित हुआ है। लगता है कि कोयल प्रकृति की बहुत ही प्यारी पुत्री और पलामू जिला उसका पुत्र है।"

महावीर वर्मा का जन्म 27 सितंबर, 1921 को डालटनगंज के नावाटोली मुहल्ले में और निधन 11 दिसंबर, 1981 को हुआ था। उनके पिता का नाम बीगू राम और माता का नाम फूल देवी था। वे मूल रूप से गया के शेरघाटी के पास के रहने वाले थे। उनके तीन पुत्र सूर्य नारायण (अब स्वर्गीय), कपिलदेव नारायण और राजन वर्मा हैं जबकि पुत्री का नाम कतमला कूंते है।

□

31
सोमनाथ मिश्रा

सोमनाथ मिश्र आजादी की लड़ाई में मोकामा में सक्रिय हुए थे। वहाँ उनके पिता पं. शालिग्राम मिश्रा सरकारी स्कूल में संस्कृत के शिक्षक थे। वे वहाँ के युवकों को इकट्ठा कर अंग्रेजी सरकार के खिलाफ प्रदर्शन का आयोजन करते थे। उन्होंने वहाँ और आरा जिला (वर्तमान के रोहतास) स्थित गाँव पंडुका के आस-पास कई शराब की भट्ठियाँ बंद करा दी थीं। इसकी वजह से वे पुलिस की निगाह में चढ़े हुए थे। पुलिस उनकी खोज में लगी हुई थी तो वे कभी अपने गाँव में कहीं छुप जाते तो कभी पलामू जिले के बिश्रामपुर के जरका गाँव स्थित अपनी ससुराल आ जाते या फिर मोहम्मदगंज के पास मोरबे गाँव चले जाते। 1942 की अगस्त क्रांति शुरू होने के कुछ महीने बाद पुलिस ने उन्हें पंडुका में गिरफ्तार किया था। गिरफ्तारी के बाद पहले उन्हें सासाराम जेल में रखा गया और बाद में हजारीबाग भेज दिया गया।

वह मेरे बाबा पं. तपेश्वर मिश्रा के चचेरे भाई थे। उनका मेरे रेड़मा स्थित आवास और गाँव पनेरीबाँध में आना-जाना लगा रहता था। वे हमलोगों को आजादी की लड़ाई में शामिल होने के अपने किस्से सुनाया करते थे। उन्होंने बताया था कि जब उन्हें जेल में बंद किया गया था तो काफी यातनाएँ दी गई थीं। अंग्रेज उनसे माफी माँगकर छूटने की बात कहते थे, मगर हमें लगता था कि देश की आजादी के लिए संघर्ष करना कोई गलती नहीं है। ऐसे में माफी माँगना गलत और जेल में रहना बेहतर है। नरेंद्र मिश्रा के लिए स्वतंत्रता सेनानी का पुत्र होना गर्व की बात है। वे कहते हैं, "बाबूजी महात्मा गांधी और सुभाष चंद्र बोस के विचारों से प्रभावित होकर आजादी की लड़ाई में शामिल हुए थे। जब वे कम उम्र के थे तभी पटना या गाँव में जाते समय अंग्रेजों का अत्याचार देखकर उनका मन काफी खिन्न हो जाता था। इसका परिणाम निकला कि जब वर्ष 1942 की क्रांति शुरू हुई तो उन्होंने अपने भविष्य की चिंता छोड़ आंदोलन में शामिल होने का निर्णय लिया। जिस केस में उन्हें गिरफ्तार किया गया था, उसमें रघुनाथ मिश्रा, आदित्य मिश्रा, भागीरथी मिश्रा आदि का भी नाम था। जेल जाने के बाद उनकी पत्नी सोना देवी और बच्चों की देखभाल उनके पिता पं. शालिग्राम मिश्रा और माँ सुखमानी देवी ने की।"

जेल से रिहा होने के बाद वे सामाजिक कार्यों में लगे रहे। उनका कार्यक्षेत्र मोकामा के अलावा वर्तमान का रोहतास जिला था। जब देश आजाद हुआ तो उन्होंने बिहार सरकार की नौकरी शुरू की। वर्ष 1970 में वे सर्किल इंस्पेक्टर सह कानूनगो के पद से सेवानिवृत्त हुए। वर्ष 1972 में तत्कालीन प्रधानमंत्री इंदिरा गांधी द्वारा आजादी के 25 साल पूरे होने पर उन्हें भी ताम्र-पत्र देकर सम्मानित किया गया। उसके बाद उन्हें सरकार द्वारा पेंशन भी मिलती रही। भारत माता के इस सपूत ने 2001 की 26 जनवरी को तब आँखें मूँदी जब पूरा देश गणतंत्र दिवस मना रहा था। उनकी पत्नी सोना देवी का निधन वर्ष 2008 में हुआ। उनके चार पुत्रों के नाम महेंद्र मिश्रा, नरेंद्र मिश्रा, उपेंद्र मिश्रा और अमरेंद्र मिश्रा हैं जबकि एक बेटी का नाम विमला मिश्रा है।

□

जेल के बाहर की पाँच वीरांगनाएँ

पलामू में वर्ष 1942 की क्रांति में शामिल क्रांतिकारियों पर काम करने के दौरान एक बात सदा मन में आती थी कि उनकी पत्नियों का योगदान और त्याग आजादी की जंग में कितना रहा होगा? जेल जाने के बाद उनकी पत्नियाँ किस हाल में रहती होंगी? इसके लिए मैंने अपने पास जुटाए गए संदर्भों को फिर से देखना आरंभ किया। इस सवाल का जवाब काफी हद तक मुझे यहीं मिल गया।

यदुवंश सहाय 'यदु बाबू' और गणेश प्रसाद वर्मा जिले के अग्रणी स्वतंत्रता सेनानी थे। यदु बाबू की पत्नी का नाम सुमित्रा देवी था तो गणेश बाबू की पत्नी का नाम विंध्यवासिनी देवी था। सुमित्रा देवी के देवर उमेश्वरी चरण और बेटे कृष्णनंदन सहाय 'बच्चन बाबू' अंग्रेजों की काल कोठरी में बंद रहे थे तो विंध्यवासिनी देवी के देवर नंद किशोर प्रसाद वर्मा और भाई गोकुल प्रसाद वर्मा जेल में बंद थे। उमेश्वरी चरण की पत्नी का नाम उमा देवी और नंद किशोर प्रसाद वर्मा की पत्नी का नाम गुलाब देवी था। गणेश बाबू के निकट सहयोगी वेद प्रकाश भसीन की पत्नी शांति भसीन के जेठ तीरथ प्रकाश भसीन भी गिरफ्तार किए गए थे। इनमें से सुमित्रा देवी, गुलाब देवी और शांति भसीन गर्भवती थीं और पति के जेल में रहते बेटों को जन्म दिया था। बच्चन बाबू की उस समय शादी नहीं हुई थी और गोकुल प्रसाद वर्मा की पत्नी के बारे में जानकारी नहीं होने के कारण उनके बारे में नहीं लिख रहा हूँ।

सुमित्रा देवी

यदु बाबू की पत्नी सुमित्रा देवी अत्यंत ही हिम्मती और दृढ़ संकल्प वाली महिला थीं। अंदाजा लगाइए कि किसी महिला का पति 6 अगस्त, 1942 को गिरफ्तार किया गया हो और उसका बड़ा बेटा इसके कुछ दिन के बाद अंग्रेजों की पुलिस की निगरानी में हो तो उस पर क्या बीती होगी? पर सुमित्रा देवी तो अलग ही जीवट की महिला थीं। अपने बड़े बेटे कृष्णनंदन सहाय 'बच्चन बाबू' को उन्होंने संदेश भेजा कि किसी भी कीमत पर पुलिस से माफी मत माँगना और अगर ऐसा किया तो घर मत आना। बच्चन बाबू ने माँ का आदेश माना और जेल में पिता के पास पहुँच गए। जब ये दोनों गिरफ्तारियाँ हुई थीं तो सुमित्रा देवी गर्भवती थीं। ऐसे समय में पति और पुत्र के जेल जाने के बाद उन्होंने न सिर्फ खुद को सँभाला बल्कि अपने परिवार को भी व्यवस्थित रखा। उनके छोटे बेटे अजय नंदन सहाय 'मुन्नू बाबू' के जन्म के समय यदु बाबू हजारीबाग जेल में बंद थे।

उमा देवी

उमेश्वरी चरण 'लल्लू बाबू' की पत्नी उमा देवी संघर्ष और समर्पण की मिसाल थीं। महिलाओं को अपने गहनों से बहुत ज्यादा लगाव रहता है, पर उन्होंने अपने पति को अपने गहने गिरवी रखने के लिए दे दिए थे। लल्लू बाबू ने खुद अपनी डायरी में 11 जुलाई, 1940 को लिखा है, "संध्या के समय अतरौली जाकर उमा के गहनों को छुड़ाया, लाकर बेचने के लिए; परंतु देखकर मोह मालूम पड़ रहा है। अभी तक उसने इन जेवरों को पहना तक नहीं।" 14 जुलाई को गया में इन गहनों को बेचकर उन्होंने लिखा, "कलेजा कड़ा कर उमा का जेवर बेच

डाला, हालाँकि कोई लाभ नहीं हुआ।" उसके बाद वर्ष 1942 में लल्लू बाबू जेल चले गए तो उमाजी गया से रोज तीन बच्चों को लेकर दाऊदनगर स्कूल में पढ़ाने आती थीं।

विंध्यवासिनी देवी

गणेश बाबू की पत्नी विंध्यवासिनी देवी तो नारी शक्ति की मिसाल थीं। पुलिस ने उनके भाई गोकुल प्रसाद वर्मा और देवर नंदकिशोर वर्मा को गिरफ्तार कर लिया था। पति भूमिगत होकर क्रांतिकारी गतिविधियों में लिप्त थे। घर में पुलिस की निगरानी चौबीसों घंटे रहती थी। इसके बाद भी वे तीरथ प्रकाश भसीन, वेद प्रकाश भसीन, राम जन्म सिंह जैसे पति के नौजवान साथियों की चिंता में लगी रहती थीं। गणेश बाबू ने 15 नवंबर, 1943 को बक्सर जेल से भेजे पत्र में पिता पर ध्यान रखने को लेकर उन्हें लिखा था, "हमसे उनकी कुछ सेवा नहीं हो सकी। मेरी बदनसीबी है। अगर आपलोग कुछ कर सकेंगी तो मुझे संतोष होगा। जीवनसंगी होने के नाते आपके पाप-पुण्य का हिस्सेदार मैं भी हूँगा।" इसी पत्र में उन्होंने कूट भाषा में साथी क्रांतिकारियों पर भी ध्यान रखने की बात लिखी थी।

गुलाब देवी

नंद किशोर प्रसाद वर्मा की पत्नी गुलाब देवी ने तो अंग्रेजी हुकूमत की यातनाएँ तक झेली थीं। जब नंदा बाबू भूमिगत थे तब वे गर्भवती थीं। अंग्रेज पुलिस जब नंदा बाबू की तलाश में उनके घर आती थी तो वे गुलाब देवी के पेट में डंडा घोंपकर उनसे उनके पति के ठिकाने की जानकारी

माँगती थी। अब उनकी निडरता देखिए कि उन्होंने न अपने पति के छिपने की जगह पुलिस को बताई और न ही अपने गर्भ में पल रहे शिशु को कोई हानि होने दी। बड़े बेटे भगवान् प्रसाद वर्मा का जब जन्म हुआ तो उसकी सूचना नंदा बाबू को जेल में मिली थी।

शांति भसीन

वेद प्रकाश भसीन जब जेल गए थे तो उनकी उम्र मात्र 21 साल थी। इसी से अंदाजा लगा सकते हैं कि उनकी पत्नी शांति भसीन की उम्र क्या होगी? कम उम्र की होने के बाद भी उनका संघर्ष कम नहीं रहा था। पति की गिरफ्तारी के समय वे गर्भवती थीं। वेद प्रकाश भसीन को हजारीबाग जेल में तार मिला था कि Shanti is blessed with a son. उनके बेटे प्रेम भसीन का जन्म 9 मार्च, 1943 को हुआ था। शांति भसीन के साथ उनकी सास माया देवी भसीन का जिक्र भी यहाँ जरूरी है। पुलिस जब उनके घर पर दबिश देकर वेद प्रकाश भसीन के बारे में पूछती थी तो उनका जवाब होता था, "मुझे नहीं पता, यदि पता भी होता तो तुम गद्दारों को नहीं बताती।"

उनके अलावा स्वतंत्रता संग्राम के दौरान जेल गए अन्य क्रांतिकारियों की पत्नियों का योगदान भी किसी से कम नहीं है। उन पाँच महिलाओं को प्रतीक के रूप में देखा जाए और उन्हीं में अनगिनत वीरांगनाओं की छवि देखी जाए।

□

डालटनगंज में नौकरी की थी अशफाक उल्ला खाँ ने

महान् क्रांतिकारी और काकोरी ट्रेन एक्शन (पहले काकोरी कांड) के नायकों में से एक अशफाक उल्ला खाँ ने अपना काफी समय पलामू जिले के मुख्यालय डालटनगंज में बिताया था। 9 अगस्त, 1925 को इस एक्शन को अंजाम दिया गया था। इसके बाद अशफाक उल्ला खाँ नेपाल चले गए। यहाँ से लौटने के बाद वह कानपुर गए और वहाँ समाचार-पत्र 'प्रताप' के संपादक व प्रसिद्ध स्वतंत्रता सेनानी गणेश शंकर विद्यार्थी से मुलाकात की। इस मुलाकात के बाद उन्होंने वाराणसी के रास्ते डालटनगंज का रुख किया। यहाँ आने के बाद उन्होंने छद्म नाम से नौकरी की।

काकोरी एक्शन में शामिल मन्मथनाथ गुप्त ने अपनी पुस्तक 'भारत के क्रांतिकारी' में अशफाक उल्ला के डालटनगंज जाने और वहाँ रहने का जिक्र किया है। पलामू के स्वतंत्रता सेनानी और 'कोयल के किनारे-किनारे' के लेखक महावीर वर्मा ने अपनी पुस्तक में लिखा है, 'काकोरी षड्यंत्र केस के प्रमुख अभियुक्त अशफाक उल्ला खाँ ने बहुत दिनों तक पलामू जिला परिषद् में ओवरसियर का काम किया था। वे गुप्त रूप से क्रांतिकारियों के संगठन में व्यस्त रहते थे। उस समय पलामू क्रांतिकारियों का गढ़ था।' अशफाक उल्ला खाँ के डालटनगंज में दस महीने रहने की भी बात कही गई है। यहाँ रहने के

दौरान उनका ठिकाना अत्यंत ही गुप्त था। कहा जाता है कि वह शहर के दो क्रांतिकारियों गणेश प्रसाद वर्मा और प्रमोथोनाथ मुखर्जी के संपर्क में रहे थे।

यहाँ रहने के दौरान उन्होंने खुद को मथुरा का कायस्थ बताया था। उन्होंने यहाँ बांग्ला भाषा भी सीखी थी और वे इस भाषा में भी गीत गाने लगे थे। वह शायरी के भी शौकीन थे। इसकी वजह से जिस इंजीनियर के साथ वह काम करते थे वह उनसे काफी प्रभावित हो गया था। इस इंजीनियर को भी शायरी का शौक था और वह भी तुकबंदी कर लेता था। जब उसे जानकारी मिली कि उसका कर्मचारी अच्छी शायरी कर लेता है तो वह बहुत खुश हुआ। एक बार यहाँ आयोजित एक मुशायरे में अशफाक उल्ला खाँ ने जब कुछ शेर सुनाए तो उनकी बड़ी वाहवाही हुई। इंजीनियर ने इसे अपनी वाहवाही समझा और खुश होकर उनका वेतन बढ़ा दिया। यहाँ रहते हुए उन्होंने अपनी महत्त्वपूर्ण सामग्री किसी व्यक्ति को दे दी थी, पर वह व्यक्ति कौन था, यह राज कभी खुला नहीं। कई महीने बीत जाने के बाद उनका मन डालटनगंज से ऊब गया और वह इंजीनियरिंग की पढ़ाई के लिए विदेश जाने के उद्देश्य से दिल्ली आ गए। यहाँ आने के बाद वह अपने पठान दोस्त की दगाबाजी के कारण पकड़े गए।

उन्हें फैजाबाद (वर्तमान में अयोध्या) की जेल में 19 दिसंबर, 1927 फाँसी दी गई थी। यहाँ पर लगे बोर्ड में भी उनके बारे में इस तरह लिखा गया है, 'कई लोग शाहजहाँपुर में पकड़े गए, अशफाक बनारस भाग निकले, जहाँ से वे बिहार चले गए। यहाँ एक इंजीनियरिंग कंपनी में दस महीनों तक काम करते रहे।' जिस दिन अशफाक को फाँसी होनी थी, उस दिन उन्होंने अपनी जंजीरें खुलते ही आगे बढ़कर फाँसी का फंदा चूम लिया और बोले, "मेरे हाथ लोगों की हत्याओं से जमे हुए नहीं हैं। मेरे खिलाफ जो भी आरोप लगाए गए हैं, झूठे हैं। अल्लाह ही अब मेरा फैसला करेगा।" उन्होंने फाँसी का फंदा अपने गले में डाल लिया और शहीद होने से पहले यह शेर कहा—

तंग आकर हम भी उनके जुल्म के बेदाद से,
चल दिए सूए-अदम जिंदाने फैजाबाद से।

□

डालटनगंज एक्शन : 27 मई, 1929 को दिया गया था, 'पोस्टल लूटकांड' को अंजाम

27 मई, 1929 की डालटनगंज की शाम आम दिनों की तरह नहीं थी। उस दिन दिल्ली के एक अनाथालय (जिसकी स्थापना पंडित मदन मोहन मालवीय ने की थी) के अनाथ बच्चों द्वारा चैरिटी के लिए कार्यक्रम का आयोजन किया जा रहा था। यहाँ बड़ी संख्या में लोग जमा थे। दूसरी ओर, बनारस से आए क्रांतिकारियों का एक समूह शहर में एक बड़े एक्शन की तैयारी में लगा हुआ था। 'बनारस मैन' के नाम से विख्यात गया निवासी क्रांतिकारी श्याम बर्थवार अपने साथियों पुरुषोत्तम दूबे और सत्यानंद स्वामी के साथ डालटनगंज पहुँच चुके थे। इनके सहयोग के लिए स्थानीय युवक गणेश प्रसाद वर्मा भी थे। गणेश प्रसाद वर्मा शहर के बेलवाटिका के निवासी थे, जबकि स्वामी सत्यानंद पाटन प्रखंड के सूठा गाँव के रहनेवाले थे और उनका वास्तविक नाम रामदेनी चौधरी था।

इन सभी क्रांतिकारियों को अपने आंदोलन को गति देने के लिए धन की आवश्यकता थी। एक दिन इन सभी ने बनारस के बंगाली टोला में रहनेवाली एक विधवा भिखारी को लूटने की तैयारी की। इस महिला के बारे में कहा जाता था कि उसके पास काफी धन है। बाद में यह योजना इस कारण परवान नहीं चढ़ सकी, क्योंकि इनके मन में यह बात आ गई कि महिला को लूटने की खबर जब लोगों को पता चलेगी तो इसका काफी खराब संदेश जाएगा।

इसके बाद इस योजना को टाल दिया गया और डालटनगंज में एक्शन का इरादा किया गया। गणेश प्रसाद वर्मा के बेटे सत्यपाल वर्मा (अब स्वर्गीय) के जेहन में इस घटना की धुँधली यादें थीं। उन्होंने डालटनगंज में पोस्टल लूट के बारे में बताया तो था, पर इसे कैसे अंजाम दिया गया था, इससे वे पूरी तरह से वाकिफ नहीं थे। इस घटना का जिक्र एमडी कॉलेज, नौबतपुर, पटना के सेवानिवृत्त प्राचार्य प्रो. कन्हैया प्रसाद सिन्हा ने गया के महान् क्रांतिकारी श्याम बर्थवार पर लिखी पुस्तक में विस्तार से किया है। जिस हिस्से में इसका जिक्र है, उसे खुद श्यामजी ने लिखा था।

जब वाराणसी का एक्शन टल गया तो श्यामजी कुछ दिनों के लिए बनारस से बाहर चले गए। जब वे वापस लौटे तो स्वामी सत्यानंद, पुरुषोत्तम दूबे और गणेश प्रसाद वर्मा ने पका-पकाया प्लान उनके सामने रख दिया। इसके अनुसार एक्शन की जगह डालटनगंज हो गई थी और यहाँ सरकारी डाक को लूटना था। श्यामजी ने लिखा है, "गणेश वर्मा के पिताजी डालटनगंज में रहते थे। उस छोटे से कस्बे के चप्पे-चप्पे से वह वाकिफ था। लेकिन उन दिनों वह मेस्टन हाई स्कूल का विद्यार्थी मेरे संपर्क में बचपन से रहा था। उसकी राजनीतिक गतिविधि के लिए उसके रिश्तेदार मुझसे नाराज रहते थे। उनका खयाल था कि वह मेरे बहकावे में रहता है और अपना जीवन बरबाद कर रहा है। इस प्रकार के आरोपों को उन दिनों मैं चुपचाप सह लेता था।"

एक्शन की योजना को कार्यरूप देने के लिए गणेश प्रसाद वर्मा, स्वामी सत्यानंद और पुरुषोत्तम दूबे पहले डालटनगंज पहुँचे। एक्शन से एक दिन पहले रात्रि में श्याम बर्थवार भी यहाँ पहुँच गए और अपने मित्र वकील नागेश्वर प्रसाद सिंह के यहाँ ठहरे। उनके यहाँ ठहरने की जानकारी गणेश प्रसाद वर्मा को थी। इसकी वजह से वे सुबह होते ही उनके पास आते हैं और एक्शन की पूरी तैयारी का खाका उनके सामने रख देते हैं। किस वक्त डाककर्मी डाक लेकर निकलते हैं, उनका रास्ता क्या होता है, उनसे लूट कैसे की जाए, ये सारी बातें उन्हें बता दी जाती हैं। श्यामजी ने लिखा है, "गुप्त कार्यकलापों की अपनी तकनीक होती है। सदस्यों को केवल उसी की जानकारी होती थी, जितना आवश्यक माना जाता था। एक कठोर अनुशासन

की पाबंदी थी। भेद को गुप्त रखने तथा अपनी गतिविधि पर परदा डालने में जो जितना कुशल सिद्ध होता था, उतना ही उस पर भरोसा किया जाता था।" इसी भावना के साथ सभी क्रांतिकारी डालटनगंज आए थे।

योजना के अनुसार डाकघर के थैलों के पीछे पुरुषोत्तम दूबे लगे थे, परसवन के निकट स्वामी सत्यानंद खड़े थे, डिप्टी कमिश्नर के बँगले के सामने श्याम बर्थवार खड़े थे, जबकि इनसे कुछ दूरी पर गणेश प्रसाद वर्मा सभी का इंतजार कर रहे थे। इस समय अँधेरा हो चला था और एक आदमी डाक के ठेले को धकेलते हुए डिप्टी कमिश्नर के बँगले के नजदीक से गुजरा। जैसे ही वह स्वामी सत्यानंद के पास पहुँचा, उन्होंने हाथ में रखे छोटे डंडे से उस पर हमला कर दिया। इससे उसका सिर फट गया और वह वहीं गिर पड़ा। इसके बाद स्वामी सत्यानंद और पुरुषोत्तम दूबे ने थैले समेटने शुरू कर दिए। तभी एक और व्यक्ति वहाँ पहुँचा व हल्ला करने लगा। इसके बाद श्याम बर्थवार ने उस पर रिवॉल्वर तान दी। रिवॉल्वर देखते ही वह जमीन पर गिर पड़ा। दो-तीन मिनट के अंदर ही 'डालटनगंज एक्शन' को कार्यरूप दे दिया गया। स्वामी सत्यानंद और पुरुषोत्तम दूबे आगे खड़े गणेश प्रसाद वर्मा से जा मिले और परसवन के झुरमुट में गायब हो गए। इसके बाद श्याम बर्थवार स्टेशन की ओर जाने लगे और नागेश्वर बाबू के घर पहुँच गए। दूसरी ओर, डाक के थैलों के साथ स्वामी सत्यानंद, पुरुषोत्तम दूबे और गणेश प्रसाद वर्मा कोयल नदी पार करके शाहपुर पहुँच गए। यहीं उनलोगों ने थैलों में भरे रुपए निकाले और सफल एक्शन के बाद वापस बनारस लौट गए।

इस घटना के बाद पुलिस सक्रिय हो गई, पर क्रांतिकारी कहाँ चले गए इसका पता उन्हें नहीं चला। पलामू के तत्कालीन डिप्टी कमिश्नर चीफ सेक्रेटरी को 28 मई को रिपोर्ट प्रेषित की थी, जिसका मेमो नंबर 2903 था। इसमें यह सूचना दी गई थी—

Mail Bags Robbed last night at about 8:00 pm in Daltonganj Town on way to Railway Station (Stop) Mail party recovered (Stop) does not appear political (Stop) Report will follow (Stop).

बाद में इस घटना की विस्तृत रिपोर्ट सरकार को इस तरह भेजी गई—

उपायुक्त कार्यालय, पलामू, डालटनगंज

प्रिय श्री हैबक

कल के मेरे टेलीग्राम के परिप्रेक्ष्य में मैं डाक लूट की घटना का विस्तृत विवरण प्रेषित कर रहा हूँ।

27 मई, 1929 की शाम आठ बजकर 30 मिनट पर डाक सेवक शिवनंदन राम डाक परिचारी लालचंद के साथ सदर सब-इंस्पेक्टर के कार्यालय में गए और सूचना दी कि उसी शाम सात बजकर 30 मिनट के करीब वे डाक के थैले को ठेले पर लेकर डालटनगंज पोस्ट ऑफिस से रेलवे स्टेशन की ओर जा रहे थे। जब वे डिप्टी कमिश्नर के आवासीय परिसर के निकट सर्किट हाउस के सामने से गुजर रहे थे, 20 लोगों का एक समूह खास महल परास जंगल से, जो डाकबँगले के निकट ही है, निकलकर अचानक सामने आ गया। उनके हाथों में लाठियाँ थीं। उन लोगों ने शिकायतकर्ता और उसके साथी पर हमला कर दिया और ठेले पर रखे आठ थैलों को लूटकर परास जंगल में भाग गए। घना अँधेरा होने के कारण शिकायतकर्ता और उसके साथी हमलावरों को पहचान नहीं सके। हमलावर कुर्ता और बनियान पहने हुए थे और अपनी धोतियों को उन्होंने कच्छों की तरफ ऊपर बाँध रखा था।

इस संबंध में आईपीसी की धारा 395 के अंतर्गत एक केस अविलंब दर्ज कर लिया गया और जाँच शुरू कर दी गई है। उक्त घटना की सूचना मिलने, तुरंत बाद मैं और पुलिस अधीक्षक घटना स्थल पर पहुँचे और तथ्यों की यथासंभव जानकारी लेने के बाद परास जंगल और पूरे शहर में सघन सर्च अभियान चलाया गया। किंतु हमलावरों का कोई सुराग नहीं मिल सका। डाक परिचारी शिवनंदन को पीठ में और उँगलियों में चोट लगी है, जो गंभीर नहीं है, लेकिन लालचंद के सिर में गहरी चोट है और उसके सिर से लगातार रक्तस्राव होता रहा। 28 मई की सुबह शाहपुर जंगल, जो घटना स्थल से एक मील की दूरी पर है, में डाक के लूटे गए थैले फेंके हुए मिले। उन थैलों में पत्र, रजिस्टर्ड लिफाफे और पार्सल थे। तीन खाली थैलों को छोड़कर बाकी सारे थैले काट दिए गए थे और उनमें रखे तमाम पत्र, रजिस्टर्ड लिफाफे और पार्सल जमीन पर यत्र-तत्र बिखरे पड़े थे। सभी रजिस्टर्ड और बीमाकृत

लिफाफों के अंदर से तमाम सामग्री और कैश निकाल लिये गए थे। डाक विभाग के अधिकारारियों के आकलन के अनुसार डकैतों ने इस घटना में कुल दो हजार रुपए की लूट की है और आवश्यक नोट्स भी ले गए।

यहाँ यह ज्ञातव्य है कि घटना के समय दिल्ली के एक अनाथालय (मदन मोहन मालवीय द्वारा स्थापित) के अनाथ बच्चों के द्वारा एक चैरिटी कार्यक्रम का आयोजन किया जा रहा था। इस कार्यक्रम को देखने के लिए लोगों की भीड़ वहाँ इकट्ठी थी। इस कारण घटनास्थल पर सन्नाटा था, जिसका लाभ उठाकर डकैतों ने इस लूट को अंजाम दिया। अभी तक की जाँच में अभियुक्तों के संबंध में कोई ठोस जानकारी उपलब्ध नहीं हो सकी है। इस तरह के कोई साक्ष्य भी अब तक नहीं मिले हैं, जिससे यह माना जाए कि इस डकैती की प्रवृत्ति राजनीतिक है। ऐसा संदेह है कि डालटनगंज और शाहपुर में रहनेवाले आपराधिक प्रवृत्ति के डोम और अन्य बदमाशों और जुआरियों की इस घटना में संलिप्तता है। अपराधियों की पहचान के लिए शहर और आसपास के इलाकों में सघन अभियान चलाया जा रहा है।

मैं इस पत्र की प्रति चीफ सेक्रेटरी को भी आवश्यक सूचनार्थ प्रेषित कर रहा हूँ।

विश्वास भाजन

एम.एम. व्हास

जे.ए. एस्क्वायर, आईसीएस

कमिश्नर, छोटानागपुर, राँची

बाद में एक और पत्र लिखा गया। इसके अनुसार—

इस पत्र से अलग, एक अन्य पत्र बिहार सरकार की गोपनीय शाखा से उपलब्ध कराया गया है, जो 1 नवंबर, 1930 की तिथि को सीआईडी के पुलिस उपमहानिरीक्षक, पटना कार्यालय को लिखा हुआ और मुख्य सचिव को संबोधित है। इस पत्र के अनुसार कोई शिवचरण राय है, जो श्याम प्रसाद बर्थवार से निकट रूप से जुड़ा हुआ था और उसी दौरान बनारस बम कांड के सिलसिले में गिरफ्तार हुआ था। शिवचरण राय ने संयुक्त प्रांत की पुलिस के समक्ष अपने बयान में जो कहा था, उसका एक अंश नीचे दिया जा रहा है।

"1930 के अगस्त महीने के अंतिम दिनों में श्याम प्रसाद बर्थवार ने मुझे कहा था कि वे काले रंग की पैंट और काले रंग की शर्ट उपलब्ध कराएँगे, जिसका उपयोग उन्होंने डालटनगंज की पोस्टल लूट कांड के दौरान किया था।"

सीआईडी के उपमहानिरीक्षक इस पत्र में आगे लिखते हैं, "इससे यह तथ्य सामने आता है कि पलामू के क्रांतिकारियों ने बनारस के क्रांतिकारियों के सहयोग से पलामू जिले में हुए उस लूट कांड को अंजाम दिया था। इस वर्ष के दौरान पलामू जिले से अनेक डाक लूट की घटनाओं की सूचना मिली है, 31 जुलाई की घटना भी शामिल है। मैंने पलामू के पुलिस अधीक्षक को इस संदर्भ में सघन जाँच करने का निर्देश दिया है और जाँच के बाद जो भी तथ्य सामने आएँगे, उन्हें यथासमय आपके समय आपके समक्ष प्रस्तुत किया जाएगा।" आज भले ही 'डालटनगंज एक्शन' के 94 साल बीत चुके हैं, पर यह घटना भारतीय स्वतंत्रता आंदोलन के इतिहास में मील का पत्थर है।

नोट–यह लेख प्रो. कन्हैया प्रसाद सिन्हा की लिखी पुस्तक पर आधारित है। डाक लूट की घटना का जिक्र Bihar state archive, Patna के फाइल नं. 236/(D)/ 1931 Mail Robbery at Daltonganj GOB (Pol. Special) में मौजूद है। ये अंग्रेजी में हैं, जिसे किताब के अनुसार ही रखा गया है।

□

फाँसी पर चढ़नेवाले वीर सपूत स्वामी सत्यानंद

देखो, आज मैं अपने रक्त से गुलामी की जंजीर को तर कर रहा हूँ, ताकि तुम आसानी से उसे काट सको। ये शब्द हैं महान क्रांतिकारी श्याम बर्थवार के। उन्होंने अपनी ये भावनाएँ स्वामी सत्यानंद के लिए व्यक्त की थीं। स्वामीजी का वास्तविक नाम रामदेनी चौधरी था और वे पलामू जिले के पाटन थाने के सूठा गाँव के निवासी थे। उन्हें 26 मई, 1934 को बनारस जिला जेल में अंग्रेजी हुकूमत ने फाँसी पर चढ़ा दिया था। स्वामी सत्यानंद पलामू के अग्रणी स्वतंत्रता सेनानी गणेश प्रसाद वर्मा के भी काफी करीब थे। ये दोनों श्याम बर्थवार के नेतृत्व में कई क्रांतिकारी गतिविधियों में भी शामिल रहे थे।

वे किस स्तर के क्रांतिकारी थे, इसका अंदाजा उनसे फाँसी से एक दिन पहले मिलनेवाले क्रांतिकारी विश्वनाथ माथुर के शब्दों से लगाया जा सकता है। विश्वनाथ माथुर गया षड्यंत्र में श्याम बर्थवार के साथ शामिल थे और उन्हें काला पानी की सजा हुई थी। उन्होंने 25 मई को स्वामी सत्यानंद से मुलाकात की थी। उनके शब्दों में, "मुझे बनारस जेल में रखा गया था। उन्हीं दिनों स्वामी सत्यानंद को उसी जेल में फाँसी पड़नेवाली थी। बहुत प्रयास करने के बाद और खासकर जेलर की मेहरबानी से स्वामी सत्यानंद से मुझे

मिलने का मौका मिला। जब मैं उनके काल कोठरी के पास पहुँचा तो उनके विहँसते चेहरे को देखकर मैं दंग रह गया। मुझे देखते ही खुशी से नाच उठे। उन्होंने कहा कि मैं तो अब चला। लो, एक पका आम है खा लेना। कल पिताजी मिलने आए थे तो लेते आए थे। क्या मेरा एक काम करोगे? इस पुस्तिका को श्यामजी (श्याम बर्थवार) तक पहुँचा सकोगे? उन्होंने मेरे हाथों में एक छोटी सी पुस्तिका रख दी, अंत में मैं अपने सेल में चला गया। दूसरे दिन प्रातः उन्हें फाँसी के तख्ते पर ले जाया गया। स्वामी सत्यानंद इनकलाब जिंदाबाद का नारा लगाते झूल गए। जेल के तमाम कैदियों के नारों से दिशाएँ गूँज उठीं। एक बार सेनानी शहीद हुआ। निश्चय ही वह भगत सिंह और चंद्रशेखर आजाद के गिरोह का एक वीर सेनानी था। स्वामी सत्यानंद की वह पुस्तक मेरे साथ रही। बनारस जेल से पहले हजारीबाग और फिर मुझे अंडमान जेल भेज दिया गया। मैंने स्वामी की अमानत श्याम बर्थवार के हवाले कर दिया।"

यह पुस्तिका श्याम बर्थवार के पास पहुँचा दी गई। सन् 1934 में यहाँ सजा काट रहे योगेंद्र शुक्ल उनकी खाट पर बैठ गए। उन्होंने श्यामजी को बताया कि आज जेल में तलाशियाँ ली जाएँगी। जेलवालों को खबर मिली है कि हमलोगों ने गुप्त रूप से क्रांतिकारी पुस्तकें मँगा रखी हैं। इसके बाद शुक्लजी खाट से उछल कर चले गए। इसके बाद क्या हुआ बर्थवारजी के शब्दों में, "शुक्लजी के वजनी शरीर ने मेरी खाट का कचूमर निकाल दिया था। चादर सिकुड़ गई थी। तकिया पिचक गया था। खाट की दुर्व्यवस्था पर कुफ्त हो रही थी, हँसी आ रही थी। हठात् बालिश के पास एक छोटी पुस्तिका के छितराए पन्नों पर मेरी निगाह पड़ी और मुझे ऐसा लगा जैसे किसी अदृश्य शक्ति ने खींचकर मुझे अतीत के कुहरे में ढकेल दिया हो। यह नन्ही-सी पुस्तिका थी गांधीजी का 'अनाशक्ति योग'। पन्नों को सहेजकर मैंने उस पुस्तिका को उठा लिया। उस पुस्तिका के साथ शहीद सत्यानंद की यादें जुड़ी थीं। फाँसी पड़ने से एक दिन पहले, स्वामी सत्यानंद ने उस पुस्तिका को मेरे पास भिजवाया था। किस माध्यम से वह अंडमान में मेरे पास पहुँच पाई, याद नहीं है। बनारस जेल से कालापानी की सजा

पाए बिहार के एक बंदी ने इस सुकार्य को किया था। काल कोठरी में बंद सत्यानंद ने अपनी मानसिक प्रतिक्रियाओं को पन्नों के किनारे अंकित किया था। काश! मैं उसे सहेजकर रख पाता।"

स्वामी सत्यानंद को फाँसी देने की खबर 'आज' अखबार में 'सत्यानंद को फाँसी सवेरे बनारस जेल में' शीर्षक से छपी थी। इस खबर में बताया गया था कि आज सवेरे बनारस जिला जेल में श्री सत्यानंद को फाँसी दे दी गई। उन पर हरिप्रसाद साह नाम के व्यक्ति की हत्या का आरोप था। सजा के खिलाफ उन्होंने हाईकोर्ट में भी अपील दायर की थी, पर उन्हें राहत नहीं दी गई थी। जिस वक्त श्री सत्यानंद को फाँसी देने के लिए ले जाया जा रहा था तब वे प्रसन्न दिखाई दे रहे थे। उन्होंने 'वंदे मातरम', 'भारतमाता की जय' का नारा लगाया और 'ॐ' का उच्चारण करते हुए फाँसी पर चढ़ गए।

अब स्वामीजी के बारे में कुछ निजी जानकारी। स्वामीजी के भाई के पौत्र धनवंत चौधरी एक बार मुझसे मिलने आए थे। उनके पास स्वामीजी की तसवीर और चिट्ठी के अलावा कई निजी जानकारियाँ थीं, पर वे किस व्यक्ति के साथ काम करते थे, इसकी जानकारी उनके पास नहीं थी। जब मैंने उन्हें प्रो. कन्हैया प्रसाद सिन्हा द्वारा लिखित पुस्तक 'महान् क्रांतिकारी श्याम बर्थवार' की प्रति और उसमें बर्थवारजी का लेख दिखाया तो ये जानकारी उनके लिए भी नई थी। जब मैंने स्वामीजी के साथ सक्रिय रहे गणेश प्रसाद वर्मा के पौत्र चेतन आनंद से बात कराई तो दोनों अत्यंत भावुक हो गए। पलामू के दो महान् क्रांतिकारियों के पौत्रों का वीडियो कॉल पर मिलन देखना मेरे लिए भी ऐतिहासिक क्षण था।

धनवंतजी से बात के दौरान अपने दादाजी की तसवीर और उनकी आखिरी चिट्ठी दिखाई। उन्होंने यह चिट्ठी फाँसी दिए जाने से एक दिन पूर्व लिखी थी। इस चिट्ठी में जो बातें हैं, वे बिल्कुल श्याम बर्थवार और विश्वनाथ माथुर के संस्मरण से मेल खाती हैं। चिट्ठी से उनके स्वभाव का पता चलता है। वे किस तरह से अपने मित्रों के प्रति सम्मान रखते थे, ये उनके शब्द बता रहे हैं। पिता से मिलने की चर्चा भी उन्होंने की थी। उस

पत्र को पढ़ने के बाद इस महान् क्रांतिकारी के प्रति अत्यंत ही श्रद्धा उत्पन्न हो जाती है। मन बहुत ही भावुक हो जाता है। ऐसे क्रांतिकारी को भुला दिए जाने पर क्षोभ भी होता है। पूरा पत्र इस प्रकार है—

ॐ

25-5-1934

मृत्युगृह, बनारस

प्यारे भाई,

नारायण दासजी

सादर वंदे।

भाई! यह पत्र तो मेरा आखिरी है, जो आपकी सेवा में भेजता हूँ। जीवन-यात्रा समाप्त हो चुकी है, जो अल्प समय बचा है, शांतिमय, चिंता-शोक रहित प्रभु इच्छा पर अवलंबित रख आनंदपूर्वक समय बिताता हूँ। अब 19 घंटे और इस तन के साथ नाता है। लोक में महत्त्व का स्थान जिसे लोग देते हैं, वो असारता के सिवाय कुछ नहीं है, भाई! आपके रहने पर समय-समय पर हमें बहुत प्रसन्नता मिली है। आपका उपकार तो कोई किसी समय किसी हालत में भूल ही नहीं सकता। जो गुण आप में शोभायमान है, उसकी दूसरों के हित के लिए ही उस विधाता ने रचना की है। भाई! क्षमा करना! मैं तो यही कहूँगा कि यदि ईश्वर हृदय किसी को दें तो आपके हृदय के साँचे में ढाले। हाय! इस शरीर से जितनी आशा रखता था, उपकार न हुआ। उलटे विपक्षी का ही भला हुआ।

समय बलवान होता है। वह अपना हठ पूर्ण करा कर ही छोड़ता है। युधिष्ठिर जैसे महापुरुषों को जिसने अपने पंजे से बाहर निकलने ही नहीं दिया, फिर साधारण जन क्या हस्ती रखते हैं। आप अपने बड़े भाई साहब से, जो दया, प्रेम के औतार हैं, उनसे मेरा सादर वंदे कहिएगा। छोटे भाई साहब और विद्याधर दूबे, बाबू संपूर्णानंदजी से और बाबू नरेंद्र देवजी से, आदर्श मूर्ति श्री श्रीप्रकाशजी भाई, विधान रायजी, श्री मुरलीधरजी से मेरा सादर नमस्कार कहिए। यदि मेरे पिताजी कभी वहाँ जाएँ तो उन्हें शांति प्रदान करिएगा। (वह

अरण्य देश विद्या से बिल्कुल शून्य है। इसलिए उन्हें समझा-बुझाकर के बच्चों को जो हमारे बड़े भाई के लड़के हैं, अच्छि तरह से पढ़ाएँ।)

इस पत्र में एक पत्र वकील बाबू ठाकुर दासजी का है, उन्हें दे दीजिएगा। पं. गौरीनंदन उपाध्यायजी से मेरा विशेष रूप से वंदे कहिएगा।

भवदीय

सत्यानंद

पाटन थाने के सूठा गाँव के नकछेदी चौधरी के चार पुत्र थे। इनके सबसे छोटे पुत्र का नाम रामदेनी चौधरी उर्फ स्वामी सत्यानंद था। अन्य पुत्रों के नाम रामप्यारे चौधरी, गुलाब चौधरी और बलराम चौधरी था। स्वामीजी का जन्म 5 जनवरी, 1905 को हुआ था। यानी सन् 1926 में जब वे बनारस गए थे, तो उनकी उम्र 21 साल के आसपास थी। इस हिसाब से जब उन्होंने भारत माता को अंग्रेजों के चंगुल से मुक्त कराने के लिए फाँसी का फंदा चूमा था तो उनकी उम्र मात्र 29 साल थी। धनवंत चौधरी के अनुसार, "जिस वक्त फाँसी के बाद उनके पिता को शव सौंपा गया तो पहले तो वे काफी भावुक हो गए, पर तुरंत ही उनके चेहरे पर गर्व का भाव आ गया। उन्होंने अपने शहीद पुत्र का ललाट चूमा और अंतिम संस्कार बनारस में ही कर दिया। यह दृश्य भारत माता के पुत्र को माँ गंगा को सौंपने की तरह था।" स्वामी सत्यानंद के बलिदान को अक्षुण्ण रखने के लिए उनकी 89वीं पुण्यतिथि पर उनके गाँव सूठा में उनकी प्रतिमा और स्मारक बनाया गया है।

नोट—इस आलेख में दी गई जानकारियाँ स्वामी सत्यानंद के परिजनों और प्रो. कन्हैया प्रसाद सिंहा की पुस्तक के अनुसार हैं।

□

राम प्रसाद आजाद ने लिया था गोवा क्रांति में भाग

पलामू क्रांति की धरती है। शौर्य की धरती है। क्रांति मुगलों के खिलाफ हुई हो या अंग्रेजों के खिलाफ, यहाँ के वीर-बाँकुरों ने बिना किसी भय के भारत माता की बलिवेदी पर अपनी जान की कुरबानी लगाने में तनिक भी हिचक नहीं दिखाई। जब देश पर मुगलों का शासन था तो उनके खिलाफ राजा मेदिनी राय ने बिगुल फूँका। पूरे इलाके में 'वाह रे राजा मेदनिया, घर-घर बाजे मथनिया' का स्वर गूँजा। सन् 1857 की क्रांति हुई तो नीलांबर-पीतांबर की भुजाएँ फड़कने लगीं। अंग्रेज भयभीत हुए, पर ये दोनों भाई अंग्रेजों पर वार करने में नहीं चूके। परिणाम, दोनों को शहादत का जाम पीना पड़ा। अंग्रेजों के खिलाफ सन् 1942 की निर्णायक 'अगस्त क्रांति' हुई तो यदुवंश सहाय, गणेश प्रसाद वर्मा, जगनारायण पाठक, पूरन चंद सरीखे आजादी के दीवाने क्रांति के ध्वजवाहक बने।

देश में गोवा की मुक्ति की क्रांति भी चल रही थी। इसकी लहर भी पलामू तक पहुँच रही थी। यहाँ के युवा क्रांतिकारी राम प्रसाद आजाद ने इस क्रांति में भाग लिया था। वह वहाँ अकेले नहीं गए थे। उनके साथ बिहार के दूसरे हिस्सों के लोग भी शामिल हुए थे। जिस टोली में ये शामिल थे, उसमें मध्य प्रदेश के श्री एस.लाल., दिल्ली के श्री.एस. शर्मा, राजस्थान के श्री बाल चंद पल्लीवाल, उत्तर प्रदेश के श्री पूरन चंद सैनिक, श्री आर. सिंह (बुंदेलखंड), श्री विलसन सिंह,

श्री नरेंद्र शर्मा, बंगाल के श्री अमूल चौधरी, पंजाब के श्री बाबाजी और श्री भगत (पेप्सू) के नाम प्रमुख हैं। इन सभी ने यहाँ की बांदा सीमा पर सत्याग्रह में भाग लिया था। बिहार के लोग अन्य जगहों पर हुए सत्याग्रह में भी शामिल हुए थे।

राम प्रसाद आजाद पक्के समाजवादी थे। डॉ. राममनोहर लोहिया के सिद्धांत और क्रांतिकारी विचार से इतने प्रभावित थे कि इनका लिखा कहीं मिल जाए तो उस पर चिंतन-मनन शुरू कर देते थे। इसके बाद इसे अपने कार्य व्यवहार में भी लाते थे। डॉ. लोहिया की दो रचनाएँ 'स्वराज : क्यों और कैसे' व 'आस्पेक्ट्स ऑफ सोशलिस्ट पॉलिसी' का उनपर सबसे ज्यादा प्रभाव था। गोवा मुक्ति के लिए डॉ. लोहिया के नेतृत्व में चल रहे आंदोलन पर उनकी नजर थी। उनकी इच्छा न सिर्फ इस आंदोलन को देखने-समझने की थी, बल्कि उसमें शामिल होने की भी थी। अक्तूबर 1955 में यहाँ हुए सत्याग्रह में भी उन्होंने भाग लिया।

राम प्रसाद आजाद गया जिले के रफीगंज के रहनेवाले थे। हरिहरगंज (वर्तमान में झारखंड) में उनकी ससुराल थी। डालटनगंज (अब मेदिनगर) के सत्यपाल वर्मा और महावीर वर्मा उनके मित्र थे। ये तीनों समाजवादी विचारधारा से प्रभावित थे। शहर में ये जब मिलते तो डॉ. लोहिया के सिद्धांत पर चर्चा करते और उनके विचारों को जनता तक कैसे पहुँचाया जाए, इस योजना में लग जाते। इस समय तक सन् 1946 में डॉक्टर लोहिया द्वारा शुरू किया गया गोवा सत्याग्रह विशाल रूप ले चुका था। (आदरणीय सत्यपाल वर्माजी का अब निधन हो गया है, पर मैंने जब यह लेख लिखा था तब वे जिंदा थे। प्रवाह न टूटे, इसकी वजह से मैंने उनकी बातों को संपादित नहीं किया है।) गोवा क्रांति की बात छिड़ते ही सतपाल वर्मा कहते हैं कि डॉ. लोहिया, मधु लिमए और नारायण गणेश गोरे हमारे नेता थे। सन् 1955 के सितंबर महीने में देश भर के समाजवादियों से गोवा सत्याग्रह में शामिल होने की अपील की गई। राम प्रसादजी और मेरी भी बुलाहट हुई। जाने की तैयारी शुरू हो गई। महावीर वर्मा इसमें हम दोनों का काफी सहयोग कर रहे थे। खर्चे के लिए चंदा भी जुटा लिया गया। इसी बीच राजहरा और जपला में श्रमिकों की कुछ समस्या आ गई। मैं श्रमिक नेता था। मेरा इनके बीच रहना बहुत जरूरी हो गया। मन

मारकर मैंने गोवा जाने की योजना छोड़ दी। मेरे मित्र इस सत्याग्रह में पलामू के समाजवादियों के प्रतिनिधि बनकर शामिल हुए। वहाँ से लौटने के बाद कई दिनों तक उन्होंने गोवा के लोगों के मन में स्वतंत्रता के लिए अकुलाहट की चर्चा की। कैसे वहाँ के लोगों ने देश भर से आए लोगों को अपने घर में रखा। अपने संघर्ष का साथी मानकर पुर्तगालियों के खौफ को भूलकर खुलकर उनकी आवभगत की। पंजाब से लेकर बंगाल तक, दिल्ली से लेकर मध्य प्रदेश के साथियों के साथ के क्रांतिकारियों की गाथा वे हम लोगों को सुनाते थे। जिस दिन 19 दिसंबर, 1961 को गोवा पुर्तगालियों के चंगुल से आजाद हुआ था, उस दिन आजादजी के लिए काफी खास था। वे इस बात को लेकर काफी खुश थे कि जिस सत्याग्रह में उन्होंने हिस्सा लिया, वह सफल रहा।'

राम प्रसाद आजाद को याद करते हुए सतपाल वर्मा भावुक हो जाते हैं। वे कहते हैं, "मेरे मित्र उम्र में मुझसे कुछ बड़े थे। वे भले ही दुबले-पतले थे, पर विचारधारा के प्रति काफी स्ट्रॉन्ग थे। धोती-कुर्ता और बंडी पहनते थे। लोहियाजी की सप्त क्रांति के प्रति उनकी प्रतिबद्धता इसी से झलकती थी कि वे सदैव निजी पूँजी की विषमताओं के विरुद्ध, आर्थिक समानता और योजना द्वारा पैदावार बढ़ाने के लिए संघर्ष करते रहे। इसी संघर्ष का परिणाम रहा कि करीब 40 साल की अवस्था में ही जमींदारों ने षड्यंत्र के तहत उनकी जान ले ली। वह हरिहरगंज-महाराजगंज क्षेत्र में लोहियाजी के सिद्धांतों के अनुरूप जमींदारों के शोषण के खिलाफ और गरीबों के हित में संघर्ष करते थे। जमींदारों ने उनके एक करीबी को अपनी ओर मिला लिया और जहर मिली मिठाई खिलाकर उनकी जान ले ली।"

जिस दिन आजादजी की हत्या हुई थी, उस दिन को याद करते हुए सतपाल वर्मा कहते हैं, "28 जून, 1963 को मेरी शादी हुई थी। अगले दिन मैं अपनी पत्नी के साथ बस से डालटनगंज आ रहा था। हरिहरगंज में रोड पर काफी भीड़ जमा थी। सामाजिक और राजनीतिक कार्यकर्ता होने के नाते मैं कारण जानने के लिए बस से उतर गया। क्या हुआ है, इसकी जानकारी मिलने पर मेरे पैरों के नीचे की जमीन खिसक गई। मेरे मित्र का शव मेरे सामने पड़ा था। मैं वहाँ से जाना नहीं चाहता था, पर लोगों ने पत्नी को घर पहुँचाकर वापस लौटने को कहा। इसके

बाद अगले दिन मैं वहाँ पहुँचा। तब तक दाह संस्कार हो चुका था। मैंने वहाँ के दरोगा बोदरा (पूरा नाम याद नहीं) से मुलाकात की और अस्थि जाँच की बात कही, पर उस समय न तो विज्ञान इतना आगे था न ही सुविधाएँ। ऊपर से जमींदारों का दबाव अलग। उस समय आजादजी का बेटा शैलेंद्र कुमार, जिसे मैं प्यार से मुन्ना कहता हूँ, करीब दो साल का था। उसकी माँ उसे लेकर हरदम मेरे पास डालटनगंज लेके आती थी। यह सिलसिला आज भी जारी है।"

शैलेंद्र कुमार के जेहन में पिता की याद बहुत ही धुँधली है। उन्होंने अपने पिता की तसवीर भर देखी है। कुछ माँ से तो कुछ रिश्तेदारों से सुना भर है। उन्हें यह पता था कि उनके पिताजी समाजवादी थे। जमींदारों या शोषकों के खिलाफ संघर्ष में शामिल थे। जब उन्होंने अपने पिता के बारे में जानकारी इकट्ठी करने के लिए अपनी माँ के बक्से को खोला तो उसमें उन्हें एक पैकेट मिला। इस पैकेट में उनके पिता द्वारा माँ के पास लिखे पत्र थे। इसी में मिले एक पत्र को देखने से लोहियाजी की सप्त क्रांति के पहले मंत्र 'स्त्री-पुरुषों की समानता के लिए क्रांति' की झलक मिल जाती है। उनके पत्र का हिस्सा है, "एक समाजवादी होने के नाते हमारी यह आस्था है कि स्त्री पुरुषों के समान अधिकार का सिद्धांत अत्यंत अनिवार्य और न्यायोचित है। यह असमानता अमानवीय है। स्त्री जाति की उत्साहपूर्ण क्रियाशीलता के बिना कोई भी महान् सामाजिक परिवर्तन संभव नहीं है। जिन्होंने समाज में स्त्री को परालंबी और तुच्छ बनाया है। जो उन्हें सांस्कृतिक उत्थान के अवसर, सुविधाएँ प्रदान करना अस्वीकृत करते हैं, उनसे मेरे विचारों का समन्वय नहीं है।" शैलेंद्र बताते हैं, "ऐसा लगता है कि यह पत्र तब का हो सकता है, जब पिताजी गोवा में रहे हों। वहाँ क्रांतिकारियों से इस विषय पर चर्चा होती होगी और उसे ही अपने जीवन का सूत्र मानकर पिताजी ने यह पत्र लिखा हो।"

आजादजी नारी-पुरुष समानता के समर्थक तो थे ही, महिला यदि किसी कष्ट में हो तो वह अपना सबकुछ छोड़ उसके कष्ट को दूर करने में लग जाते थे। उनके एक पत्र से ऐसा लगता है कि उनकी पत्नी उन्हें गया (भगवान् विष्णु और गौतम बुद्ध की धरती) घुमाने के लिए कह रही हों, पर वे ऐसा नहीं कर पा रहे थे। पत्र का अंश, "यह भी जानना चाहोगी कि समय का अभाव मेरे पास है,

फिर गया घूमने का क्या मतलब! मैं गया करीब चार महीने पर आया हूँ। गत 8-12 की संध्या में करीब 7 बजे घर से बाजार आए। यहाँ एक अपनी ही जात की देहता की औरत को बच्चा नहीं हो रहा था। तीन दिन से दर्द से परेशान थी और बच्चा भी पेट में मर गया था। अत्यंत गरीब है। रफीगंज के सभी डॉक्टरों ने जवाब दे दिया। पैसे का भी अभाव था। अंत में सभी लोगों ने कहा तो कुछ चंदा माँगकर रात की गाड़ी से यहाँ ले आए। हमने मानवता का फर्ज समझा, यहाँ लाकर जनाना अस्पताल में भरती करा दिया। आगे ईश्वर रक्षक है, इसी हेतु गया आए थे। आज ही सुबह की गाड़ी से घर वापस जाऊँगा। यह पत्र तुम्हें रेलवे प्लेटफॉर्म से लिख रहा हूँ। करीब चार बज रहे हैं, आज सारी रात जगते ही बीत गया।" एक सामाजिक कार्यकर्ता अपनी पत्नी को समयाभाव के कारण कहीं घुमाने नहीं ले जा पा रहा है, लेकिन जब कोई नारी कष्ट में हो तो उसी शहर में जाता है, जहाँ जाने की जिद उसकी पत्नी कर रही हो।

शैलेंद्र बताते हैं, "मेरे घर में लोहियाजी की एक चिट्ठी थी। इस चिट्ठी में लोहियाजी ने लिखा था कि अभी मेरे पास भी पैसों की किल्लत चल रही है। जब कुछ पैसे हो जाएँगे तो तुम्हारी मदद जरूर करूँगा। दुर्भाग्यवश वह चिट्ठी मिल नहीं रही है। पर लोहियाजी के जवाब से लग रहा है कि पिताजी ने उनसे आर्थिक सहयोग माँगा होगा।" फिर एक बार उनके पत्र का हिस्सा पढ़िए, "दौलत की प्रमुखता से हमेशा हम दूर रहे हैं। मेरा क्षेत्र रहा है। राजनीति—राजनीति में पैसे का स्थान नगण्य होता है। कार्ल मार्क्स एक बहुत बड़े विचारक और राजनीतिज्ञ थे। समाजवाद और साम्यवाद के जन्मदाताओं में हैं। उन्होंने लिखा है अपने जीवन में मैं स्वयं इतना बड़ा अर्थशास्त्री हूँ। इतनी मोटी मैंने किताब लिखी है, पर आज इतना पैसा नहीं है कि कैपिटल की पांडुलिपि प्रेस में भेजूँ। कैपिटल मार्क्स का अर्थशास्त्र में बहुत ही ऊँचा स्थान आज के विश्व में रखता है, विश्व के आधे से ज्यादा लोग आज मार्क्स का सिद्धांत मानते हैं। मार्क्स जैसे व्यक्ति की जब यह दशा हो सकती है तो फिर हमारे जैसे मानव का क्या ठिकाना?"

जिस तरह से बाँदा सीमा के सत्याग्रहियों के साथ की तसवीर गोवा सत्याग्रह में उनके शामिल होने की गवाही दे रही है वैसे ही उनके पत्र के एक-एक शब्द उनके समाजवादी चिंतन के प्रति आस्था और डॉ. लोहिया के सिद्धांतों के प्रति

उनकी प्रतिबद्धता की गवाही दे रहे हैं। शैलेंद्र के शब्दों में, "माँ बताती थी कि गोवा से लौटने के बाद पिताजी के विचारों में काफी परिपक्वता आई थी। उन्होंने मनातू मउवार के खिलाफ सोशलिस्टों के आंदोलन में सक्रिय रूप से भाग लिया था। हरिहरगंज-महाराजगंज में भी भूमि आंदोलन में उनका सक्रिय योगदान था। इस इलाके में वे काफी लोकप्रिय थे। सन् 1962 का चुनाव उन्होंने प्रजा सोशलिस्ट पार्टी के टिकट पर लड़ा था। इस चुनाव में हालाँकि उनकी हार जरूर हुई थी, पर प्रतिष्ठा में कोई कमी नहीं आई थी। यही कारण है कि मृत्यु के बाद 40 वर्ष बाद भी आप उनके नाम से उनके घर पहुँच सकते थे। लोगों को उनके घर पर टँगा 'झोंपड़ी' (चुनाव चिह्न) वर्षों तक याद था। वे जयप्रकाश नारायण के भी काफी करीबी थे। पलामू में समाजवादियों के सबसे बड़े नेता रहे पूरन चंद भी मुझे राम प्रसाद आजाद के बेटे के रूप में ही जानते थे, जबकि बाकी लोग मुझे एआईएसएफ या कम्युनिस्ट पार्टी की नेता के रूप में जानते थे।"

तारकेश्वर आजाद की गिनती पलामू के नामी समाजवादियों में होती है। इमरजेंसी से लेकर हाल तक 24 बार जेल जाने का रिकॉर्ड उनके नाम है। वे कहते हैं, "छात्र जीवन में मेरी मुलाकात राम प्रसाद आजाद से हुई थी। उनका जीवन संघर्ष और समाजवादी दर्शन का प्रतीक था। उनके साथ ज्यादा समय बिताने का मौका तो नहीं मिला, पर हमलोगों के नेता वही थे। हमारे आदर्श थे।"

राम प्रसाद आजाद का जन्म रफीगंज के पास गोडिहा गाँव में हुआ था। उनके संघर्ष की पृष्ठभूमि वहीं से बनी थी, पर बाद में वे हरिहरगंज स्थित अपनी ससुराल में बस गए थे। यही इनकी कर्मभूमि बनी। यहाँ के लोगों को उनका मजाकिया स्वभाव आज भी याद है। राजेंद्र ठाकुर उनके पड़ोस में रहते थे। वे बताते हैं, 'उस समय हमलोग बच्चे थे और पेड़ पर लटककर खेलते थे। आजादजी चुपके से आकर हमारा पैंट खींच देते थे। इस पर जब उनके ससुर टोकते तो वे कहते थे कि साले से मजाक न की जाए तो इस रिश्ते में मधुरता टिक ही नहीं सकती। साले के साथ मजाक करनेवाला व्यक्ति जब लोगों के हक के लिए सड़क पर उतरता था तो उसका अलग ही चेहरा सामने आता था। यह चेहरा था संघर्षशील और कठोर व्यक्ति का।

□□□